Pecados
no inverno

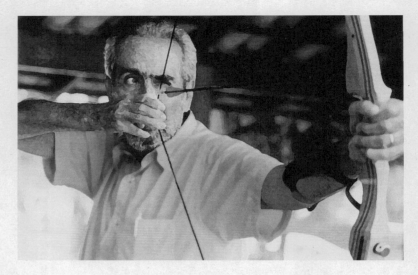

O Arqueiro

GERALDO JORDÃO PEREIRA (1938-2008) começou sua carreira aos 17 anos, quando foi trabalhar com seu pai, o célebre editor José Olympio, publicando obras marcantes como *O menino do dedo verde*, de Maurice Druon, e *Minha vida*, de Charles Chaplin.

Em 1976, fundou a Editora Salamandra com o propósito de formar uma nova geração de leitores e acabou criando um dos catálogos infantis mais premiados do Brasil. Em 1992, fugindo de sua linha editorial, lançou *Muitas vidas, muitos mestres*, de Brian Weiss, livro que deu origem à Editora Sextante.

Fã de histórias de suspense, Geraldo descobriu *O Código Da Vinci* antes mesmo de ele ser lançado nos Estados Unidos. A aposta em ficção, que não era o foco da Sextante, foi certeira: o título se transformou em um dos maiores fenômenos editoriais de todos os tempos.

Mas não foi só aos livros que se dedicou. Com seu desejo de ajudar o próximo, Geraldo desenvolveu diversos projetos sociais que se tornaram sua grande paixão.

Com a missão de publicar histórias empolgantes, tornar os livros cada vez mais acessíveis e despertar o amor pela leitura, a Editora Arqueiro é uma homenagem a esta figura extraordinária, capaz de enxergar mais além, mirar nas coisas verdadeiramente importantes e não perder o idealismo e a esperança diante dos desafios e contratempos da vida.

LISA KLEYPAS

AS QUATRO ESTAÇÕES DO AMOR 3

Pecados no inverno

Título original: *Devil in Winter*

Copyright © 2006 por Lisa Kleypas
Copyright da tradução © 2016 por Editora Arqueiro Ltda.

Todos os direitos reservados. Nenhuma parte deste livro pode ser utilizada ou reproduzida sob quaisquer meios existentes sem autorização por escrito dos editores. Todos os direitos reservados a William Morris Endeavor Entertainment, LLC.

coordenação editorial: Juliana Souza
produção editorial: Ana Sarah Maciel
tradução: Maria Clara de Biase
preparo de originais: Victor Almeida
revisão: Jean Marcel Montassier, Rafaella Lemos e Suelen Lopes
projeto gráfico: Ana Paula Daudt Brandão
diagramação: Abreu's System
capa: Tita Nigrí
imagem de capa: Malgorzata Maj
impressão e acabamento: Lis Gráfica e Editora Ltda.

CIP-BRASIL. CATALOGAÇÃO NA PUBLICAÇÃO
SINDICATO NACIONAL DOS EDITORES DE LIVROS, RJ

K72p Kleypas, Lisa, 1964-
Pecados no inverno / Lisa Kleypas; tradução Maria Clara de Biase. – 1. ed. – São Paulo: Arqueiro, 2021.
336 p.; 20 cm. (As quatro estações do amor; 3)

Tradução de: Devil in winter
Sequência de: Era uma vez no outono
Continua com : Escândalos na primavera
ISBN 978-65-5565-087-7

1. Ficção americana. I. Biase, Maria Clara de. II. Título. III. Série.

20-68014   CDD: 813
                                           CDU: 82-3(73)

Camila Donis Hartmann – Bibliotecária – CRB-7/6472

Todos os direitos reservados, no Brasil, por
Editora Arqueiro Ltda.
Rua Artur de Azevedo, 1.767 – Conj. 177 – Pinheiros
05404-014 – São Paulo – SP
Tel.: (11) 2894-4987
E-mail: atendimento@editoraarqueiro.com.br
www.editoraarqueiro.com.br

*Para Christina, Connie, Liz, Mary e Terry,
pela amizade que faz meu coração cantar.
Com amor, L. K.*

Capítulo 1

Londres, 1843

Enquanto Sebastian, lorde St. Vincent, contemplava a jovem que acabara de entrar em sua residência em Londres, ocorreu-lhe que talvez tivesse raptado a herdeira errada no último fim de semana em Stony Cross Park.

Embora rapto não integrasse sua longa lista de atos desprezíveis até bem recentemente, ele deveria ter sido mais esperto. Lillian Bowman fora uma escolha insensata, embora parecesse a solução perfeita para seu dilema na época. Ela era de uma família rica, enquanto Sebastian era um aristocrata com problemas financeiros. Além disso, poderia ser uma parceira de cama divertida, com seus belos cabelos escuros e seu temperamento impetuoso. No fim das contas, ele deveria ter escolhido uma presa menos corajosa. Lillian mostrara feroz resistência ao seu plano e tinha sido salva pelo noivo, lorde Westcliff.

Já a Srta. Evangeline Jenner, a mansa criatura à sua frente, era muito diferente de Lillian. Sebastian a observou disfarçando o desdém enquanto listava mentalmente o que sabia sobre ela. Era a filha única de Ivo Jenner, o famoso dono de um clube de jogos londrino, e uma mulher que fugira com ele – para se arrepender logo depois. Embora a mãe da jovem tivesse uma linhagem respeitável, o pai era pouco melhor do que lixo. Evangeline poderia ser uma esposa decente se não fosse por sua timidez, que resultava em uma constrangedora gagueira.

Alguns homens já haviam confessado a Sebastian que preferiam ser torturados a tentar conversar com ela. Naturalmente ele sempre havia feito o possível para evitá-la. Isso não tinha sido difícil. A tímida Srta. Jenner costumava se esconder pelos cantos. Eles nunca haviam trocado uma palavra – algo que parecera bastante apropriado para ambos.

Mas não havia como evitá-la agora. Por algum motivo, a Srta. Jenner aparecera na casa dele sem ser convidada, em uma hora escandalosamente tardia. Para tornar a situação ainda mais comprometedora, estava desacompanhada – e passar mais de meio minuto a sós com Sebastian era o suficiente para arruinar qualquer moça. Ele era um libertino amoral e tinha orgulho disso. Era ótimo em sua ocupação preferida – de sedutor degenerado – e estabelecera alguns padrões a que poucos canalhas poderiam aspirar.

Relaxando em sua cadeira, Sebastian observou com enganadora indolência Evangeline Jenner se aproximar. A biblioteca estava escura, exceto por um fogo baixo na lareira, a luz bruxuleante brincando suavemente no rosto da jovem. Ela não parecia ter mais de 20 anos, com sua pele perfeita e seus olhos inocentes que sempre despertaram o desdém de Sebastian. Ele nunca valorizara ou admirara a inocência.

Embora o cavalheirismo ditasse que Sebastian deveria se levantar, gestos de cortesia não pareciam fazer muito sentido naquela situação. Assim, ele apenas apontou negligentemente para a outra cadeira, ao lado da lareira.

– Sente-se, se quiser. No entanto, não planeje ficar por muito tempo. Eu me entedio com facilidade e sua reputação não é a de alguém que costume manter uma conversa interessante.

Evangeline não estremeceu ao ouvir aquele comentário rude. Sebastian não pôde deixar de se perguntar que tipo de criação a tornara tão imune a insultos. Qualquer outra garota teria corado ou explodido em lágrimas. Ou ela era idiota ou tinha muita coragem.

Evangeline tirou seu manto, o pôs sobre o braço da cadeira com estofamento de veludo e se sentou sem graça ou artifícios. Sebastian se lembrou de que ela era amiga não só de Lillian Bowman como também da irmã mais nova de Lillian, Daisy, e de Annabelle Hunt. O grupo de quatro jovens se encontrava sempre ao lado da pista de dança em numerosos bailes e *soirées* da última temporada, tomando chá de cadeira. Contudo, parecia que a má sorte delas havia mudado. Annabelle finalmente conseguira agarrar um marido e Lillian acabara de conquistar lorde Westcliff. Entretanto, Sebastian duvidava que essa boa sorte fosse se estender àquela criatura gaga.

Embora estivesse tentado a lhe perguntar o objetivo da visita, ele temeu que isso pudesse causar uma longa rodada de gagueira que atormentaria a ambos. Forçou-se a esperar pacientemente enquanto Evangeline parecia pensar no que dizer. À medida que o silêncio se arrastava, começou a observá-la à luz da lareira. Surpreendeu-se ao achá-la atraente. Na verdade, nunca a havia olhado com tanta atenção e a impressão que lhe causara fora apenas a de uma garota ruiva desmazelada com má postura. Mas ela era encantadora.

Enquanto a observava, tomou consciência de uma leve tensão em seus músculos e dos pelos se eriçando em sua nuca. Ele continuou relaxado em sua cadeira, embora as pontas de seus dedos fizessem uma ligeira pressão no veludo macio. Achou estranho nunca ter notado a moça. Os cabelos, do vermelho mais vivo que já vira, pareciam se nutrir da luz da lareira e brilhar com calor incandescente. As sobrancelhas finas e os cílios espessos eram de um tom mais escuro, castanho-avermelhado, e sua pele branca era um pouco sardenta no nariz e nas bochechas. Sebastian achou graciosa a dispersão festiva dos pequenos pontos dourados, como se tivessem sido salpicados pelo capricho de uma fada. Evangeline tinha lábios carnudos, naturalmente rosados, e olhos azuis grandes e redondos. Olhos bonitos, mas sem emoção, como os de uma boneca de cera.

– Mi-minha amiga Srta. Bowman é agora lady Westcliff – observou Evangeline cautelosamente. – O conde e ela fo-foram para Gre-Gretna Green depois que ele... impediu o senhor.

– "Ele me deu uma surra" seriam as palavras mais apropriadas – corrigiu Sebastian, sabendo que ela não poderia deixar de notar as marcas escuras em seu queixo, feitas pelos punhos certeiros de Westcliff. – Ele não pareceu aceitar bem o empréstimo que fiz.

– O senhor a ra-raptou – contrapôs Evangeline calmamente. – "Empréstimo" sugere que pretendia devolvê-la.

Sebastian sentiu seus lábios se curvarem. Seu primeiro sorriso verdadeiro depois de muito tempo. Aparentemente ela não era nenhuma tola.

– Então eu a raptei, se quiser ser precisa. Foi por isso que veio me visitar, Srta. Jenner? Para me fazer um relatório sobre o casal feliz? Estou cansado desse assunto. É melhor dizer algo interessante ou receio que terá que ir embora.

– O senhor que-queria a Srta. Bowman pela herança dela – disse Evangeline. – Pre-precisa se casar com alguém que te-tenha dinheiro.

– É verdade – admitiu Sebastian. – Meu pai, o duque, falhou em sua única responsabilidade na vida: manter a fortuna da família intacta. Minha tarefa é passar meu tempo em pródigo ócio esperando que ele morra. Eu tenho feito o meu trabalho de maneira esplêndida, mas o duque, não. Ele foi um péssimo administrador das finanças da família. Está pobre e, pior ainda, saudável.

– Meu pai é rico – disse Evangeline sem demonstrar nenhuma emoção. – E está morrendo.

– Parabéns.

Sebastian a estudou atentamente. Ele não tinha dúvida de que Ivo Jenner possuía uma fortuna considerável devido ao clube de jogos. Era para lá que os cavalheiros de Londres iam para jogar, comer, beber e buscar prostitutas baratas. O clima era de extravagância com um grau confortável de imoralidade. Quase vinte anos atrás, o Jenner's fora uma alternativa de segunda classe ao lendário Craven's, o maior e mais bem-sucedido clube de jogos que a Inglaterra já conhecera.

Contudo, quando o Craven's foi destruído por um incêndio e seu dono se recusou a reconstruí-lo, o Jenner's herdara muitos clientes ricos e ganhara notoriedade. Não que pudesse ser comparado com o Craven's. Um clube era, em grande parte, o reflexo do caráter e do estilo de seu dono. Ivo Jenner era destituído de ambos. Derek Craven tinha sido indiscutivelmente um empresário. Jenner era um sujeito bronco, um ex-pugilista que nunca havia se destacado em nada, mas por capricho e milagre do destino se tornara um homem de negócios bem-sucedido.

E ali estava a filha única de Jenner. Se ela estava prestes a fazer a proposta que Sebastian suspeitava que faria, ele não poderia se dar ao luxo de recusar.

– Não quero seus pa-parabéns – disse Evangeline em resposta a seu comentário anterior.

– O que *quer*, criança? – perguntou Sebastian. – Por favor, vá direto ao assunto. Isto está se tornando tedioso.

– Quero ficar com meu pai pelos últimos dias da vi-vida dele. A família da minha mãe não me permite vê-lo. Tenho tentado fu-fugir para o clube, mas sempre me pegam e sou punida. Desta vez não vo-vou voltar. Eles têm planos que pre-pretendo evitar, ao custo da minha própria vida, se for preciso.

– E quais são esses planos? – perguntou Sebastian vagarosamente.

– Eles estão ten-tentando me forçar a me casar com um dos meus pri-primos, o Sr. Eustace Stubbins. Ele nã-não sente nada por mim, assim como eu não si-sinto nada por ele... mas é um fantoche no plano da fa-família.

– Que é ganhar o controle da fortuna do seu pai quando ele morrer?

– Sim. No início, considerei a ideia, por-porque achava que o Sr. Stubbins e eu poderíamos ter nossa própria ca-casa... e a vida poderia ser su-suportável se eu vivesse longe do resto da família. Mas ele não tem a intenção de se mu-mudar. Quer permanecer sob o teto da família... e não creio que eu po-possa sobreviver por muito tempo lá.

Diante do silêncio aparentemente indiferente de Sebastian, acrescentou em voz baixa:

– Acredito que eles querem me ma-matar depois que puserem as mãos no di-dinheiro do meu pai.

Sebastian não desviou seu olhar do rosto dela, embora mantivesse seu tom leviano:

– Que falta de consideração da parte deles. Por que eu deveria me importar com isso?

Evangeline não reagiu à provocação, apenas lhe lançou um olhar firme que evidenciava uma segurança que Sebastian nunca vira em uma mulher.

– Eu estou lhe propondo casamento. Quero sua proteção. Meu pai está do-doente e fraco demais para me ajudar e não que-quero ser um fardo para mi-minhas amigas. Acredito que elas se o-ofereceriam para me abrigar, mas eu sempre te-temeria que meus parentes me le-levassem de volta e me forçassem a fazer a vontade deles. Uma mulher sol-solteira tem poucos re-recursos, social ou legalmente. Isso não é ju-justo... mas não posso lutar em vão. Preciso de um ma-marido e o senhor pre-precisa de uma esposa rica. Ambos estamos i-igualmente desesperados, o que me leva a acreditar que o se-senhor aceitará minha pro-proposta. Nesse caso, gostaria de partir para Gretna Green esta noite. Agora. Estou ce-certa de que meus parentes já estão me procurando.

O silêncio se tornou pesado enquanto Sebastian a contemplava com um olhar hostil. Não confiava nela. E não tinha nenhuma vontade de repetir a fracassada experiência da semana anterior.

Ainda assim, ela tinha razão sobre uma coisa: ele estava desesperado. Como uma multidão de credores atestaria, era um homem que gostava de se vestir bem, comer bem e morar bem. A parca verba mensal que recebia do duque logo seria cortada e ele não tinha fundos suficientes para chegar ao fim do mês. Para um homem que não fazia nenhuma objeção a procurar a saída mais fácil, essa proposta era uma dádiva dos céus. Se ela realmente estivesse disposta a ir até o fim.

– A cavalo dado não se olham os dentes – disse Sebastian de forma casual. – Quão perto seu pai está de morrer? Algumas pessoas duram anos no leito de morte. Sempre achei péssimo fazer os outros esperarem.

– O senhor não te-terá que esperar muito. – Foi a resposta irritada de Evangeline. – Disseram-me que ele talvez mo-morra em duas semanas.

– Que garantia eu tenho de que a senhorita não mudará de ideia antes de chegarmos a Gretna Green? Sabe que tipo de homem eu sou, Srta. Jenner? Preciso lembrá-la de que tentei raptar e violar uma de suas amigas na semana passada?

Evangeline sustentou o olhar dele. Ao contrário dos

olhos de Sebastian, que eram azul-claros, os dela eram de um tom escuro de safira.

– O senhor tentou violar Lillian? – perguntou ela tensamente.

– Eu ameacei fazer isso.

– Teria cumprido a ameaça?

– Não sei. Nunca fiz isso antes. Mas, como a senhorita disse, estou desesperado. E já que estamos falando sobre esse assunto... Está me propondo um casamento de conveniência ou dormiremos juntos?

Evangeline ignorou a pergunta.

– O senhor teria se imposto a ela ou não?

Sebastian a olhou com visível escárnio.

– Se eu dissesse não, Srta. Jenner, como poderia saber que não estou mentindo? Mas não. Eu não a teria violado. É essa a resposta que quer? Então acredite nisso, se a faz se sentir mais segura. Agora, e quanto à minha pergunta...?

– Eu do-dormirei com o senhor uma vez – disse ela –, para tornar o casamento legal. De-depois disso, nunca mais.

– Ótimo – murmurou ele. – Raramente gosto de dormir com uma mulher mais de uma vez. É tedioso, depois que deixa de ser uma novidade. Além do mais, nunca seria burguês a ponto de desejar minha própria esposa. Isso sugere que um homem não dispõe de meios para manter uma amante. É claro que há a questão de me dar um herdeiro... mas, desde que seja discreta, não espere que eu dê a mínima sobre quem é o pai da criança.

Ela nem mesmo pestanejou.

– Vou que-querer que uma pa-parte da herança seja reservada pa-para mim. Uma parte ge-generosa. Os rendimentos serão apenas meus e eu a gas-gastarei como bem entender, sem lhe dar sa-satisfações dos meus atos.

Sebastian compreendeu que ela não era inocente, embora a gagueira fizesse muitos presumirem o contrário. Estava acostumada a ser subestimada, ignorada, desconsiderada... e usaria isso a seu favor sempre que possível. Isso o interessou.

– Eu seria um tolo de confiar na senhorita – disse Sebastian –, já que poderia desistir de nosso acordo a qualquer momento. E a senhorita seria ainda mais tola de confiar em mim. Porque, quando estivermos casados, posso tornar sua vida um inferno ainda maior do que sua família jamais sonhou.

– Eu pre-prefiro isso vindo de alguém que *eu* es-escolhi – retrucou ela com severidade. – Melhor o se-senhor a Eustace.

Sebastian sorriu.

– Isso não diz muito a favor de Eustace.

Ela não retribuiu o sorriso, só afundou um pouco na cadeira, como se uma grande tensão a tivesse deixado, e o olhou ao mesmo tempo decidida e resignada. Seus olhares se fixaram e Sebastian teve a estranha sensação de que seu corpo todo estava ciente dela.

Não era nenhuma novidade ele se excitar facilmente perto de uma mulher. Havia muito tempo percebera que era um homem mais físico do que a maioria e que algumas mulheres o incendiavam, despertavam sua sensualidade em um grau incomum. Por algum motivo, essa estranha garota gaga era uma delas. Ele desejou se deitar com Evangeline.

Imagens surgiram em sua mente: de membros, das curvas e da pele dela que ele ainda não vira, da ondulação das nádegas ao segurá-las nas mãos. Desejou o cheiro dela em suas narinas e em sua própria pele... os cabelos longos dela sobre seu pescoço e peito... Desejou fazer coisas indizíveis com a boca de Evangeline.

– Então está decidido. Aceito sua proposta. Há muito mais a discutir, é claro, mas teremos dois dias até chegarmos a Gretna Green.

Ele se levantou de sua cadeira e se esticou, mantendo o sorriso ao notar o modo como o olhar dela deslizou rapidamente sobre seu corpo.

– Mandarei prepararem a carruagem e meu criado pessoal arrumará minha bagagem. Partiremos em uma hora. Se a senhorita decidir mudar de opinião a qualquer momento durante a viagem, eu a estrangularei.

Ela lhe deu um sorriso sarcástico.

– O se-senhor não ficaria tão nervoso se não ti-tivesse tentado o mesmo com uma vítima in-involuntária na se--semana passada.

– Entendi. Então podemos descrevê-la como uma vítima voluntária?

– Uma vítima *ansiosa* – respondeu Evangeline sucintamente, parecendo querer partir imediatamente.

– Meu tipo favorito – observou ele e fez uma mesura antes de sair a passos largos da biblioteca.

Capítulo 2

Quando lorde St. Vincent saiu da sala, Evie deixou escapar um suspiro trêmulo e fechou os olhos. Ele não precisava se preocupar com a possibilidade de ela mudar de ideia. Agora que o acordo fora feito, estava impaciente para começar aquela jornada. O que a enchia de medo era saber que seus tios Brook e Peregrine a procuravam.

Quando fugira de casa, perto do fim do verão, fora encontrada na entrada do clube de seu pai. Na época, o tio

Peregrine a tinha levado de volta e batido nela na carruagem até ela ficar com o lábio ferido, um olho roxo e as costas e os braços cobertos de hematomas. Seguiram-se duas semanas trancada em seu quarto com pouco mais que pão e água.

Ninguém – nem mesmo suas amigas Annabelle, Lillian e Daisy – sabia pelo que ela passara. A vida na casa dos Maybricks, a família de sua mãe, era um pesadelo. Eles e os Stubbinses – Florence, sua tia materna, e Peregrine, o marido dela – fizeram um esforço conjunto para destruir Evie. Ficaram surpresos com quão resistente ela era.

Evie não ficara menos surpresa do que eles. Nunca havia pensado que poderia suportar duras punições, indiferença e até mesmo ódio sem ceder. Talvez ela tivesse mais do pai do que qualquer um pensara. Ivo Jenner lutava boxe sem luvas e o segredo de seu sucesso dentro e fora do ringue não fora talento, mas tenacidade. Ela herdara a mesma obstinação.

Evie queria tanto ver o pai que chegava a doer. Acreditava que ele era a única pessoa no mundo que se importava com ela. O amor do pai era negligente, mas era mais do que já obtivera de qualquer outra pessoa. Entendia por que ele a abandonara com os Maybricks logo após a morte da mãe dela no parto. Um clube de jogos não era lugar para criança. Embora os Maybricks não fossem aristocratas, tinham uma boa linhagem. Mas será que o pai teria feito a mesma escolha se soubesse como ela seria tratada? Se tivesse alguma ideia de que a raiva da família pela rebeldia da filha mais nova se concentraria em uma criança indefesa? Bem, não adiantava se perguntar isso agora.

Sua mãe estava morta; seu pai, próximo do mesmo destino, e havia coisas que Evie precisava lhe perguntar antes de ele morrer. Sua melhor chance de escapar das garras dos

Maybricks era o detestável aristocrata com quem acabara de concordar em se casar.

Impressionou-a ter conseguido se comunicar tão bem com St. Vincent, que era bastante intimidador com sua beleza dourada, seus olhos azuis gelados como o inverno e sua boca feita para beijar e mentir. Ele parecia um anjo caído, com toda a beleza masculina perigosa que Lúcifer poderia criar. Também era egoísta e inescrupuloso, o que ficara provado com sua tentativa de raptar a noiva do melhor amigo. Entretanto, um homem assim seria um adversário à altura dos Maybricks.

St. Vincent seria um péssimo marido, é claro. Mas, como Evie não tinha nenhuma ilusão sobre ele, ficaria bem. Uma vez que não se importava nem um pouco com ele, poderia se fazer de cega às suas leviandades e surda aos seus insultos.

Como seu casamento seria diferente do de suas amigas! Ao pensar nisso, sentiu uma súbita vontade de chorar. Não havia nenhuma possibilidade de Annabelle, Daisy ou Lillian – particularmente Lillian – continuarem a ser amigas dela depois que se casasse com St. Vincent. Piscando para afastar as lágrimas, engoliu em seco para conter a dor. Era inútil chorar. Embora aquela dificilmente fosse uma solução perfeita para seu dilema, era a melhor em que podia pensar.

Ao imaginar a fúria dos tios ao descobrirem que ela e sua fortuna estavam para sempre fora do alcance deles, Evie sentiu sua infelicidade diminuir um pouco. Valia a pena fazer qualquer coisa para não ter de viver sob o domínio dos tios pelo resto da vida. E também para não ser forçada a se casar com o fraco e covarde Eustace, que buscara refúgio na comida e na bebida a ponto de ficar quase gordo demais para passar pela porta do próprio quarto. Embora Eustace odiasse seus pais quase tanto quanto Evie, ele nunca ousaria desafiá-los.

Ironicamente, fora Eustace quem fizera Evie fugir naquela noite. Ele a tinha procurado mais cedo com um anel de noivado, uma aliança de ouro com uma pedra de jade.

– Tome – dissera, um tanto timidamente. – Minha mãe falou para eu lhe dar isto, e que você não teria permissão para fazer nenhuma refeição se não o usasse à mesa de jantar. Ela disse que o anúncio do casamento será feito na semana que vem.

Aquilo não fora inesperado. Após tentar sem sucesso durante três temporadas encontrar um marido aristocrata para Evie, a família finalmente chegara à conclusão de que eles não tirariam nenhuma vantagem social da sobrinha. Diante do fato de que ela logo herdaria sua fortuna, traçaram um plano para ficar com a herança casando-a com um de seus primos.

Ao ouvir as palavras de Eustace, Evie havia ficado atônita e sentido uma súbita fúria que deixara seu rosto muito vermelho. Eustace tinha rido disso e dito:

– Nossa, você é uma visão e tanto quando fica corada. Isso faz seus cabelos parecerem cor de laranja.

Reprimindo uma resposta cáustica, Evie tentara se acalmar e se concentrara nas palavras que se agitavam dentro dela como folhas ao vento. Ela as havia contido cuidadosamente e conseguido dizer sem gaguejar:

– Primo Eustace, se eu concordar em me casar com você... ficará do meu lado contra seus pais? Permitirá que eu veja meu pai e cuide dele?

O sorriso desaparecera do rosto de Eustace, as gordas bochechas decaindo enquanto ele encarava os sérios olhos azuis dela. Então o rapaz desviara o olhar e dissera de modo evasivo:

– Eles não seriam tão duros com você, prima, se você não fosse tão teimosa.

Perdendo a paciência, ela sentira a gagueira dominá-la.

– Vo-você fi-ficaria com minha fo-fortuna e-e não me daria nada em troca?

– Para que você precisa de uma fortuna? – perguntara ele, zombeteiro. – É uma criatura tímida que corre de um canto para outro... Não precisa de roupas elegantes ou joias. Não é boa de conversa, é recatada demais para o sexo e não tem nenhuma habilidade. Deveria ficar grata por eu estar disposto a me casar com você, mas é estúpida demais para perceber isso!

– E-eu...

A frustração a tornara impotente. Não conseguia encontrar palavras para se defender. Mas ela tentava, encarando-o, ofegante, no esforço para falar.

– Que idiota você é – dissera Eustace impacientemente.

Em um ataque de raiva, ele atirara no chão o anel, que quicou, rolou e desapareceu sob o sofá.

– Pronto, agora está perdido. A culpa é sua por ter me irritado. É melhor encontrá-lo ou morrerá de fome. Vou contar para minha mãe que fiz a minha parte dando-o para você.

Evie havia ficado sem jantar. Em vez de procurar o anel, arrumara freneticamente uma pequena valise. Escapando pela janela do segundo andar e deslizando por um cano, disparara pelo quintal. Por um golpe de sorte, uma carruagem de aluguel havia parado para ela assim que saíra pelo portão.

Provavelmente tinha sido a última vez que veria Eustace, pensou Evie com sombria satisfação. Ele não costumava frequentar ambientes sociais. À medida que sua cintura aumentava, confinava-se cada vez mais na casa dos Maybricks. Independentemente do que fosse acontecer, ela nunca se arrependeria de ter escapado do destino de se tornar esposa dele. Tinha dúvidas de que algum dia ele fosse ao menos tentar dormir com ela. Não parecia possuir uma quantidade suficiente do que as pessoas finas chamavam de "espírito animal". Reservava sua paixão exclusivamente para a comida e o vinho.

Lorde St. Vincent, por outro lado, havia seduzido e comprometido inúmeras mulheres. Embora muitas parecessem achar isso fascinante, Evie não era uma delas. Mas não havia nenhuma dúvida em sua mente de que o casamento deles seria consumado.

Seu estômago se contraiu nervosamente com a ideia. Em seus sonhos, tinha se imaginado casando com um homem bom e sensível. Ele nunca zombaria dela por gaguejar. Seria amoroso e gentil.

Sebastian, lorde St. Vincent, era o oposto do amante de seus sonhos. Não havia nada de bom, gentil, sensível ou amoroso nele. Era um predador que gostava de brincar com sua presa antes de devorá-la. Olhando para a cadeira vazia onde ele estivera sentado, Evie pensou na aparência de St. Vincent à luz da lareira. Ele era alto e esguio, seu corpo, uma estrutura perfeita para roupas elegantemente simples que só realçavam sua beleza bronzeada. Seus cabelos, do tom de ouro velho, eram fartos e levemente ondulados. Seus olhos azul-claros brilhavam como diamantes raros no colar de uma imperatriz antiga. Olhos bonitos que não demonstravam nenhuma emoção quando ele sorria. O próprio sorriso era de tirar o fôlego. A boca sensual, cínica, o brilho dos dentes brancos... Ah, St. Vincent era um homem deslumbrante. E ele sabia muito bem disso.

Estranhamente, Evie não o temia. St. Vincent era esperto demais para usar violência física quando algumas palavras bem escolhidas atingiriam seu objetivo com bem menos estardalhaço. Ela temia muito mais a brutalidade do tio Peregrine, para não falar nas mãos odiosas da tia Florence, que gostava de dar tapas e beliscões.

Nunca mais, jurou Evie, limpando distraidamente a sujeira de seu vestido onde o cano por onde descera do quarto deixara listras pretas. Ela ficou tentada a pôr o vestido limpo que colocara na valise, deixada no hall de entrada. Mas a viagem logo deixaria qualquer coisa que usasse tão empoeirada e amassada que não fazia nenhum sentido trocar de roupa.

Um som vindo da porta chamou sua atenção. Ela ergueu os olhos e viu uma criada roliça, que lhe perguntou timidamente se queria se refrescar em um dos quartos de hóspedes. A moça parecia bastante acostumada com a presença de mulheres desacompanhadas na casa; Evie a deixou conduzi-la para um pequeno quarto no andar de cima. Como as outras partes da casa que vira até agora, o quarto era bem mobiliado e arrumado. As paredes eram revestidas de um papel claro adornado com pássaros e pagodes chineses pintados à mão. Para a satisfação de Evie, uma antecâmara contígua continha uma pia de água corrente, as torneiras elegantemente esculpidas na forma de golfinhos, além de um toalete.

Depois de fazer suas necessidades, Evie foi até a pia para lavar as mãos e o rosto, e bebeu sedentamente de uma xícara de prata. Dirigiu-se ao quarto para procurar um pente ou uma escova. Não os encontrando, passou as mãos por seus cabelos presos no alto.

Não houve nenhum som, nada para avisá-la da presença de alguém, mas Evie a sentiu. Virou-se, sobressaltada. St. Vincent estava em pé no quarto em uma posição relaxada, com a cabeça inclinada de leve enquanto a observava. Ela foi invadida por uma sensação peculiar, um leve calor, e se sentiu fraca. Estava muito cansada. Pensar em tudo o que a esperava – a viagem para a Escócia, o casamento rápido, a subsequente consumação – era exaustivo. Evie endireitou os ombros e começou a andar, mas, ao fazer isso, parou e cambaleou pesadamente.

Balançando a cabeça para clarear sua visão, lentamente se deu conta de que St. Vincent estava em pé com ela, agarrando-lhe os cotovelos. Nunca estivera tão perto dele. Seus sentidos rapidamente captaram o cheiro e a sensação dele. O toque sutil de colônia cara, a pele limpa coberta com camadas de fino linho e lã de alta qualidade. Ele irradiava saúde e virilidade. Bastante nervosa, Evie pestanejou e olhou para o rosto de St. Vincent, muito mais acima do seu do que ela teria esperado. Surpreendeu-se ao perceber quanto ele era alto.

– Quando foi a última vez que comeu? – perguntou St. Vincent.

– Ontem de ma-manhã, eu a-acho...

Ele ergueu uma sobrancelha.

– A família a estava matando de fome! – Quando Evie assentiu, ele olhou para o alto. – A situação fica mais delicada a cada minuto. Mandarei a cozinheira preparar uma cesta de sanduíches. Pegue meu braço e eu a ajudarei a descer a escada.

– Não pre-preciso de ajuda, o-obrigada...

– Pegue meu braço – repetiu ele em uma voz agradável sublinhada por uma determinação férrea. – Não vou deixá-la cair e quebrar o pescoço antes de chegarmos à carruagem. É difícil encontrar herdeiras disponíveis. Eu levaria muito tempo para substituí-la.

Evie devia estar mais fraca do que pensava, porque ficou satisfeita com o apoio dele. Em algum momento durante a descida, St. Vincent deslizou o braço para trás de suas costas e a guiou cuidadosamente pelos degraus. Havia algumas leves manchas roxas nos nós dos dedos dele – remanescentes da briga com lorde Westcliff. Pensando em como esse mimado aristocrata se sairia em um confronto físico com seu parrudo tio Peregrine, Evie estremeceu um pouco e desejou que eles já estivessem em Gretna Green.

Sentindo o tremor, St. Vincent apertou o braço ao redor dela quando eles chegaram ao último degrau.

– Está com frio? – perguntou. – Ou nervosa?

– Que-quero sair de Londres a-a-antes que meus parentes me en-encontrem – respondeu ela.

– Há algum motivo para eles suspeitarem de que veio me procurar?

– Ah, nã-não – respondeu ela. – Ninguém jamais ia a--acreditar que eu pudesse ser tão ma-maluca.

Se ela já não estivesse um pouco zonza, o sorriso brilhante dele a teria deixado assim.

– Ainda bem que a minha vaidade é grande. Caso contrário, a senhorita a teria destruído.

– Estou certa de que já tem mu-muitas mulheres para fo-fortalecer sua vaidade. Não precisa de mais uma.

– Eu sempre preciso de mais uma, doçura. Esse é o meu problema.

St. Vincent a deixou esperando na biblioteca, onde ela se sentou diante do fogo por alguns minutos. Justamente quando ela começava a cochilar na cadeira, ele retornou para levá-la embora. Tonta, ela o acompanhou até uma reluzente carruagem laqueada de preto. St. Vincent a conduziu habilmente para dentro do veículo. O estofamento interno de veludo cor de creme era muito pouco prático, mas magnífico, iluminado pela luz suave de uma diminuta lamparina. Evie teve uma sensação desconhecida de bem-estar ao ser recostada em uma almofada franjada de seda. A família de sua mãe vivia segundo um exíguo conjunto de regras de bom gosto e desconfiava de tudo o que cheirava a excesso. Contudo, ela suspeitava de que o excesso fosse comum para St. Vincent, sobretudo quando se tratava de conforto.

Uma cesta tecida com tiras estreitas de couro fora posta no chão. Olhando dentro dela, Evie encontrou vários sanduíches feitos de fatias finas de pão de leite com recheio de carnes e queijos, tudo embrulhado em guardanapos. O cheiro de frios defumados lhe despertou uma súbita fome e ela comeu dois sanduíches rapidamente, quase engasgando de voracidade.

St. Vincent entrou na carruagem e acomodou seu corpo longo e esguio no banco oposto. Ele sorriu levemente à visão de Evie terminando de comer as últimas migalhas de seu sanduíche.

– Está se sentindo melhor?

– Si-sim, obrigada.

St. Vincent abriu a porta de um compartimento na parede interna da carruagem e pegou uma pequena taça de cristal e uma garrafa de vinho branco que tinham sido colocadas ali por um criado. Ele encheu a taça e a entregou para ela. Depois de um gole cauteloso do vinho suave e gelado, Evie bebeu com vigor. As mulheres jovens raramente podiam beber vinho puro... em geral era bastante diluído em água. Terminando a taça, ela mal teve tempo de desejar outra antes que fosse novamente cheia. A carruagem partiu com uma ligeira sacudida e Evie bateu levemente os dentes na borda da taça enquanto o veículo sacolejava pela rua. Temendo derramar o vinho no estofamento, ela tomou um grande gole e ouviu St. Vincent rir baixinho.

– Beba devagar, doçura. Temos uma longa viagem pela frente.

Recostado nas almofadas, ele parecia um preguiçoso vizir em um dos tórridos romances que Daisy Bowman adorava.

– Diga-me, o que teria feito se eu não tivesse aceitado sua proposta? Para onde teria ido?

– Acho que eu iria fi-ficar com Annabelle e o Sr. Hunt.

Correr para Lillian e lorde Westcliff não parecera uma opção, porque eles estavam em lua de mel. Teria sido inútil se aproximar dos Bowmans: embora Daisy fosse usar fortes argumentos a seu favor, os pais dela não iam querer ter nada a ver com a situação.

– Por que essa não foi sua primeira escolha?

Evie franziu a testa.

– Teria sido difícil para os Hunts im-impedirem meus tios de me le-levarem de volta. Estarei muito mais se-segura como sua es-esposa do que como hóspede de qualquer o-outra pessoa.

O vinho a deixou agradavelmente tonta e ela afundou mais em seu banco. Olhando-a, pensativo, St. Vincent se inclinou para lhe tirar os sapatos.

– Ficará mais confortável sem eles. Pelo amor de Deus, não se esquive! Não vou molestá-la na carruagem. – Desatando os cordões, ele continuou em um tom delicado: – Como se isso trouxesse grandes consequências, já que logo vamos nos casar.

St. Vincent sorriu enquanto ela afastava rapidamente seu pé com meia e ele estendia a mão para o outro. Permitindo-lhe retirar seu outro sapato, Evie se forçou a relaxar, embora o roçar dos dedos dele em seu tornozelo lhe causasse uma estranha onda de calor.

– A senhorita pode afrouxar os cordões de seu espartilho. Isso tornará sua viagem mais agradável.

– Eu não es-estou usando e-espartilho – disse Evie sem olhar para ele.

– Não está? Meu Deus! – O olhar de St. Vincent deslizou sobre ela em uma avaliação de especialista. – Que corpo bem-proporcionado a senhorita tem!

– Eu nã-não gostei desse tom.

– Perdoe-me... Força do hábito. Sempre trato as damas como meretrizes, e as meretrizes como damas.

– E essa a-a-abordagem é bem-sucedida? – perguntou Evie, cética.

– Ah, sim – respondeu ele com divertida arrogância, e ela não pôde evitar sorrir.

– O se-senhor é um homem te-terrível.

– É verdade. Mas pessoas terríveis acabam obtendo coisas muito melhores do que merecem. Enquanto as boas, como a senhorita...

Ele apontou para Evie e seus arredores, como se a atual situação fosse um exemplo perfeito disso.

– Talvez eu não seja tão bo-boa quanto o senhor pe-pensa.

– Tomara que não.

St. Vincent estreitou os olhos, pensativo. Evie notou que os longos cílios dele eram mais escuros do que os cabelos. Apesar do tamanho e dos ombros largos, havia algo felino nele... Era como um tigre preguiçoso, mas potencialmente letal.

– Qual é a natureza da doença de seu pai? Ouvi apenas boatos.

– Ele tem tuberculose – murmurou Evie. – Foi diagnosticado com a do-doença há seis meses. Não o vejo desde então. Esse é o período mais lo-longo que fiquei sem vi--visitá-lo. Os Maybricks costumavam me pe-permitir ir ao clube me encontrar com ele, porque não viam ne-nenhum mal nisso. Mas, no ano passado, tia Florence de-decidiu que minhas chances de en-encontrar um marido estavam sendo prejudicadas por mi-minha proximidade com meu pai e de-decidiu que eu de-deveria me afastar dele. Querem que eu fi-finja que ele não existe.

– Que surpreendente! – murmurou St. Vincent de modo sarcástico, cruzando as pernas. – Por que a súbita vontade de se debruçar sobre o leito de morte de seu pai? Quer garantir seu quinhão no testamento?

Ignorando a malícia nas palavras dele, Evie pensou em sua resposta e falou friamente:

– Qua-quando eu era criança, podia vê-lo com fre-quência. É-éramos próximos. Ele é a única pe-pessoa que já se importou co-comigo. Eu o amo. E não quero que mo--morra sozinho. Pode zo-zombar de mim, se quiser. Eu não ligo. Sua o-opinião não significa nada para mim.

– Calma, criança. – A voz de St. Vincent estava permea-da de um leve divertimento. – Percebo evidências de um mau gênio, que sem dúvida herdou do velho. Vi os olhos dele brilharem exatamente assim quando estava irritado com alguma ninharia.

– O se-senhor conhece meu pai? – perguntou Evie, surpresa.

– É claro. Todos os hedonistas que se prezam já estive-ram no Jenner's em busca de um estímulo ou outro. Seu pai é um sujeito decente, mas tem pavio curto. Não posso evitar perguntar: como em nome de Deus uma Maybrick se casou com um nativo do leste de Londres?

– Acho que, en-entre outras coisas, minha mãe deve tê--lo vi-visto como um meio de escapar de su-sua família.

– Tal mãe, tal filha – comentou St. Vincent suavemente.

– E-espero que a co-comparação pare por aí – respon-deu Evie. – Porque fui co-concebida pouco depois de eles se ca-casarem e minha mãe morreu no parto.

– Eu não vou engravidá-la se a senhorita não quiser – disse ele agradavelmente. – É bastante fácil evitar a gra-videz: preservativos, esponjas, duchas, para não falar nos mais engenhosos pessários de prata que se possa... – Ele parou ao ver a expressão de Evie e riu. – Meu Deus, eu a alarmei? Não me diga que suas amigas casadas nunca lhe falaram sobre essas coisas.

Evie balançou a cabeça devagar. Embora Annabelle oca-sionalmente estivesse disposta a revelar alguns dos misté-rios do relacionamento conjugal, certamente nunca falara em nenhum desses dispositivos para evitar a gravidez.

– Também du-duvido que elas já tenham o-ouvido falar nisso – disse Evie, e ele riu de novo.

– Estou mais do que disposto a instruí-la quando finalmente chegarmos à Escócia.

Os lábios de St. Vincent se curvaram no sorriso que um dia as irmãs Bowmans tinham achado tão encantador. Elas não deviam ter percebido o brilho astuto nos olhos dele.

– Meu amor, já pensou na possibilidade de gostar o suficiente de nossa consumação para querer isso mais de uma vez?

Como palavras sedutoras pareciam sair facilmente dos lábios dele!

– Não – disse Evie firmemente. – Nã-não vou querer.

– Hummm... – Um som quase como o ronronar de um gato saiu da garganta de St. Vincent. – Gosto de um desafio.

– Eu po-poderia gostar de ir pa-para a cama com o senhor – disse Evie olhando-o fixamente e se recusando a desviar os olhos mesmo quando o olhar prolongado de St. Vincent a fez corar de desconforto. – Es-espero gostar. Mas isso não mudará mi-minha decisão. Porque sei como o se-senhor é e sei do que é ca-capaz.

– Doçura... – disse ele quase ternamente. – Ainda nem mesmo começou a descobrir o pior de mim.

Capítulo 3

Para Evie, que se sentira desconfortável durante a viagem de vinte horas na semana anterior quando saíra da propriedade de Westcliff em Hampshire, a viagem de

48 horas para a Escócia era torturante. Teria sido muito mais fácil se o ritmo deles fosse moderado. Mas, por sua própria insistência, eles foram direto para Gretna Green, parando apenas a intervalos de três horas para trocar cocheiros e parelhas de cavalos. Evie temia que seus parentes estivessem em seu encalço e, considerando o resultado da briga de St. Vincent com lorde Westcliff, tinha pouca esperança de que ele conseguisse sair vitorioso em um embate físico com seu tio Peregrine.

Embora a carruagem tivesse uma boa suspensão de molas, viajar naquela velocidade constante fazia o veículo sacolejar ao ponto de Evie sentir-se nauseada. Ela estava exausta e não conseguia encontrar nenhuma posição confortável para dormir. Sua cabeça batia constantemente na parede. Sempre que conseguia cochilar, acordava poucos minutos depois.

St. Vincent obviamente não se sentia tão indisposto quanto Evie, embora também estivesse com uma aparência amarrotada e cansada. Todas as tentativas de conversa haviam cessado e eles viajavam em silêncio. Surpreendentemente, St. Vincent não pronunciara nenhuma palavra de protesto sobre esse grande exercício de resistência. Evie percebeu que ele tinha a mesma urgência que ela de chegar à Escócia. Era ainda mais do interesse dele que do dela que estivessem legalmente casados o mais rápido possível.

A carruagem prosseguiu sacolejando por trechos acidentados da estrada, às vezes quase fazendo Evie cair do banco. O padrão de cochilos intermitentes e despertares forçados persistia. A cada vez que a porta da carruagem se abria, com St. Vincent descendo para examinar uma nova parelha de cavalos, uma lufada de ar congelante entrava no veículo. Com frio, dolorida e enrijecida, Evie se encolhia no canto.

A noite foi seguida por um dia muito frio e chuvoso que encharcou o manto de Evie quando St. Vincent a conduziu pelo pátio de uma estalagem. Ele a levou para um aposento particular, onde ela tomou uma tigela de sopa morna e usou o penico do quarto enquanto St. Vincent ia supervisionar mais uma troca de cavalos e cocheiro. Ver uma cama tão de perto a fez ansiar por dormir. Mas poderia fazer isso depois de chegar a Gretna Green e estar para sempre longe do alcance de sua família.

No total, a duração da parada foi de menos de meia hora. Voltando para a carruagem, Evie tentou tirar os sapatos molhados sem sujar de lama o estofamento de veludo. St. Vincent entrou depois dela e se inclinou para ajudar. Enquanto ele desamarrava e tirava os sapatos dos pés com cãibras de Evie, ela tirou em silêncio o chapéu ensopado de chuva dele e o jogou no banco oposto. Os cabelos de St. Vincent pareciam grossos e macios, os cachos contendo todos os tons entre âmbar e champanhe.

Movendo-se para se sentar ao lado dela, St. Vincent contemplou o rosto atormentado de Evie e estendeu a mão para tocar na curva gelada da bochecha dela.

– Qualquer outra mulher a esta altura estaria se queixando muito.

– Não po-posso me queixar – disse Evie, estremecendo violentamente. – Fui eu quem pe-pediu para ir di-direto para a Escócia.

– Estamos na metade do caminho. Mais 24 horas e, amanhã à noite, estaremos casados. – Os lábios de St. Vincent esboçaram um sorriso irônico. – Sem dúvida nunca houve uma noiva mais ansiosa pelo leito conjugal.

Os lábios trêmulos de Evie se curvaram em um sorriso ao entender o significado implícito das palavras de St. Vincent: que ela estava ansiosa por dormir, não por fazer amor. Ao olhar para o rosto dele, tão perto do seu, peguntou-se distraidamente como os sinais de cansaço no rosto masculino e as olheiras podiam torná-lo tão atraente. Talvez fosse porque agora ele parecesse humano, em vez de um deus romano belo e sem coração. Grande parte da arrogância aristocrática desaparecera, sem dúvida para reaparecer mais tarde quando ele estivesse totalmente descansado. Por enquanto, estava relaxado e acessível. Parecia que um frágil vínculo fora estabelecido entre eles durante essa viagem infernal.

O momento foi interrompido por uma batida à porta da carruagem. St. Vincent a abriu e viu uma camareira desgrenhada em pé na chuva.

– Aqui está, milorde – disse ela espiando por sob o capuz de seu manto encharcado enquanto lhe entregava dois objetos. – Uma bebida quente e um tijolo, como o senhor pediu.

St. Vincent pegou uma moeda em seu colete e a entregou à mulher, que sorriu radiante antes de correr de volta para o abrigo da estalagem. Evie pestanejou, surpresa, quando St. Vincent lhe passou uma caneca cheia de um líquido fumegante.

– O que é is-isto?

– Algo para aquecer seu corpo. – Ele pegou um tijolo envolto em camadas de flanela cinza. – E isto é para seus pés. Ponha as pernas sobre o banco.

Em outras circunstâncias Evie teria recuado àquele toque casual em suas pernas. Contudo, não se opôs quando ele arrumou suas saias e pôs o tijolo quente sob seus pés.

– Ah... – Ela estremeceu de conforto quando o calor delicioso chegou aos seus dedos gelados. – Ah, que delícia...

– As mulheres me dizem isso o tempo todo – falou ele com uma voz sorridente. – Venha, apoie-se em mim.

Evie obedeceu, deitando-se com os braços de St. Vincent levemente curvados ao seu redor. O peito dele era sólido e muito rijo, mas acomodou sua nuca. Levando a caneca aos lábios, ela tomou um gole da bebida quente. Era algo alcoólico misturado com água, açúcar e limão. Bebeu-a devagar, seu corpo enchendo-se de calor. Ela deixou escapar um suspiro longo e satisfeito. A carruagem deu um solavanco para a frente, mas St. Vincent logo ajustou seu braço mantendo-a confortavelmente contra o peito. Evie não conseguia entender como o inferno podia ter se transformado no paraíso de maneira tão repentina.

Ela nunca havia experimentado essa proximidade física com um homem e parecia terrivelmente errado apreciá-la. Por outro lado, teria de estar insana para não fazê-lo. A natureza desperdiçara uma quantidade absurda de beleza masculina naquela criatura indigna. Melhor ainda, ele estava incrivelmente quente. Evie tentou conter o impulso de se aconchegar mais a ele. As roupas de St. Vincent eram feitas de tecidos nobres – um casaco de lã fina, um colete de seda pesada, uma camisa de linho extramacio. Os indícios de goma das roupas e de colônia cara se misturavam com o aroma limpo e salgado da pele dele.

Temendo que pudesse querer afastá-la depois que a bebida terminasse, Evie tentou fazê-la durar o máximo possível. Para sua tristeza, finalmente tomou as últimas gotas doces no fundo da caneca. St. Vincent a tirou dela e pôs no chão. Evie ficou profundamente aliviada ao senti-lo se recostar de novo abraçando-a. Ouviu-o bocejar por cima de sua cabeça.

– Durma – murmurou ele. – Temos três horas antes da próxima troca de parelha.

Pressionando os dedos dos pés com mais força contra o tijolo quente, Evie se virou um pouco, se aconchegou mais a ele e se permitiu mergulhar nas profundezas convidativas do sono.

O resto da viagem se tornou uma grande névoa de movimentos, cansaço e despertares abruptos. À medida que a exaustão de Evie aumentava, ela se tornava cada vez mais dependente de St. Vincent. A cada nova parada ele lhe trazia uma caneca de chá ou caldo e reaquecia o tijolo na lareira disponível. Até mesmo encontrou um cobertor acolchoado em algum lugar, aconselhando-a secamente a não perguntar como o obtivera. Convencida de que a essa altura ela teria congelado sem sua ajuda, Evie logo perdeu todas as reservas em relação a se aconchegar a ele sempre que estava na carruagem.

– E-eu não estou fazendo a-avanços – disse Evie ao se aproximar do peito de St. Vincent. – O senhor é apenas uma fo-fonte disponível de calor.

– Se a senhorita está dizendo – respondeu St. Vincent com descaso, apertando mais o cobertor ao redor de ambos. – Mas no último quarto de hora tem acariciado partes da minha anatomia em que ninguém jamais ousou tocar.

– Du-duvido muito disso. – Ela se entocou mais nas profundezas do casaco de St. Vincent e acrescentou em uma voz abafada: – O senhor pro-provavelmente foi mais to-tocado do que uma cesta de me-mercado.

– E posso ser adquirido por um preço muito razoável. – Subitamente ele estremeceu e se moveu para acomodá-la em seu colo. – Não ponha seu joelho aí, querida, ou seus planos de consumar o casamento podem correr um sério risco.

Evie cochilou até a parada seguinte e, justamente quando se viu relaxando em um sono profundo, St. Vincent a sacudiu com delicadeza para que acordasse.

– Evangeline – murmurou ele, alisando seus cabelos

despenteados. – Abra os olhos. Chegamos à parada. Está na hora de entrarmos por alguns minutos.

– Eu não quero – murmurou ela, empurrando-o.

– Mas precisa – insistiu ele gentilmente. – Depois teremos um longo caminho pela frente. Terá de usar o toalete agora porque essa será sua última oportunidade durante algum tempo.

Evie estava prestes a protestar que não tinha nenhuma necessidade de usar o toalete quando percebeu que tinha. A ideia de se levantar e sair para a chuva congelante quase a fez chorar. Inclinando-se, pegou seus sapatos frios, úmidos e sujos e tentou amarrá-los. St. Vincent lhe afastou as mãos e os amarrou. Ele a ajudou a sair da carruagem e Evie bateu os dentes quando uma forte rajada de vento a atingiu.

Estava congelante lá fora. Depois de puxar o capuz do manto de Evie mais para cima do rosto dela, St. Vincent pôs um braço ao redor dos ombros da jovem para apoiá-la e a ajudou a atravessar o pátio da estalagem.

– Acredite em mim: é melhor passar alguns minutos aqui do que ter de parar à margem da estrada mais tarde.

– Eu conheço minhas próprias necessidades fisiológicas – disse Evie em tom irritado. – Não precisa explicá-las para mim.

– É claro. Perdoe-me se estou falando excessivamente. Estou tentando me manter acordado. E mantê-la acordada também.

Segurando-se na cintura dele, Evie andou com dificuldade na lama gelada e se distraiu pensando no primo Eustace e em quanto estava feliz por não ter de se casar com ele. Nunca mais teria de morar sob o teto dos Maybricks. Esse pensamento lhe deu forças. Quando estivesse casada, eles não teriam mais nenhum poder sobre ela. Meu Deus, mal podia esperar por isso!

Depois de providenciar o uso temporário de um quarto, St. Vincent segurou Evie pelos ombros e a avaliou com um olhar atento.

– Parece prestes a desmaiar – disse ele com sinceridade. – Doçura, há tempo suficiente para descansar aqui por uma ou duas horas. Por que não...?

– Não – interrompeu ela firmemente. – Quero continuar.

St. Vincent a olhou com óbvia contrariedade, mas perguntou sem rancor:

– Por que é sempre tão teimosa?

Levando-a para o quarto, lembrou-a de trancar a porta quando ele saísse.

– Tente não dormir no penico – aconselhou-a de modo amável.

Quando voltaram para a carruagem, Evie seguiu o padrão agora familiar de tirar os sapatos e deixar St. Vincent pôr o tijolo quente sob seus pés. Ele a acomodou entre suas pernas abertas, pondo um de seus próprios pés com meias perto do tijolo e mantendo o outro no chão para garantir seu equilíbrio. A frequência cardíaca de Evie aumentou, suas veias estavam dilatadas com o sangue latejando quando St. Vincent pegou uma de suas mãos e começou a brincar com seus dedos frios. A mão dele estava muito quente, as pontas dos dedos eram aveludadas, as unhas curtas e lisas. A mão era forte, mas inquestionavelmente a de um homem apreciador do ócio.

St. Vincent entrelaçou de leve os dedos deles, traçou com o polegar um pequeno círculo na mão de Evie e depois deslizou os dedos para cima para nivelá-los com os dela. Embora ele fosse um homem de tez clara, sua pele era de um tom quente. Finalmente St. Vincent parou com sua brincadeira e manteve os dedos de ambos entrelaçados.

Com certeza essa não podia ser ela... sozinha em uma

carruagem com um perigoso libertino, correndo loucamente para Gretna Green. *Olhe o que eu comecei*, pensou ela, zonza. Virando a cabeça no peito de St. Vincent, pousou a bochecha no fino linho da camisa dele e perguntou:

– Como é sua família? Tem irmãos e irmãs?

Os lábios de St. Vincent brincaram por um momento entre os cachos dela.

– Não restou ninguém além de meu pai. Não tenho nenhuma lembrança da minha mãe. Ela morreu de cólera quando eu ainda era bebê. Eu tinha quatro irmãs mais velhas. Sendo o mais novo e o único menino, fui absurdamente mimado. Perdi três das minhas irmãs para a escarlatina quando ainda era criança... Lembro-me de ter sido enviado para nossa casa de campo quando elas adoeceram. Quando fui trazido de volta, as três tinham morrido. A que havia restado, minha irmã mais velha, se casou. Mas como a mãe da senhorita, morreu no parto. O bebê não sobreviveu.

Evie ficou muito quieta durante aquela narrativa sem rodeios, forçando-se a continuar relaxada junto a St. Vincent. Mas sentiu pena do garotinho que ele tinha sido. A mãe e quatro irmãs amorosas, todas desaparecendo da vida dele. Teria sido difícil para qualquer adulto assimilar essa perda, quanto mais para uma criança.

– Já se perguntou como poderia ter sido sua vida se sua mãe estivesse viva?

– Não.

– Frequentemente me pergunto que conselho ela teria me dado.

– Sua mãe acabou casada com um rufião – comentou St. Vincent com sarcasmo. – Eu não confiaria muito no conselho dela. Como eles se conheceram? Não é comum uma garota bem-criada encontrar alguém como Jenner.

– Isso é verdade. Minha mãe estava em uma carruagem

com minha tia. Era um daqueles dias de inverno em que a névoa londrina é tão densa que mal se pode ver alguns metros adiante. A carruagem se desviou para evitar um carrinho de vendedor de rua e atropelou meu pai, que estava em pé na calçada próxima. Por insistência da minha mãe, o cocheiro parou para ver se estava tudo bem com ele. Só estava um pouco machucado, nada mais do que isso. E suponho... suponho que minha mãe tenha se interessado por ele, porque lhe mandou uma carta no dia seguinte, perguntando mais uma vez sobre sua saúde. Eles começaram a se corresponder. Meu pai pedia para outra pessoa escrever as cartas, porque era analfabeto. Não sei de mais detalhes, só que eles finalmente fugiram.

Os lábios de Evie se curvaram em um sorriso de satisfação ao imaginar a fúria dos Maybricks ao descobrir que a mãe dela tinha fugido com Ivo Jenner.

– Minha mãe tinha 19 anos quando morreu. E eu tenho 23. Parece estranho ter vivido mais do que ela.

Evie se virou nos braços de Sebastian e ergueu os olhos para fitá-lo.

– Quantos anos tem, milorde? Trinta e quatro? Trinta e cinco?

– Tenho 32. Embora no momento eu me sinta com não menos que 102. – Ele a estava olhando com curiosidade. – O que houve com sua gagueira, criança? Ela desapareceu em algum lugar entre aqui e Teesdale.

– Foi? – perguntou Evie um pouco surpresa. – Eu acho... que devo me sentir confortável com o senhor. Tendo a gaguejar menos com certas pessoas.

Que estranho! Sua gagueira nunca desaparecia totalmente, a menos que estivesse falando com crianças. O peito de St. Vincent se moveu sob a orelha dela em um riso de divertimento.

– Nunca me disseram que eu era do tipo que deixa as pessoas confortáveis. Estou certo de que não gosto disso. Terei de fazer algo diabólico em breve para corrigir sua impressão.

– Sem dúvida fará. – Ela fechou os olhos e se recostou mais em St. Vincent. – Acho que estou cansada demais para gaguejar.

Ele pôs a mão na cabeça de Evie, acariciando-lhe os cabelos e as faces, as pontas de seus dedos massageando a têmpora da jovem.

– Durma – sussurrou. – Estamos quase lá. Se está indo para o inferno, meu amor, logo se sentirá mais quente.

Mas ela não se sentia. Quanto mais viajavam para o norte, mais esfriava, a ponto de Evie imaginar amargamente que parte do enxofre e da lava do inferno seria bem-vinda. A vila de Gretna Green ficava no condado de Dumfriesshire, logo ao norte da fronteira entre a Inglaterra e a Escócia. Desafiando as rígidas leis sobre o casamento na Inglaterra, centenas de casais tinham percorrido a estrada de Londres para Gretna Green, passando por Carlisle. Eles iam a pé, de carruagem ou a cavalo, buscando refúgio, um lugar onde pudessem fazer seus votos e voltar para a Inglaterra como marido e mulher.

Depois que um casal atravessava a ponte sobre o rio Sark e entrava na Escócia, podia se casar em qualquer lugar do país. Só era preciso uma declaração diante de testemunhas. Um próspero negócio de casamentos se desenvolvera em Gretna Green, com os residentes concorrendo para realizar serviços matrimoniais em casas particulares, estalagens ou até mesmo ao ar livre. Contudo, o local mais famoso – e infame – era a ferraria, onde muitos casamentos rápidos aconteciam. Tanto que um matrimônio em *qualquer* lugar de Gretna Green era chamado de "casamento na bigorna". A tradição tinha começado nos anos 1700 quando um ferreiro se estabelecera como o primeiro de uma longa linhagem de padres ferreiros.

Finalmente a carruagem de St. Vincent chegou ao seu destino, uma estalagem perto da ferraria. Parecendo suspeitar que Evie poderia desmaiar de fraqueza, Sebastian manteve a mão firme ao redor dela enquanto se postavam diante do balcão desgastado. O estalajadeiro, Sr. Findley, sorriu de satisfação ao saber que eles eram um casal em fuga e lhes assegurou com grandes piscadelas que sempre tinha um quarto pronto para essas situações.

— Sabem, o casamento só será legal depois de consumado — informou-lhes com um sotaque quase incompreensível. — Certa vez, tivemos de retirar o casal de noivos pela porta dos fundos enquanto seus perseguidores socavam a da frente. Quando eles voltaram para a estalagem e encontraram os dois amantes juntos na cama, o noivo ainda estava de botas! Mas não restou nenhuma dúvida de que o ato tinha sido consumado.

Ele deu uma gargalhada ao se lembrar daquilo.

— Quero uma banheira quente no quarto quando voltarmos da ferraria — ordenou St. Vincent, sem reagir à história do estalajadeiro.

— É claro, milorde. — O estalajadeiro recebeu ansiosamente as moedas que St. Vincent lhe entregou em troca de uma chave antiquada. — Deseja jantar no quarto também, milorde?

St. Vincent lançou um olhar indagador para Evie e ela balançou a cabeça.

— Não — respondeu. — Mas espero contar com um farto café da manhã.

— É claro, milorde. Vão se casar na ferraria, não é? Ah, ótimo! Não há ninguém melhor para realizar casamentos em Gretna Green do que Paisley MacPhee. Um homem culto, atuará como padre e lhes dará uma bela certidão.

– Obrigado.

St. Vincent manteve o braço ao redor de Evie enquanto saíam da estalagem e se dirigiam à casa do ferreiro, ao lado. Um rápido olhar para a rua revelou fileiras de pequenas casas e lojas, com lampiões sendo acesos para abrandar a crescente escuridão do início da noite. Ao se aproximarem da frente do prédio caiado de branco, ele murmurou:

– Aguente apenas um pouco mais, querida. Está quase feito.

Apoiando-se pesadamente em St. Vincent, com seu rosto meio escondido no casaco dele, Evie o esperou bater à porta, que logo foi aberta por um homem corpulento com o rosto corado e um belo bigode que se ligava às profusas suíças.

– É MacPhee? – perguntou St. Vincent.

– Sim.

Rapidamente, St. Vincent fez as apresentações e explicou o objetivo deles. O ferreiro deu um largo sorriso.

– Então querem se casar, não é? Entrem.

Ele chamou suas filhas, duas moças rechonchudas que apresentou como Florag e Gavenia, e os conduziu para a loja contígua à residência. Os MacPhees demonstraram a mesma alegria constante do estalajadeiro Findley, o que desmentiu grande parte do que Evie sempre ouvira dizer sobre a natureza séria dos escoceses.

– Aceitam minhas duas filhas como testemunhas? – perguntou MacPhee.

– Sim – disse St. Vincent, olhando ao redor pela loja, que estava cheia de ferraduras, equipamentos para carruagem e implementos agrícolas. A luz do lampião produziu pequenos brilhos nos pelos dourados da metade inferior do rosto dele. – Como sem dúvida pode ver, minha... noiva... e eu estamos muito cansados. Acabamos de chegar de Londres e gostaríamos de apressar os procedimentos.

– De Londres? – perguntou o ferreiro com óbvio divertimento, sorrindo para Evie. – Por que veio para Gretna, senhorita? Seus pais não lhe deram permissão para se casar?

Evie lhe sorriu de volta, cansada.

– Temo que não se-seja assim tã-tão simples, senhor.

– Raramente é – concordou MacPhee, assentindo sabiamente com a cabeça. – Mas devo avisá-la: o casamento escocês é um vínculo irrevogável. Nunca poderá ser quebrado. Certifique-se de que seu amor é verdadeiro e depois...

Interrompendo o que prometia ser uma torrente de conselhos paternais, St. Vincent disse em uma voz áspera:

– Isso não é um casamento por amor. É um casamento de conveniência e não há calor suficiente entre nós nem para acender uma vela de aniversário. Prossiga com isso, por favor. Nenhum de nós dorme direito há dois dias.

O silêncio caiu sobre o local; MacPhee e suas duas filhas pareciam chocados com os comentários bruscos. Então as sobrancelhas grossas do ferreiro se abaixaram num olhar reprovador.

– Não gosto do senhor – anunciou ele.

St. Vincent o olhou com exasperação.

– Minha futura esposa também não. Mas, como isso não vai impedi-la de se casar comigo, também não deveria ser um impedimento para o senhor. Prossiga.

MacPhee lançou um olhar penalizado para Evie.

– A senhorita não tem flores! – exclamou ele, agora determinado a dar um clima romântico à cerimônia. – Florag, vá buscar um ramo de urzes brancas.

– Ela não precisa de flores – disparou St. Vincent, mas a garota saiu correndo mesmo assim.

– É um antigo costume escocês a noiva carregar urzes brancas – explicou MacPhee para Evie. – Quer saber por quê?

Evie assentiu e tentou conter o riso. Apesar da fadiga, ou talvez por causa dela, estava começando a sentir um prazer perverso em ver St. Vincent tentar controlar o mau humor.

Naquele momento, o homem irritado ao seu lado com a barba por fazer não se parecia nem um pouco com o aristocrata presunçoso que comparecera aos festejos na casa de lorde Westcliff.

– Muito, muito tempo atrás... – começou MacPhee, ignorando o suspiro de St. Vincent – havia uma bela donzela chamada Malvina. Ela era noiva de Oscar, o bravo guerreiro que tinha conquistado seu coração. Oscar pediu que sua amada o esperasse enquanto ele ia buscar fortuna. Em um dia terrível, Malvina recebeu a notícia de que seu amor havia morrido na guerra. Ele descansaria para sempre nas colinas distantes... perdido no sono eterno...

– Meu Deus, como eu o invejo! – exclamou St. Vincent amargamente, esfregando os olhos, rodeados por olheiras.

– Quando as lágrimas de tristeza molharam a relva como orvalho – continuou MacPhee –, as urzes roxas aos pés dela se tornaram brancas. E é por isso que todas as noivas escocesas carregam urzes brancas no dia de seu casamento.

– *Essa* é a história? – perguntou St. Vincent franzindo a testa incredulamente. – As urzes provêm das lágrimas de uma jovem pela morte do noivo?

– Sim.

– Então como, em nome de Deus, isso pode ser um símbolo de boa sorte?

MacPhee abriu a boca para responder, mas naquele momento Florag voltou para entregar a Evie um ramo de urzes brancas secas. Murmurando agradecimentos, Evie deixou o ferreiro conduzi-la até a bigorna no centro da loja.

– Tem uma aliança para a noiva? – perguntou MacPhee para St. Vincent, que balançou a cabeça, negando. – Como eu pensei... Gavenia, vá buscar a caixa de alianças. – Inclinando-se para mais perto de Evie, explicou: – Eu trabalho com metais preciosos e ferro. É um trabalho fino, todo em ouro escocês.

– Ela não precisa... – St. Vincent parou, franzindo a testa quando Evie olhou para ele. Então deu um grande suspiro. – Está bem. Escolha algo rápido.

MacPhee tirou um quadrado de lã da caixa de alianças, o abriu sobre a bigorna e pôs delicadamente uma seleção de meia dúzia de alianças sobre o tecido. Evie se inclinou para vê-las. As alianças, todas de ouro e de vários tamanhos e desenhos, eram tão bonitas e delicadas que parecia impossível terem sido criadas pelas mãos grandes e ásperas de um ferreiro.

– Esta tem nós e desenhos de cardos – disse MacPhee, erguendo uma para ela examinar. – Esta tem um padrão de chave, e esta uma rosa de Shetland.

Evie escolheu a menor das alianças e a experimentou no dedo anelar esquerdo. Serviu perfeitamente. Aproximando-a do rosto, examinou o desenho. Era o mais simples de todos, uma aliança de ouro polido gravada com as palavras: *Tha Gad Agam Ort*.

– O que isso significa? – perguntou a MacPhee.

– "Meu amor é seu."

Não houve nenhum som ou movimento de St. Vincent. Evie corou no constrangido silêncio que se seguiu e tirou a aliança, agora lamentando ter tido qualquer interesse nela. O sentimento na frase era tão inadequado nessa cerimônia rápida que enfatizava a farsa que era aquele casamento.

– Acho que eu não quero nenhuma aliança – murmurou, colocando-a gentilmente sobre o pano.

– Vamos ficar com ela – surpreendeu-a St. Vincent. Ele pegou a aliança. Quando Evie arregalou os olhos, acrescentou sucintamente: – São só palavras. Isso não significa nada.

Evie assentiu em silêncio e baixou a cabeça, ainda muito vermelha. MacPhee olhou, carrancudo, para os dois e alisou a suíça no lado direito do rosto.

– Meninas – disse para suas filhas com decidida alegria –, agora cantem uma canção para nós.

– Uma canção? – protestou St. Vincent, e Evie puxou o braço dele.

– Deixe-as cantar – murmurou ela. – Quanto mais discutir, mais vai demorar.

Praguejando para si mesmo, St. Vincent observou a bigorna com os olhos estreitados, enquanto as irmãs cantavam em experiente harmonia.

Ah, meu amor é como uma rosa vermelha, vermelha
Recém-brotada em junho
Ah, meu amor é como uma melodia
Tocada com doce harmonia
Tua beleza é tão grande quanto meu amor por ti
E eu a amarei, meu amor
Até que todos os mares sequem...

O ferreiro ouviu suas filhas com muito orgulho, esperou até a última nota e depois as elogiou profusamente. Ele se virou para o casal ao lado da bigorna e disse com ares de solenidade:

– Agora devo perguntar: ambos são solteiros?

– Sim – respondeu St. Vincent sucintamente.

– Tem uma aliança para a noiva?

– O senhor acabou...

St. Vincent murmurou um impropério, mas parou quando MacPhee ergueu as sobrancelhas grossas, esperando a resposta. Claramente, se eles quisessem que a cerimônia fosse realizada, teriam de seguir a liderança do ferreiro.

– Sim. Tenho uma bem aqui.

– Então a coloque no dedo da noiva e encoste sua mão na dela.

Em pé diante de St. Vincent, Evie se sentiu estranha e zonza. No momento em que ele pôs a aliança em seu dedo, seu coração começou a bater muito rápido, produzindo correntes de algo que não era ansiedade nem medo, mas uma emoção nova que lhe aguçou os sentidos de um modo insuportável. Não havia nenhuma palavra para isso. Ela foi dominada pela tensão, sua frequência cardíaca se recusando a diminuir. A palma de sua mão se uniu à de St. Vincent, os dedos dele muito mais longos do que os dela, sua mão suave e quente.

St. Vincent inclinou a cabeça, seu rosto cobrindo o de Evie. Embora ele não demonstrasse nenhuma emoção, um indício de cor surgira no alto das maçãs do rosto e da ponte do nariz. E a respiração dele estava mais rápida do que de costume. Surpresa ao perceber que já conhecera algo tão íntimo quanto o ritmo de sua respiração, Evie desviou o olhar. Viu o ferreiro pegando uma fita branca de uma das filhas e se encolheu um pouco ao senti-lo atando-a firmemente ao redor dos pulsos unidos de ambos.

Um murmúrio sem palavras fez cócegas em seu ouvido e Evie sentiu a mão livre de St. Vincent subir para a lateral de seu pescoço, acariciando-a como se ela fosse um animal nervoso. Relaxou ao toque enquanto ele lhe acariciava a pele com delicada leveza.

MacPhee se ocupou de enrolar a fita ao redor dos pulsos deles.

– Agora damos o nó – disse ele, fazendo isso com um floreio. – Repita, senhorita: "Eu o recebo como meu marido."

– Eu o recebo como meu marido – sussurrou Evie.
– Milorde? – incentivou-o o ferreiro.

St. Vincent a observou com olhos frios e brilhantes que não revelavam nada, e ainda assim Evie teve a impressão de que ele também sentia a estranha e ansiosa tensão que surgia entre eles, forte como um raio.

– Eu a recebo como minha esposa – disse ele em voz baixa.

MacPhee anunciou com satisfação:

– Diante de Deus e dessas testemunhas, eu os declaro marido e mulher. O que Deus uniu ninguém pode separar. São 82 libras, 3 coroas e 1 xelim.

St. Vincent desviou com dificuldade seu olhar de Evie e, erguendo uma sobrancelha, o dirigiu para o ferreiro.

– Cinquenta libras pela aliança – disse MacPhee em resposta à pergunta não feita.

– Cinquenta libras por uma aliança sem nenhuma pedra? – perguntou St. Vincent acidamente.

– É *ouro escocês* – disse MacPhee, parecendo indignado por seu preço ter sido questionado. – Dos rios nas colinas de Lowther...

– E o resto?

– Trinta libras pela cerimônia, 1 libra pelo uso da minha loja, 1 guinéu pela certidão de casamento que ficará pronta amanhã, 1 coroa por cada testemunha. – O ferreiro se interrompeu para apontar para as filhas, que riram e fizeram mesuras. – Outra coroa pelas flores...

– Uma coroa por um punhado de ervas secas? – perguntou St. Vincent indignado.

– A canção é cortesia da casa – disse MacPhee com benevolência. – Ah, e 1 xelim pela fita... que *não* devem desatar até que o casamento seja consumado. Caso contrário, a má sorte os seguirá.

St. Vincent abriu a boca para discutir, mas depois de

olhar para o rosto exausto de Evie, enfiou a mão no casaco em busca de dinheiro. Seus movimentos foram desajeitados, porque era destro e sua mão esquerda era a única livre. Pegou um maço de notas e algumas moedas e jogou sobre a bigorna.

– Aqui – disse, irritado. – Não, fique com o troco. Dê para suas filhas. – A voz dele adquiriu um tom sarcástico. – Minha gratidão pela canção.

Houve um coro de agradecimentos de MacPhee e suas filhas, que os seguiram entusiasmadas até a porta, cantando uma estrofe extra da canção nupcial:

E eu a amarei, meu amor
Até que todos os mares sequem...

CAPÍTULO 4

Quando saíram da casa do ferreiro, a chuva havia piorado e caía torrencialmente em cascatas escuras e prateadas. Evie apressou o passo, reunindo o resto de suas forças para voltar ao abrigo da estalagem. Sentia-se como se estivesse caminhando em um sonho. Tudo parecia fora de proporção. Era difícil focar os olhos e o chão lamacento se movia sob seus pés. Para seu desgosto, St. Vincent a fez parar ao lado do prédio sob a proteção de um beiral gotejante.

– O que foi? – perguntou ela com ar de desalento.

St. Vincent levou sua mão livre aos pulsos atados deles e começou a puxar o nó da fita.

– Estou me livrando disto.

– Não. Espere.

O capuz do manto de Evie caiu para trás enquanto ela tentava impedi-lo. Sua mão cobriu a dele, interrompendo-lhe temporariamente os movimentos.

– O quê? – perguntou ele, impaciente.

Água escorreu da aba do chapéu de St. Vincent quando ele baixou a cabeça para Evie. A noite caíra e a única iluminação provinha dos lampiões na rua. Embora a luz fosse fraca, parecia captar o azul-claro dos olhos de St. Vincent, fazendo-os brilhar como se tivessem luz própria.

– Se desatar a fita, teremos má sorte.

– É supersticiosa? – perguntou St. Vincent em um tom de incredulidade.

Evie assentiu como que se desculpando.

Não era difícil ver que a raiva dele estava sendo contida por um fio mais frágil do que a fita que unia seus pulsos. Em pé na escuridão e no frio, com os braços presos erguidos em um ângulo estranho, Evie sentiu os dedos da mão aprisionada de St. Vincent cobrindo-lhe a mão. Essa era a única parte quente de seu corpo.

Ele falou com uma paciência tão exagerada que, se Evie estivesse em plena posse de suas capacidades mentais, teria retirado suas objeções imediatamente.

– Quer mesmo entrar na estalagem assim?

Aquilo era irracional, mas Evie estava exausta demais para entender seus sentimentos. Tudo o que sabia era que já tivera má sorte suficiente na vida e não queria atrair mais.

– Estamos em Gretna Green. Ninguém achará isso estranho. Eu pensei que não se importasse com as aparências.

– Nunca me importei em parecer depravado ou desprezível. Meu limite é parecer idiota.

– Não, *não* – disse Evie, insistente enquanto St. Vincent tentava mais uma vez desatar a fita.

Lutou com ele, seus dedos se entrelaçando. De repente,

St. Vincent a beijou e a empurrou contra a lateral do prédio, prendendo-a com o próprio corpo. A mão livre dele lhe segurou a nuca, sob o peso dos cabelos molhados. A pressão sensual dos lábios de St. Vincent produziu em Evie uma reação de choque em todas as partes do corpo. Ela não sabia como beijar nem o que fazer com a boca. Trêmula e confusa, apertou seus lábios fechados contra os dele, enquanto seu coração batia loucamente e suas pernas fraquejavam.

St. Vincent queria coisas que ela não sabia como lhe dar. Sentindo a confusão de Evie, ele se afastou e lhe possuiu a boca com beijos pequenos e persistentes, roçando o rosto gentilmente no dela. Levou os dedos à frágil estrutura do maxilar da jovem, inclinou o queixo dela e, usando o polegar, abriu-lhe os lábios. No momento em que fez isso, a beijou. Evie podia saboreá-lo, sentir uma essência sutil e sedutora que a afetava como uma droga exótica. St. Vincent pôs a língua dentro dela, explorando-a com carícias, sem que Evie oferecesse resistência.

Depois de um beijo voluptuoso, ele recuou até suas bocas mal se tocarem e suas respirações se misturarem em vapores visíveis no ar frio da noite. Deu-lhe um beijo com a boca semiaberta, e depois outro, o ar que provinha dele enchendo a boca de Evie. Beijos leves percorreram a bochecha dela até a intricada cavidade do ouvido. Evie suspirou tremulamente ao sentir a língua no frágil e pequeno lóbulo antes de St. Vincent mordiscá-lo. Ela se contorceu em resposta, a sensação descendo até seus seios e chegando às partes íntimas.

Apertando-se contra St. Vincent, buscou às cegas sua boca quente e provocadora, o toque sedoso de sua língua. Ele lhe correspondeu, seu beijo gentil, mas firme. Ela pôs os braços ao redor do pescoço de St. Vincent para não cair, enquanto ele mantinha a outra mão pressionada contra a parede, os pulsos deles batendo com força, juntos sob a fita branca. Outro beijo profundo, rude e tranquilizador ao mesmo tempo. Ele lhe devorou a boca, a saboreou e lambeu, o prazer ameaçando obscurecer a consciência de Evie. Não admirava que tantas mulheres tivessem sucumbido a este homem, jogado fora a reputação e a honra por ele. Sebastian era a personificação da sensualidade.

Quando St. Vincent afastou seu corpo do dela, Evie ficou surpresa por não ter desabado no chão. Ele ofegava tanto quanto ela – ou ainda mais, seu peito subindo e descendo ritmadamente. Ambos ficaram em silêncio enquanto St. Vincent estendia a mão para desatar a fita, seus olhos azul-claros totalmente concentrados na tarefa. Suas mãos tremiam e ele não conseguia olhar no rosto de Evie, embora ela não soubesse se isso era para não ver a expressão dela ou para ela não ver a sua. Depois que toda a fita foi retirada, Evie se sentiu como se eles ainda estivessem unidos, com seus pulsos ainda presos.

Finalmente ousando olhar para ela, St. Vincent a desafiou em silêncio a protestar. Evie se conteve, segurou seu braço e eles percorreram a curta distância até a estalagem. A mente de Evie estava girando e ela mal ouviu as congratulações joviais do Sr. Findley quando eles entraram no pequeno edifício. Sentiu as pernas pesadas ao subir um lance da escada escura e estreita.

Finalmente estava lá, em um esforço sobre-humano para pôr um pé na frente do outro na esperança de não cair. Chegaram a uma pequena porta no corredor do andar de cima. Evie encostou seus ombros cansados na parede e observou St. Vincent tentar abrir a fechadura. A chave girou com um som áspero e ela cambaleou na direção da porta aberta.

– Espere. – St. Vincent se inclinou para pegá-la no colo.

A respiração de Evie se tornou acelerada.

– Não precisa...

– Em deferência à sua natureza supersticiosa – disse ele, segurando-a no colo facilmente, como se ela fosse uma criança. – Acho que é melhor seguirmos essa última tradição. – Virando-se de lado, cruzou a porta com ela. – Se a noiva tropeçar no portal, traz má sorte. E já vi homens depois de uma bacanal de três dias com mais firmeza nos pés do que você.

– Obrigada – murmurou Evie quando ele a pôs no chão.

– É meia coroa – respondeu St. Vincent.

O lembrete sarcástico das taxas do ferreiro trouxe um súbito sorriso ao rosto dela.

Contudo, o sorriso desapareceu quando Evie olhou ao redor pelo pequeno quarto. A cama larga o suficiente para dois parecia macia e limpa, a colcha gasta por inúmeras lavagens. A armação era feita de ferro e latão com remates em forma de bola. Um brilho rosado emanava de um lampião com cúpula de vidro vermelho posto à mesa de cabeceira. Enlameada, com frio e entorpecida, Evie olhou em silêncio para a velha banheira com borda de madeira que fora posta diante da pequena e tremeluzente lareira.

St. Vincent trancou a porta e se aproximou de Evie para lhe abrir o manto. Algo como pena se revelou em suas feições ao ver que ela tremia de cansaço.

– Deixe-me ajudá-la – disse em voz baixa, tirando o manto dos ombros da jovem e o pondo sobre uma cadeira perto da lareira.

Evie engoliu em seco e tentou firmar os joelhos, que pareciam prestes a se dobrar. Ela sentiu um frio terrível no estômago ao olhar para a cama.

– Vamos...? – começou a perguntar, sua voz se tornando áspera.

St. Vincent começou a abrir o corpete do vestido.

– Vamos...? – repetiu ele, e seguiu o olhar de Evie até a cama. – Meu Deus, não!

Ele passou os dedos rapidamente pelo corpete dela, abrindo a fileira de botões.

– Por mais que você seja deliciosa, meu amor, estou cansado. Nunca disse isso em minha vida inteira, mas neste momento prefiro dormir a foder.

Bastante aliviada, Evie deixou escapar um suspiro trêmulo. Foi forçada a se segurar em St. Vincent para manter o equilíbrio enquanto ele descia o vestido por seus quadris.

– Não gosto dessa palavra – disse Evie em uma voz abafada.

– Bem, é melhor se acostumar com ela. Essa palavra é dita com frequência no clube de seu pai. Só Deus sabe como não a ouviu antes.

– Eu a ouvi – disse Evie, indignada, pisando para fora do vestido. – Só que até agora não sabia o que significava.

St. Vincent se curvou para desamarrar os sapatos dela, seus ombros largos tremendo. Um estranho som sufocado lhe escapou dos lábios. No início, Evie se perguntou se ele de repente se sentira mal, mas depois percebeu que estava rindo. Era a primeira risada genuína que ouvira de St. Vincent, e não tinha a menor ideia de o que ele estava achando tão engraçado. Em pé de camisola e roupas de baixo, cruzou os braços na frente do corpo e franziu a testa.

Ainda resfolegando em mudo divertimento, St. Vincent lhe tirou os sapatos, um de cada vez, e os atirou para o lado. Ele enrolou as meias de Evie com rapidez e eficiência.

– Tome seu banho, querida. Esta noite está segura comigo. Poderei olhar, mas não tocar. Vá em frente.

Como nunca na vida se despira na frente de um homem, Evie sentiu todo o seu corpo se ruborizando ao desatar os laços da camisola. Discretamente, St. Vincent lhe deu as costas e se dirigiu ao lavatório com um jarro de água quente que fora posto ao lado da lareira. Enquanto ele pegava utensílios de barbear no baú que trouxera, Evie tirou desajeitadamente suas roupas de baixo e entrou na banheira. A água estava maravilhosamente quente e, ao afundar nela, suas pernas frias formigaram como se tivessem sido espetadas por mil agulhas.

Um pote de sabão marrom gelatinoso com cheiro acre fora posto em um banco ao lado da banheira. Pegando um pouco com os dedos, Evie o espalhou sobre o peito e os braços. Estava com as mãos pesadas e não parecia conseguir fazer seus dedos trabalharem adequadamente. Depois de mergulhar a cabeça na água, procurou mais sabão, quase derrubando o pote no processo. Lavou os cabelos, gemeu de desconforto quando seus olhos começaram a arder e jogou bastante água no rosto.

St. Vincent se aproximou rapidamente da banheira trazendo o jarro. Evie ouviu a voz dele:

– Incline a cabeça para trás.

Ele despejou o resto da água limpa sobre os cabelos ensaboados de Evie. Habilmente, enxugou-lhe o rosto com uma toalha limpa mas áspera e lhe disse para se levantar. Evie pegou a mão que ele lhe estendeu e obedeceu. Deveria ter ficado mortificada, em pé e nua na frente dele, mas finalmente chegara a um ponto de exaustão que não permitia pudores. Trêmula e nervosa, deixou-o ajudá-la a sair da banheira. Até mesmo lhe permitiu enxugá-la, porque não era capaz de fazer nada além de ficar em pé, apática, sem se importar ou ao menos notar se ele a estava olhando.

St. Vincent foi mais eficiente do que qualquer criada pessoal ao pôr rapidamente em Evie a camisola branca de flanela que encontrara na valise dela. Ele usou a toalha para lhe enxugar os cabelos e depois a guiou até o lavatório. Evie percebeu com indiferença que ele havia encontrado sua escova de dentes na valise e polvilhado as cerdas com pó dental. Escovando e enxaguando com movimentos enérgicos, ela cuspiu na bacia de cerâmica cor de creme. A escova de dentes escorregou de seus dedos fracos e caiu ruidosamente no chão.

– Venha, querida. Segure a minha mão.

St. Vincent a conduziu para a cama e ela se arrastou para o colchão como um animal ferido. A cama estava seca e quente, tinha um colchão macio e o peso dos lençóis e cobertores de lã era delicioso sobre seu corpo dolorido. Enterrando a cabeça no travesseiro, Evie deixou escapar um gemido. Houve uma leve puxada em seu couro cabeludo e ela compreendeu que ele estava desembaraçando seus cabelos molhados. Aceitando passivamente os cuidados dele, deixou-o virá-la para alcançar o outro lado. Quando a tarefa foi completada, St. Vincent saiu do lado da cama para tomar banho. Evie só conseguiu ficar com as pálpebras abertas por tempo suficiente para ver o corpo esguio e dourado dele à luz do fogo. Quando St. Vincent saiu da banheira, seus olhos se fecharam...

Foi um sono sem sonhos. Não houve nada além da doce e pesada escuridão, da cama macia e da quietude de uma vila escocesa em uma noite fria de outono. Ela só se mexeu ao raiar do dia, quando ruídos vindos de fora penetraram no quarto: gritos alegres do vendedor de broas, um trapeiro, os sons de animais puxando carroças pela rua. Evie abriu os olhos e, à luz difusa que se infiltrava pelas cortinas rústicas desbotadas, viu com surpresa que havia outra pessoa na cama com ela.

St. Vincent. Seu marido. Ele estava nu da cintura para cima, deitado de barriga para baixo com os braços lisos e musculosos curvados ao redor do travesseiro sob sua cabeça. As linhas largas dos ombros e das costas eram tão perfeitas que pareciam ter sido esculpidas em âmbar báltico e recebido um acabamento brilhante. O rosto era muito mais suave em repouso do que desperto. Os olhos calculistas estavam fechados e a boca, relaxada em linhas delicadas e inocentemente sensuais.

Evie fechou os olhos e se lembrou de que agora era uma mulher casada. Logo poderia ver seu pai e ficar com ele pelo tempo que desejasse. Como era improvável que St. Vincent se importasse com o que ela fizesse ou para onde fosse, teria um pouco de liberdade. Apesar das preocupações nos recônditos de sua mente, uma sensação parecida com felicidade a invadiu. Ela suspirou e dormiu de novo.

Dessa vez, sonhou. Estava andando por um caminho banhado pelo sol e margeado de ásteres e varas-de-ouro balançando ao vento. Era um caminho em Hampshire que já percorrera muitas vezes e passava por campos úmidos repletos de rainhas-dos-prados e relva alta do fim do verão. Andou sozinha até se aproximar do poço dos desejos onde ela e as amigas um dia atiraram alfinetes e fizeram pedidos.

Sabendo da superstição local sobre o espírito do poço que vivia em suas profundezas, Evie tinha ficado nervosa e evitado se aproximar muito da beira. Segundo a lenda, o espírito esperava para capturar uma donzela inocente e puxá-la para o fundo, onde se tornaria sua mulher. Contudo, em seu sonho, Evie não tinha medo e até mesmo ousou tirar seus sapatos e mergulhar os dedos dos pés na água agitada. Para a sua surpresa, não estava fria, mas deliciosamente quente. Abaixando-se para a beira do poço, balançou as pernas na água e ergueu o rosto para o sol. Sentiu um toque suave nos tornozelos. Ficou imóvel, sem medo, mesmo ao notar algo se movendo abaixo da superfície da água. Outro toque... a mão. Dedos longos massageando suavemente seus pés doloridos. As grandes mãos masculinas subiram mais, acariciando-lhe as panturrilhas e os joelhos, enquanto um corpo grande e macio emergia das profundezas. O espírito assumira a forma de um homem para cortejá-la. Os braços dele a envolveram e a sensação foi estranha, mas tão boa que ela manteve os olhos fechados, temendo que ele pudesse desaparecer se tentasse vê-lo. A pele dele era quente e sedosa, os músculos das costas ondulando sob seus dedos.

O amante do seu sonho sussurrou palavras ternas enquanto a abraçava, sua boca brincando no pescoço dela. Todos os pontos onde tocava a faziam ter sensações agradáveis.

– Devo possuí-la? – sussurrou ele, afastando cuidadosamente suas roupas e deixando a pele dela exposta à luz, ao ar e à água. – Não tenha medo...

Quando ela estremeceu e o abraçou às cegas, ele lhe beijou o pescoço e os seios, passando a língua nos mamilos. Segurando seus seios, ele roçava os lábios semiabertos em um mamilo. A língua tocou repetidamente a pele sensível até Evie gemer e afundar os dedos em seus cabelos fartos. Abrindo a boca, ele beijou e puxou o mamilo com delicadeza. Depois o acariciou com a língua e o puxou de novo... lambendo e sugando em ritmo suave e experiente. Evie se arqueou e gemeu, abrindo as pernas, indefesa, enquanto ele se posicionava mais firmemente entre elas... e então...

Evie abriu os olhos. Acordou atordoada, ofegando em uma mistura de confusão e desejo. O sonho terminara e ela compreendeu que não estava em Hampshire, mas no quarto da estalagem em Gretna, e que os sons da água não eram de um poço dos desejos, mas de uma chuva pesada lá fora. Não havia nenhuma luz do sol, apenas a de um fogo recém-aceso na lareira. E o corpo sobre o dela não era o de um espírito, mas de um homem vivo e quente... com a cabeça sobre sua barriga e a boca perambulando lentamente sobre sua pele. Evie se retesou e gemeu de surpresa ao perceber que estava nua... e St. Vincent estava fazendo amor com ela havia alguns minutos.

Ele a olhou. Com um leve rubor nas bochechas, seus olhos pareciam mais claros e bonitos do que de costume. O esboço de um sorriso relaxado mas perturbador surgiu em seus lábios.

– É difícil acordá-la – disse ele roucamente.

E baixou a cabeça de novo, enquanto uma das mãos lhe percorria furtivamente a coxa. Chocada, Evie murmurou um rouco protesto e tentou sair de debaixo dele, mas Sebastian a acalmou com as mãos, acariciando-lhe as pernas e os quadris e a acomodando novamente no colchão.

– Fique deitada e quieta. Não tem de fazer nada, meu amor. Deixe-me cuidar de você. Sim. Você pode me tocar se... Sim... – sussurrou ele ao sentir os dedos trêmulos de Evie tocando em seu cabelo brilhante, em sua nuca e na curva de seus ombros.

St. Vincent se abaixou mais, suas pernas peludas deslizando para entre as de Evie, e ela percebeu que ele estava com o rosto logo acima do triângulo de pelos ruivos. Muito constrangida, automaticamente levou uma das mãos para cobrir a parte íntima.

A boca sensual de St. Vincent desceu até o quadril de Evie e ela o sentiu sorrir ao tocar sua pele macia.

– Você não deveria fazer isso – sussurrou ele. – Quando esconde algo de mim, eu desejo mais. Temo que esteja enchendo minha cabeça das ideias mais lascivas. É melhor afastar a mão, querida, ou farei algo realmente depravado.

Quando ela afastou a mão trêmula, St. Vincent deixou um dedo perambular entre os pelos encaracolados procurando delicadamente a maciez dela.

– Isso... obedeça ao seu marido – sussurrou maliciosamente, acariciando-a mais fundo até separar os cachos. – Principalmente na cama. Como você é linda! Abra as pernas, meu amor. Vou tocar dentro de você. Não, não tenha medo. Ajudará se eu a beijar aqui? Fique quieta para mim...

Evie gemeu quando a boca de St. Vincent procurou seus pelos ruivos brilhantes. A língua quente e muito paciente encontrou seus segredos. O dedo longo e ágil examinou a entrada do corpo de Evie, mas foi momentaneamente desalojado quando ela se sobressaltou.

Sussurrando palavras tranquilizadoras junto à pele úmida e excitada da jovem, St. Vincent deslizou o dedo para dentro dela de novo, dessa vez mais fundo.

– Minha querida inocente – murmurou com suavidade, sua língua tocando em um ponto tão sensível que ela estremeceu e gemeu. Ao mesmo tempo, o dedo a acariciou por dentro em um ritmo lânguido. Ela tentou ficar quieta, cerrando os dentes, mas pequenos sons continuaram vindo à tona. – O que você acha que aconteceria... se eu continuasse a fazer isso sem parar?

Evie ficou com a visão turva quando seus olhares se encontraram por cima de sua barriga trêmula. Ela sabia que estava com o rosto contorcido e corado... Sentia o calor queimando cada centímetro de sua pele. St. Vincent pareceu esperar por uma resposta. Ela mal conseguiu forçar as palavras a saírem de sua garganta:

– E-eu não sei – disse debilmente.

– Então vamos experimentar?

Atônita, Evie não conseguiu responder nem fazer nada além de vê-lo pressionar a boca em seus pelos ruivos.

Sua cabeça caiu para trás ao sentir a língua de St. Vincent dançar habilmente em sua pele pulsando de excitação. Seu coração começou a bater violentamente. Evie sentiu uma leve ardência quando ele escorregou um segundo dedo para dentro dela, esticando-o ternamente, e depois sugou o tenso botão de seu sexo, no início lambendo-o devagar e depois aumentando o ritmo enquanto ela se contorcia.

Ele continuou, os dedos longos trabalhando em arremetidas controladas, a boca tentadora e exigente, até que o prazer a arrastou em ondas cada vez mais rápidas e ela subitamente não conseguiu se mover. Arqueada firmemente contra a boca de St. Vincent, gritou e ofegou, e gritou de novo. A língua de St. Vincent se tornou mais suave, mas continuou habilmente seu jogo, levando-a ao auge da sensação e lhe banhando o sexo com carícias quentes enquanto ela começava a se contorcer violentamente.

Um grande cansaço a dominou, acompanhado de uma euforia física que a fez se sentir bêbada. Incapaz de controlar o corpo, retorceu-se tremulamente sob St. Vincent e não demonstrou resistência quando ele a virou de barriga para baixo. Mais uma vez St. Vincent pôs a mão entre suas coxas e a penetrou com os dedos. A abertura do corpo de Evie estava dolorida e, para sua mortificação, saturada de umidade. Contudo, isso pareceu excitá-lo e ele começou a ofegar junto à nuca sensível da jovem. Mantendo os dedos dentro dela, ele a beijou e mordiscou costas abaixo.

Evie sentiu o sexo de St. Vincent roçando entre suas pernas. Estava duro, inchado e ardente. Não se surpreendeu com aquela mudança. Annabelle lhe dissera o suficiente para que tivesse uma boa ideia do que acontecia no corpo de um homem durante o ato amoroso. Mas a amiga não comentara nada sobre as centenas de outras intimidades que tornavam a experiência não meramente física, mas algo capaz de mudar a própria alquimia da alma.

Agachado sobre ela, St. Vincent a provocou e acariciou até sentir os quadris de Evie se erguendo hesitantemente na direção de sua mão.

– Quero ficar dentro de você – sussurrou ele, beijando-lhe o pescoço. – Quero penetrar fundo em seu corpo... Serei muito gentil, amor. Deixe-me virá-la e... Meu Deus, você é tão linda...

Ele a virou de barriga para cima e se posicionou entre as coxas abertas dela, seu sussurro se tornando trêmulo e excitado.

– Toque-me, querida, ponha sua mão aqui...

Ele começou a ofegar quando os dedos de Evie se curvaram gentilmente sobre seu membro ereto. Hesitante, ela o acariciou, percebendo pela respiração acelerada de St. Vincent que isso lhe dava prazer. Ele fechou os olhos, os cílios espessos tremendo levemente e os lábios se abrindo com a força de sua respiração.

Desajeitadamente, ela agarrou o membro pesado e o guiou para entre suas coxas. A ponta escorregou na umidade de seu sexo e St. Vincent gemeu como se sentisse dor. Tentando de novo, Evie o posicionou, insegura. Uma vez no lugar, St. Vincent o acomodou firmemente na fenda vulnerável. Aquilo ardeu muito mais do que quando ele pusera os dedos nela, e Evie se contraiu. Pegando o corpo da jovem nos braços, ele se moveu em uma forte arremetida, e mais outra, até penetrá-la totalmente. Ela se contorceu no impulso de evitar a dolorosa invasão, mas parecia que cada movimento só o levava mais para dentro.

Preenchida, Evie se forçou a ficar parada nos braços de St. Vincent. Segurou-lhe os ombros, enterrando os dedos nos rígidos músculos e tendões e o deixou acalmá-la com a boca e as mãos. As pálpebras de St. Vincent estavam pesadas, seus olhos brilhantes, quando ele se inclinou para beijá-la. Apreciando a suavidade e o calor da língua, ela a sugou ansiosamente. Ele emitiu um som de surpresa, estremeceu e seu membro se moveu violentamente dentro dela com uma série de espasmos rítmicos. Um gemido vibrou no peito de St. Vincent quando ele ejaculou dentro dela, respirando em sibilos por entre dentes cerrados.

Evie desceu as mãos para o peito firme dele, coberto de uma penugem dourada. Com o corpo ainda unido ao dela, ele ficou parado sob os dedos exploradores da jovem. Ela correu as mãos por seu tronco esguio, examinando o firme arco das costelas e as costas lisas e sedosas. Ele arregalou seus olhos azuis e deixou a cabeça cair no travesseiro ao lado da de Evie, gemendo enquanto arremetia profundamente, acometido de novos tremores de êxtase.

Ele a beijou com uma ânsia primitiva. Evie abriu ainda mais as pernas e puxou as costas de St. Vincent, desejando mais do peso dele sobre si, tentando senti-lo mais fundo e forte apesar da dor. Apoiado nos cotovelos para não esmagá-la, ele pousou a cabeça no peito de Evie, sua respiração quente e leve lhe tocando o mamilo. A barba por fazer arranhou um pouco a pele de Evie, fazendo os mamilos se contraírem. O sexo de St. Vincent ainda estava dentro dela, embora tivesse amolecido. Ele estava em silêncio, porém acordado, os cílios macios fazendo cócegas na esposa.

Ela também não emitia nenhum som, seus braços rodeando a cabeça de St. Vincent, seus dedos brincando nos belos cabelos dele. Sentiu a cabeça mudando de posição, o calor molhado da boca procurando-lhe o mamilo. St. Vincent o beijou e passou a língua lenta e repetidamente sobre a aréola intumescida até sentir Evie se movendo impacientemente sob ele. Mantendo o mamilo macio na boca, lambeu-o firme e suavemente, enquanto o desejo incendiava os seios e a barriga de Evie, e a dor se dissolvia em uma nova onda de prazer. Ele se dedicou ao outro seio, o mordiscando e acariciando, parecendo sentir prazer com o prazer dela. Ergueu-se o suficiente para poder deslizar a mão entre seus corpos, os dedos hábeis procurando os pelos úmidos, encontrando a crista feminina palpitante e provocando-a. Evie se sentiu atingindo outro clímax, seu corpo se agarrando voluptuosamente ao membro quente que se insinuava para dentro dela.

Ofegando, St. Vincent ergueu a cabeça para olhá-la, como se ela fosse de uma espécie nunca vista.

– Meu Deus! – sussurrou com uma expressão não de satisfação, mas de algo parecido com alarme.

CAPÍTULO 5

Sebastian saiu da cama e se dirigiu ao lavatório com as pernas bambas. Sentia-se confuso, inseguro, como se tivesse sido ele a perder a virgindade. Achava que não havia mais nada de novo para experimentar, mas estava errado. Para um homem que considerava o ato sexual um exercício de técnica e coreografia, fora um choque se ver à mercê das próprias paixões. Pretendera recuar no último momento, mas tinha sido tão dominado pelo desejo que fora incapaz de controlar seu corpo. Maldição. Isso nunca havia acontecido.

No lavatório, pegou desajeitadamente a toalha de linho branco pensando em molhá-la com água fresca. A essa altura sua respiração voltara ao normal, mas ele não estava nem um pouco calmo. Depois do que acabara de acontecer, deveria se sentir saciado durante horas. Mas não fora o suficiente. Havia tido o orgasmo mais longo e intenso de sua vida. Ainda assim a necessidade de possuí-la não desaparecera. Aquilo era uma loucura. Mas por quê? Por que com ela?

Ela tinha o tipo de forma feminina que ele sempre havia adorado, firme e voluptuosa, com coxas largas para acomodá-lo. E uma pele macia como veludo, com sardas douradas espalhadas como fogos de artifício. Os pelos pubianos, tão ruivos e cacheados quanto os cabelos... Sim, isso também era irresistível. Mas todos os atributos físicos de Evangeline Jenner não explicavam o efeito extraordinário que tinha sobre ele.

Novamente excitado, Sebastian se esfregou fortemente com a toalha fria e procurou uma nova. Levou-a para Evangeline, que estava meio curvada de lado. Para seu alívio, ao que tudo indicava não haveria lágrimas ou queixas virginais. Ela parecia contemplativa em vez de perturbada... Olhava-o fixamente, como se tentasse decifrar um enigma. Ele lhe murmurou que ficasse de barriga para cima e limpou o sangue e os fluidos entre as coxas dela.

Não foi fácil para Evangeline ficar nua diante dele... Sebastian viu o rubor cobri-la em uma rápida onda. Conhecera pouquíssimas mulheres que se enrubesciam com a nudez. Sempre escolhera as experientes, tendo pouco interesse pelas inocentes. Não por motivos morais, é claro, mas porque as virgens eram muito insípidas na cama.

Ele pôs a toalha de lado e colocou as palmas das mãos nos ombros de Evangeline, produzindo depressões profundas no colchão. Eles se estudaram com curiosidade. Sebastian percebeu que Evangeline se sentia confortável com o silêncio. Uma boa qualidade. Inclinou-se sobre ela, ainda olhando-a nos olhos, mas, ao baixar a cabeça, um ronco quebrou a calmaria. Era o estômago voluntarioso dela, protestando por estar vazio. Ficando ainda mais vermelha, se é que isso era possível, Evangeline cobriu a barriga com as mãos como se isso fosse calá-la.

Um sorriso surgiu no rosto de Sebastian, que se curvou rapidamente para lhe beijar a barriga.

– Vou pedir o café da manhã, doçura.

– Evie – murmurou ela, estendendo a mão para puxar as cobertas até o peito. – É assim que meu pai e minhas amigas me chamam.

– Estamos finalmente prontos para primeiros nomes? – Um sorriso provocador surgiu nos cantos dos lábios dele. – Nesse caso, Sebastian.

Evie estendeu a mão devagar como se ele fosse um animal selvagem capaz de fugir assustado e lhe acariciou os cachos da frente com cuidadosa leveza. Afastando uma mecha de cabelos solta, disse em uma voz baixa:

– Agora somos realmente marido e mulher.

– Sim. Deus a ajude. – Ele inclinou a cabeça, apreciando as carícias dela. – Devemos partir para Londres hoje?

Evie assentiu com a cabeça.

– Quero ver meu pai.

– É melhor escolher suas palavras com cuidado quando lhe explicar que sou seu marido – disse Sebastian. – Caso contrário, a notícia acabará com ele.

Ela tirou a mão dos cabelos dele.

– Quero que nos apressemos. Se o tempo melhorar, talvez consigamos ir mais rápido. Quero ir direto para o clube do meu pai e...

– Chegaremos lá em breve, mas não viajaremos à mesma velocidade desenfreada em que viemos para a Escócia. Passaremos pelo menos uma noite em uma estalagem.

Quando Evie abriu a boca para protestar, ele disse de modo incontestável:

– Não fará nenhum bem para seu pai você chegar ao clube dele morta de exaustão.

Havia começado: o exercício da autoridade do marido e a obrigação da esposa de obedecer. Estava claro que Evie ansiava por argumentar, mas em vez disso o olhou com o cenho franzido. Suavizando a voz, ele murmurou:

– Você enfrentará momentos difíceis, Evie. Ter-me como marido será provação suficiente. Mas cuidar de um tuberculoso no último estágio da doença... Você precisará de todas as suas forças. Não faz sentido esgotá-las antes mesmo de chegar lá.

Evie o olhou com uma renovada intensidade que o fez se sentir desconfortável. Que olhos ela tinha! Como se alguém tivesse juntado camadas de vidro azul e feito um raio de sol brilhante passar por elas.

– Está preocupado com meu bem-estar? – perguntou Evie.

Ele tornou a usar sua voz zombeteira e seu olhar frio.

– É claro, criança. É do meu interesse mantê-la viva e saudável até pôr as mãos no seu dote.

~

Evie logo descobriu que St. Vincent – Sebastian – ficava tão à vontade nu quanto vestido, e tentou reagir naturalmente à visão de um homem andando pelo quarto totalmente despido, mas lançou olhares discretos para ele sempre que possível. Sebastian tinha membros longos e esguios, com áreas de carne macia que deviam ter sido tonificadas por exercícios como equitação, pugilismo e esgrima. As costas e os ombros eram bem desenvolvidos, com músculos que se flexionavam sob a pele firme. Mais fascinante ainda era a visão frontal dele, que incluía um peitoral que não era liso como geralmente se via nas estátuas de mármore ou bronze, mas ligeiramente coberto de pelos. Os pelos no peito – e em outros lugares – a tinham surpreendido. Esse era mais um dos muitos mistérios do sexo oposto que agora lhe era revelado.

Incapaz de andar nua pelo quarto, Evie se enrolou em um lençol antes de ir até sua valise. Pegou um vestido limpo de lã pesada marrom, um novo conjunto de roupas de baixo e, o mais importante, um par de sapatos limpos. Seu outro par estava tão sujo e úmido que ela estremeceu à ideia de calçá-lo. Enquanto se vestia, sentiu o olhar de Sebastian nela e se apressou a pôr a camisola para esconder seu tronco rosado.

– Você é linda, Evie – comentou ele com suavidade.

Tendo sido criada por parentes que sempre lamentaram a cor berrante de seus cabelos e a proliferação de sardas em sua pele, Evie sorriu ceticamente.

– Tia Florence sempre me deu uma loção clareadora para fazer minhas sardas desaparecerem. Mas não há como me livrar delas.

Ele sorriu e foi até Evie. Segurando-lhe os ombros, olhou com prazer para o corpo seminu dela.

– Não remova uma única sarda, querida. Eu encontrei algumas nos lugares mais encantadores. Já tenho minhas favoritas... Devo lhe dizer onde estão?

Perplexa e desarmada, Evie balançou a cabeça, negando, e tentou se afastar dele. Mas Sebastian não a deixou. Puxando-a para mais perto, inclinou sua cabeça dourada e lhe beijou no pescoço.

– Estraga prazeres – sussurrou. – Vou lhe dizer assim mesmo.

Ele segurou a camisola e a puxou lentamente para cima. Evie ficou sem fôlego ao sentir a carícia dos dedos de Sebastian entre suas pernas nuas.

– Há uma trilha no lado interno de sua coxa direita que leva a...

Uma batida à porta os interrompeu e Sebastian ergueu a cabeça com um grunhido de irritação.

– Café da manhã – murmurou. – Eu não lhe pediria para escolher entre o ato amoroso e uma refeição quente, porque provavelmente a resposta não me seria lisonjeira. Ponha seu vestido enquanto eu atendo a porta.

Depois de Evie obedecer desajeitada e apressadamente, ele abriu a porta para duas camareiras que traziam bandejas com pratos tampados. Assim que elas olharam para o belo hóspede de rosto angelical e cabelos cor de trigo, arfaram e deram risadinhas incontroláveis. Não ajudou muito a se recomporem o fato de ele só estar parcialmente vestido, com os pés descalços, a camisa branca com o colarinho aberto e uma gravata pendurada em volta do pescoço. Encantadas, por duas vezes quase viraram as bandejas antes de pôr o café da manhã na mesa. Tiveram dificuldade em conter gritinhos de satisfação ao especularem sobre o que ocorrera durante a noite na cama agora desarrumada. Irritada, Evie as enxotou do quarto e fechou a porta com firmeza.

Ela olhou para Sebastian para observar sua reação à admiração das camareiras, mas ele parecia distraído. Claramente o comportamento delas era tão comum que não fora notado. Um homem com a aparência e posição dele sempre seria perseguido por mulheres. Evie não tinha a menor dúvida de que isso seria devastador para uma esposa que o amasse. Contudo, nunca se permitiria sentir ciúme ou o medo de traição.

Sebastian foi acomodar Evie à mesa e a serviu primeiro. Havia mingau com sal e manteiga, porque os escoceses consideravam um sacrilégio adoçá-lo com melaço. Também havia fatias frias de bacon cozido, hadoque defumado, uma grande tigela de ostras defumadas e grandes fatias de pão torrado cobertas de geleia. Evie devorou sua comida avidamente, tomando chá. A refeição era simples, dificilmente comparável com os cafés da manhã ingleses espetaculares na propriedade de lorde Westcliff, em Hampshire, mas era quente e farta, e Evie estava faminta demais para encontrar defeito em alguma coisa.

Ela continuou com seu café da manhã enquanto Sebastian se barbeava e terminava de se vestir. Ele guardou o estojo de couro com utensílios de barbear no baú, fechou a tampa e disse casualmente para Evie:

– Guarde seus pertences, criança. Vou descer para ver se a carruagem está pronta.

– A certidão de casamento do Sr. MacPhee...

– Cuidarei disso também. Tranque a porta depois que eu sair.

Cerca de uma hora depois, ele voltou para buscar Evie, enquanto um rapaz musculoso carregava o baú e a valise para a carruagem. Sebastian esboçou um sorriso ao ver que Evie usara uma de suas gravatas de seda para prender os cabelos na altura da nuca. Ela havia perdido a maioria de seus grampos quando vieram da Inglaterra e não tivera a ideia de pôr alguns extras em sua valise.

– Com os cabelos assim, você parece jovem demais para se casar – murmurou ele. – O que dá um toque picante de libertinagem à situação. Gosto disso.

A essa altura acostumada com os comentários indecentes dele, Evie lhe lançou um olhar de resignada tolerância e o seguiu para fora do quarto. Eles desceram e se despediram do Sr. Findley, o estalajadeiro. Enquanto Evie acompanhava Sebastian até a entrada, o homem disse alegremente:

– Boa viagem, lady St. Vincent!

Surpresa ao perceber que agora era uma viscondessa, ela

conseguiu gaguejar um agradecimento. Sebastian a ajudou a ir até a carruagem que os esperava enquanto os cavalos batiam com os cascos, agitados, a respiração saindo por suas narinas dilatadas formava uma fumaça branca.

– Sim, por mais que o título tenha sido manchado, agora é seu – comentou Sebastian sarcasticamente. Ele a ajudou a subir o degrau e entrar no veículo. – Além disso, um dia ocuparemos uma posição ainda mais alta, porque sou o primeiro na linha de sucessão para o ducado... embora eu a aconselhe a não se animar muito. Os homens da minha família têm vida longa, o que significa que provavelmente só herdaremos o título quando estivermos decrépitos demais para desfrutá-lo.

– Se você... – começou Evie, parando surpresa ao ver um objeto volumoso no chão.

Era um grande recipiente de cerâmica com uma abertura tampada em uma extremidade. Tinha uma forma arredondada e um dos lados achatado para garantir sua estabilidade no chão. Perplexa, ela olhou para Sebastian, tocou hesitantemente a sola de seu sapato no objeto e foi recompensada com um forte sopro de calor que subiu direto para suas saias.

– Um aquecedor de pés! Onde conseguiu encontrar isso?

O calor da água fervente no recipiente de cerâmica duraria muito mais do que o do tijolo que usara antes.

– Comprei de MacPhee quando o vi na casa dele – respondeu Sebastian, parecendo se divertir com o entusiasmo dela. – Naturalmente ele ficou muito feliz com a perspectiva de me cobrar por mais alguma coisa.

Impulsivamente, Evie se ergueu um pouco de seu banco para beijar a bochecha lisa e fria de Sebastian.

– Obrigada. Foi muito gentil da sua parte.

Ele pôs as mãos na cintura de Evie, impedindo-a de se

afastar. Exerceu força suficiente apenas para pô-la no colo, até seus rostos ficarem tão próximos que seus narizes quase se tocaram. A respiração de Sebastian acariciou a boca da jovem quando ele murmurou:

– Certamente eu mereço um agradecimento melhor do que esse.

– É só um aquecedor de pés – protestou ela suavemente. Ele sorriu.

– Devo salientar, querida, que isso vai acabar esfriando... e então, mais uma vez, serei sua única fonte de calor. E não partilho o calor do meu corpo indiscriminadamente.

– Segundo o que dizem, partilha sim.

Evie estava descobrindo um prazer desconhecido na conversa. Nunca havia caçoado de um homem dessa maneira nem se divertido provocando-o e negando algo que ele queria. Viu pelo brilho nos olhos de Sebastian que ele estava se divertindo também. Parecia querer saltar sobre ela.

– Vou esperar minha vez – disse ele. – O maldito calor não vai durar para sempre.

Ele a deixou sair de seu colo e a observou arrumar as saias sobre o aquecedor de pés. Feliz, Evie se recostou enquanto a carruagem começava a se mover e sentiu a pele das coxas se arrepiar ao toque do delicioso calor que subia pelas calçolas e penetrava pelas meias.

– Milorde... Sebastian...

Os olhos dele eram claros e reflexivos como um espelho.

– Sim, querida?

– Se seu pai é um duque, por que você é um visconde? Não deveria ser um marquês, ou pelo menos um conde?

– Não necessariamente. É uma prática relativamente moderna acrescentar alguns títulos menores quando um novo é criado. Via de regra, quanto mais antigo é o ducado, menos provável que o filho mais velho seja um marquês. Meu pai decidiu ver o lado bom disso, é claro. Nunca toque nesse assunto com ele, especialmente quando estiver bêbado, porque ouvirá um discurso enfadonho sobre como a palavra "marquês" soa estranha e o título em si não é nada além de uma constrangedora posição inferior à de duque.

– Seu pai é um homem arrogante?

Sebastian esboçou um sorriso amargo.

– Eu costumava pensar que sim. Mas percebi que é mais como se ele fosse alheio ao mundo ao qual não pertence. Que eu saiba, meu pai nunca calçou as próprias meias ou pôs pó dental em sua escova de dentes. Duvido que sobrevivesse a uma vida sem privilégios. Na verdade, acho que morreria de fome em um cômodo cheio de comida se não houvesse criados para levá-la para a mesa. Ele não acha nada de mais usar um vaso valioso como alvo para a prática de tiro ou apagar o fogo de uma lareira lhe atirando um casaco de pele de raposa. Até mesmo mantém as florestas ao redor da propriedade sempre iluminadas por tochas e lampiões, para o caso de ter vontade de passear à noite.

– Não admira que esteja pobre – disse Evie, chocada com tamanho desperdício. – Espero que você não seja tão perdulário.

Ele balançou a cabeça.

– Nunca fui acusado de gastar além do razoável. Raramente jogo e não mantenho amantes. Mesmo assim, estou com credores em meu encalço.

– Já pensou em ter uma profissão?

Ele a olhou sem entender.

– Para quê?

– Para ganhar dinheiro.

– Meu Deus, não. O trabalho seria uma distração inconveniente em minha vida pessoal. E quase nunca tenho disposição de acordar antes do meio-dia.

– Meu pai não vai gostar de você.

– Se minha ambição na vida fosse conquistar a simpatia dos outros, ficaria muito aborrecido ao ouvir isso. Felizmente não é.

Enquanto a viagem continuava em um clima de companheirismo, Evie percebeu uma mistura contraditória de sentimentos em relação ao marido. Embora Sebastian possuísse muito charme, ela encontrava nele pouco que fosse digno de respeito. Era óbvio que tinha uma mente perspicaz, mas não a usava para nenhum objetivo bom. Além disso, saber que havia raptado Lillian e com isso traído o melhor amigo deixava claro que não era confiável. Contudo, ocasionalmente era capaz de uma gentileza que ela apreciava.

A cada parada, Sebastian supria as necessidades de Evie, e apesar de suas ameaças de deixar o aquecedor de pés esfriar, enchia-o de novo com água fervente. Quando ela ficava cansada, deixava-a cochilar em seu peito, segurando-a quando as rodas da carruagem sacolejavam por trechos acidentados da estrada. Enquanto cochilava em seus braços, ocorreu a Evie que Sebastian havia lhe dado a ilusão de algo que ela nunca tivera. Refúgio. Ele passou a mão repetidamente pelos cabelos dela na mais gentil das carícias e Evie o ouviu murmurar em sua voz de anjo caído:

– Descanse, meu amor. Estou zelando por você.

Capítulo 6

Embora Sebastian estivesse ansioso por chegar a Londres, não lamentou sua decisão de viajar mais devagar na volta. Ao cair da noite, Evie estava pálida e pouco comunicativa, com as forças esgotadas depois da ansiedade dos últimos dias. Ela precisava descansar.

Quando encontrou uma estalagem adequada para passarem a noite e trocarem de cavalos, Sebastian pagou pelo melhor quarto disponível e pediu que subissem imediatamente com comida e um banho quente. Evie se lavou em uma pequena banheira portátil enquanto ele providenciava a troca de cavalos pela manhã e alojamento para o cocheiro. Voltando para o quarto, pequeno mas limpo e com cortinas azuis um pouco surradas, Sebastian descobriu que a esposa terminara seu banho e estava de roupas de dormir.

Ele foi até a mesa, ergueu o guardanapo que cobria seu prato e descobriu uma porção de frango assado, alguns tubérculos murchos e um pequeno pudim. Notando que o prato de Evie estava vazio, olhou-a com um sorriso irônico.

– Que tal?

– Melhor do que não jantar.

– Confesso que estou dando um novo valor aos talentos do meu cozinheiro em Londres. – Ele se sentou à frágil mesa e pôs um guardanapo no colo. – Acho que você vai gostar das criações dele.

– Não espero fazer muitas refeições em sua casa – respondeu Evie cautelosamente.

Sebastian parou o garfo a meio caminho da boca.

– Vou ficar no clube do meu pai – continuou Evie. – Como já havia lhe dito, pretendo cuidar dele.

– Durante o dia, sim. Mas não dormirá lá. Voltará à noite para minha... *nossa* casa.

Ela o olhou sem pestanejar.

– A doença dele não desaparecerá ao cair da noite e voltará ao amanhecer. Ele precisará de cuidados constantes.

Sebastian pôs um pouco de comida na boca enquanto respondia com irritação:

– É para isso que existem os criados. Você pode contratar uma mulher para cuidar dele.

Evie balançou a cabeça com uma obstinada firmeza que o irritou ainda mais.

– Não é o mesmo que ser cuidado por um parente amoroso.

– Por que você deveria se importar com a qualidade do cuidado do seu pai? Ele fez muito pouco por você. Mal conhece o canalha...

– Não gosto dessa palavra.

– É uma pena. Porque é uma das minhas favoritas e pretendo usá-la sempre que se aplicar.

– Então é uma sorte o fato de que vamos nos ver tão pouco depois de voltarmos a Londres.

Olhar para a esposa, cujo rosto doce escondia um temperamento inesperadamente obstinado, lembrou Sebastian de que ela estava disposta a tomar medidas drásticas para conseguir o que queria. Só Deus sabia o que faria se a pressionasse demais. Forçando as mãos a relaxarem nos cabos da faca e do garfo, parou de comer. Não importava que o frango estivesse sem gosto. Se estivesse embebido no mais delicioso molho francês, ele não notaria. Sua mente astuta estava ocupada procurando estratégias para lidar com ela.

Finalmente assumiu uma expressão de gentil preocupação e murmurou:

– Meu amor, não posso permitir que você durma em um lugar repleto de ladrões, jogadores e bêbados. Certamente não percebe os perigos inerentes a essa situação.

– Vou providenciar para que receba meu dote o mais rápido possível. E então não terá de se preocupar comigo.

O autocontrole de Sebastian, sempre tão grande, se evaporou como água em uma chapa de fogão.

– Maldição, não estou preocupado com você! É só que... inferno, isso é *inadmissível*, Evie. A viscondessa St. Vincent não pode morar em um clube de jogos, nem que seja por alguns dias.

– Eu não sabia que você era tão convencional – disse Evie, e por algum motivo ver o rosto furioso do marido fez os cantos dos lábios dela se curvarem em um sorriso.

Por mais que o sorriso fosse sutil, Sebastian o notou e foi imediatamente da raiva para a perplexidade. De modo algum passaria por uma situação difícil por causa de uma virgem... quase virgem... de 23 anos, ingênua a ponto de acreditar que era páreo para ele.

Seu olhar gelado de desprezo deveria tê-la intimidado.

– Em sua fantasia de bancar o anjo da guarda, querida, quem a protegerá naquele lugar? Dormir lá sozinha é um convite à violação. E de modo algum dormirei lá com você. Tenho coisas melhores a fazer do que me sentar em uma casa de jogos de segunda classe e esperar o velho Jenner bater as botas.

– Eu não pedi para me proteger – respondeu ela em um tom calmo. – Vou me sair muito bem sem você.

– É claro que sim – murmurou Sebastian com sarcasmo, subitamente perdendo o interesse pelo jantar frio à sua frente.

Atirando seu guardanapo sobre o prato, levantou-se da mesa e tirou o casaco e o colete. Estava empoeirado e cansado da viagem, e pretendia usar a banheira. Com um pouco de sorte, a água ainda estaria quente.

Enquanto se despia e atirava cada peça de roupa sobre a cadeira, não pôde evitar pensar em todas as mulheres que já haviam desejado se casar com ele. Bonitas e bem dotadas física e financeiramente, elas teriam feito de tudo para agradá-lo. Ele estivera ocupado demais com suas libertinagens para pensar em pedir qualquer uma delas em casamento. E agora, por uma combinação de circunstâncias e falta de oportunidade, terminara casado com uma criatura socialmente inadequada com uma linhagem ruim e um temperamento obstinado.

Notando o modo como Evie desviou seu olhar do corpo nu dele, Sebastian esboçou um sorriso de desdém. Foi até a pequena banheira, se abaixou para a água morna e se sentou com suas longas pernas pendendo nos dois lados. Lavou-se devagar, jogou bastante água no peito e nos braços ensaboados e observou a esposa estreitando os olhos. Ficou satisfeito em ver que um pouco da calma dela desaparecera enquanto ele se banhava. Estava levemente ruborizada e com um interesse exagerado no desenho da colcha.

Quando Evie seguiu com o dedo indicador um padrão de pontos, Sebastian viu o brilho da aliança de ouro escocês. Ele teve uma reação estranha à visão, uma necessidade quase incontrolável de ir até ela, empurrá-la para a cama e possuí-la sem preliminares. De dominá-la e forçá-la a admitir que lhe pertencia. A força do desejo primitivo era mais do que alarmante para um homem que sempre se considerara civilizado. Confuso e excitado, terminou de se lavar, pegou a toalha úmida que ela havia usado e se enxugou. Evie notou sua excitação – ele ouviu a respiração dela se acelerar do outro lado do quarto. Agindo naturalmente, Sebastian enrolou a toalha na cintura e prendeu a ponta para dentro enquanto se dirigia ao baú.

Pegou um pente, foi até o lavatório e o passou sem dó nos cabelos molhados. O canto do espelho acima do lavatório proporcionava uma visão parcial da cama e ele viu que Evie o observava.

Sem se virar, murmurou:

– Serei o cão do açougueiro esta noite?

– Cão do açougueiro?

– O cão que fica deitado no canto do açougue e não pode comer nenhuma carne.

– Essa comparação não é um e-elogio para nenhum de nós.

Sebastian fez uma pausa quase imperceptível no ato de pentear seus cabelos ao perceber a volta da gagueira. *Ótimo*, pensou friamente. Ela não estava nem de longe tão calma quanto fingia estar.

– Não vai responder à minha pergunta?

– Eu... sinto muito, mas pre-prefiro não ter relações íntimas com vo-você de novo.

Ofendido, Sebastian pousou o pente e se virou para ela. As mulheres nunca o rejeitavam. E o fato de Evie fazer isso depois dos prazeres daquela manhã era difícil de entender.

– Você me disse que não gostava de dormir com uma mulher mais de uma vez – lembrou-lhe Evie meio que se desculpando. – Alegou que isso era tedioso.

– Pareço entediado? – perguntou ele, a toalha não ajudando muito a esconder a força da ereção.

– Acho que isso depende de para qual pa-parte sua se está olhando – murmurou Evie, baixando os olhos para a colcha. – Não preciso lembrá-lo, mi-milorde, de que nó--nós fizemos um acordo.

– Você pode mudar de ideia.

– Mas não vou.

– Sua recusa cheira a hipocrisia, querida. Já a possuí uma vez. Realmente faz alguma diferença para sua virtude fazer isso de novo?

– Não estou me re-recusando em prol da virtude.

A gagueira desaparecia quando ela recuperava a calma.

– Meu motivo é totalmente diferente.

– Estou ansioso por ouvir.

– Autopreservação. – Com óbvio esforço, Evie olhou

para ele. – Não faço nenhuma objeção a que você tenha amantes. Só não quero ser uma delas. O ato sexual não tem nenhum significado para você, mas para mim tem. Não tenho nenhuma vontade de ser magoada por você e acho que isso seria inevitável se eu concordasse em continuarmos a dormir juntos.

Embora Sebastian tentasse manter uma aparência calma, fervia por dentro com uma mistura de desejo e ressentimento.

– Não vou me desculpar pelo meu passado. Um homem *deve* ter experiência.

– E você adquiriu o suficiente para dez homens.

– Por que você deveria se importar com isso?

– Porque sua... sua história romântica, para falar educadamente, é como a de um cão que vai a todas as portas dos fundos da rua em busca de sobras de comida. E eu não serei mais uma porta. Você não consegue ser fiel a uma mulher. Já provou isso.

– O fato de eu nunca ter tentado não significa que não possa, sua cadela censuradora! Só significa que eu não quis.

A palavra "cadela" fez Evie se retesar.

– Gostaria que você não usasse uma linguagem tão baixa.

– Pareceu apropriada, dada a proliferação de analogias com cães – disparou Sebastian. – O que, a propósito, não se aplica ao meu caso, porque as mulheres me *imploram* por isso, não o contrário.

– Então deveria procurar uma delas.

– Ah, é o que farei – disse ele com crueldade. – Quando voltarmos a Londres, participarei de uma orgia que só terminará quando prenderem alguém. Nesse meio-tempo... realmente espera que partilhemos uma cama esta noite e amanhã tão castamente quanto duas freiras?

– Isso não seria nenhum problema para mim – disse

Evie com cautela, consciente de que aquele era o maior dos insultos.

O olhar incrédulo de Sebastian poderia ter queimado os lençóis. Murmurando uma torrente de palavras que ampliou consideravelmente a lista de palavras ofensivas que Evie conhecia, ele deixou a toalha cair e foi apagar o lampião. Ciente do desconforto dela diante de sua ereção, ele a encarou com desdém.

– Não se preocupe mais com isso – disse, deitando-se na cama com Evie. – De agora em diante estou certo de que sua proximidade afetará minhas partes íntimas tanto quanto uma longa nadada em um lago siberiano.

CAPÍTULO 7

O tempo melhorou muito durante a viagem de volta para Londres e a chuva finalmente desapareceu. Contudo, a temperatura mais alta lá fora era neutralizada pela frieza entre os recém-casados. Embora Sebastian tivesse mantido o aquecedor a contragosto, não convidava mais Evie para se aninhar em seus braços ou dormir em seu peito. Ela sabia que isso era melhor. Quanto mais o conhecia, mais se convencia de que qualquer intimidade entre eles resultaria em desastre. Sebastian era perigoso para ela de uma maneira que nem mesmo ele podia imaginar.

Tranquilizava-a saber que se separariam assim que chegassem à cidade. Ela ficaria no clube e ele iria para casa retomar suas atividades normais até receber a notícia da morte do pai dela. Depois provavelmente desejaria vender o clube e usar o dinheiro, junto com o resto da herança, para encher os cofres vazios da família.

A ideia de vender o clube que fora o centro da vida do pai deixou Evie melancólica. Contudo, seria o mais sensato. Poucos homens tinham a capacidade de dirigir um clube de jogos com sucesso. Seu dono tinha de possuir magnetismo para atrair pessoas e astúcia para fazê-las ficar e gastar muito dinheiro. Sem falar no tino comercial para investir bem os lucros.

Ivo Jenner possuíra moderadamente as duas primeiras qualidades, mas nem um pouco da terceira. Recentemente perdera uma fortuna, tornando-se na velhice suscetível aos tratantes que povoavam o mundo das corridas de cavalos. Felizmente o clube era uma máquina financeira tão poderosa que conseguia absorver as grandes perdas.

A afirmação grosseira de Sebastian de que a casa de Jenner era um clube de jogos de segunda classe estava correta apenas em parte. Evie sabia por conversas anteriores com o pai, que nunca se dera o trabalho de medir palavras, que embora o clube fosse bem-sucedido para os padrões de qualquer um, nunca atingira a posição à qual aspirara. Ele havia desejado que se igualasse ao Craven's, o clube rival destruído por um incêndio tanto tempo atrás. Mas Ivo Jenner nunca havia tido o estilo e a malícia de Derek Craven. Dizia-se que Craven ganhara o dinheiro de toda uma geração de ingleses e que o clube ter desaparecido em seu auge consolidara seu status lendário na memória coletiva da sociedade britânica.

O Jenner's não chegara nem perto de ser como o Craven's, mas não porque seu pai não tivesse tentado. Ivo Jenner havia mudado seu clube de Covent Garden para a King Street, que antes era uma mera passagem para a elegante área residencial e comercial de St. James, mas se tornara uma rua movimentada. Depois de comprar grande parte da rua e demolir quatro prédios, Jenner havia construído um grande e bonito clube e o anunciado como a maior casa de jogos de Londres. Quando os cavalheiros queriam jogar pesado, iam ao Jenner's.

Evie se lembrava do clube, das vezes na infância em que lhe fora permitido passar o dia com o pai. O lugar era bem equipado, embora com uma decoração um tanto exagerada. Ela havia gostado de ficar com o pai na galeria interna do segundo andar observando o que acontecia no piso principal. Sorrindo indulgentemente, Jenner levava a filha para a St. James Street, onde entravam em qualquer loja que ela quisesse. Foram à perfumaria, chapelaria e livraria, à loja que vendia gravuras e à padaria, onde o padeiro deu a Evie um pão doce recém-saído do forno – tão quente que a cobertura de glacê ainda estava um pouco derretida.

Com o passar dos anos, as idas de Evie à King Street diminuíram. Embora ela sempre tivesse culpado os Maybricks por isso, agora percebia que seu pai também fora em parte responsável. Era muito mais fácil para Jenner amá-la quando ela era criança e podia fazê-la dar gritinhos lançando-a para o ar e a pegando em seus braços fortes. Podia despentear seus cabelos ruivos do mesmo tom dos dele e fazê-la parar de chorar ao ir embora pondo um doce ou 1 xelim na palma da mão dela. Mas quando ela se tornou uma jovem e ele não podia mais tratá-la como uma garotinha, o relacionamento deles ficou estranho e distante.

– Este clube não é um lugar para você, mocinha – dissera ele com uma mistura de afeto e rispidez. – Você tem de ficar longe de um grosseirão como eu e encontrar um cavalheiro para se casar.

– Pa-papai – implorara Evie, gaguejando desesperadamente –, nã-não me mande de volta para lá. Po-por favor, por favor me deixe ficar com o senhor.

– Minha gaguinha, você pertence aos Maybricks. E não

adianta fugir e correr para cá, porque eu a mandarei de volta para eles.

As lágrimas de Evie não o abalaram. Nos anos seguintes, as visitas ao clube do pai diminuíram para uma a cada seis meses ou mais. Independentemente de que isso fosse para seu próprio bem ou não, a sensação de ser indesejada se aprofundara. Ela passara a ficar tão desconfortável perto dos homens, tão certa de que os entediaria, que era o que acabava acontecendo. Sua gagueira piorara – quanto mais tentava fazer as palavras saírem, mais incoerente se tornava, até ser mais fácil se calar e passar despercebida. Tornara-se especialista em tomar chá de cadeira. Nunca fora convidada para dançar, beijada ou mesmo cortejada. A única proposta de casamento que recebera tinha sido relutante, vinda do primo Eustace.

Maravilhada com sua mudança de sorte, olhou para o marido, que estivera pensativo e calado nas últimas horas. Ele a encarou com os olhos estreitados. Com sua expressão fria e boca cínica, parecia totalmente diferente do maroto sedutor com quem dividira a cama dois dias antes.

Evie voltou a atenção para a paisagem londrina que passava pela janela. Logo estariam no clube e veria seu pai. Fazia seis meses desde que o visitara pela última vez e tinha se preparado para encontrar um homem diferente. Todos sabiam quanto a tuberculose podia ser devastadora.

Provocava uma morte lenta do tecido pulmonar, além de febre, tosse, emagrecimento e suor abundante. A morte chegava como o fim para um terrível sofrimento e geralmente era bem recebida pela vítima e por todos que lhe queriam bem. Evie não podia imaginar seu robusto pai reduzido a esse estado. Temia tanto vê-lo quanto ansiava por cuidar dele. Contudo, guardou tudo isso para si mesma, suspeitando que Sebastian zombaria dela se lhe falasse sobre seus temores.

Seu coração se acelerou quando a carruagem passou por St. James e virou para a King Street. A longa fachada de tijolos e mármore do Jenner's se tornou visível em contraste com o amarelo e o vermelho do sol poente que brilhava através da sempre presente névoa que pairava sobre Londres. Olhando pela janela da carruagem, Evie deu um suspiro tenso quando o veículo passou por um dos muitos becos que levavam da rua principal para os pátios e estábulos atrás da fileira de prédios.

A carruagem parou na entrada dos fundos, o que era preferível à da frente. A casa de Jenner não era um lugar frequentado por mulheres decentes. Um homem podia levar para lá uma amante ou até mesmo uma prostituta que tivesse atraído seu interesse, mas nunca pensaria em levar uma dama respeitável. Evie percebeu que Sebastian a observava com o frio interesse de um entomologista observando uma nova espécie de escaravelho. Ele não podia ter deixado de notar a súbita palidez e o visível tremor dela, mas não lhe dirigiu nenhuma palavra ou gesto de consolo.

Sebastian saltou antes dela da carruagem, pôs as mãos ao redor de sua cintura e a ajudou a descer. O cheiro do beco dos fundos era o mesmo de quando Evie era criança – esterco, lixo, álcool e fumaça de carvão. Sem dúvida ela era a única jovem bem-criada em Londres a achar que o beco tinha um cheiro familiar. Pelo menos agradava mais às suas narinas do que o ambiente da casa dos Maybricks, que recendia a tapetes podres e colônia ruim.

Ela se contraiu ao sentir a dor em seus músculos parados por tempo de mais na carruagem e se dirigiu à porta. As que davam acesso à cozinha e a outras áreas de serviço ficavam mais longe no prédio, mas essa dava para uma escada que levava aos aposentos do pai. O cocheiro já havia chamado um criado do clube com algumas batidas decididas na porta e recuou mecanicamente.

Um jovem apareceu e Evie ficou aliviada ao reconhecê-lo. Era Joss Bullard, uma figura conhecida do clube, que trabalhara ali como cobrador de dívidas e porteiro. Era forte e atarracado e tinha cabelos escuros, a cabeça em forma de bala e o queixo largo.

Tendo uma tendência natural ao mau humor, Bullard a havia tratado com o mínimo de cortesia sempre que ela fora ao clube. Contudo, ouvira seu pai elogiá-lo por sua lealdade e o apreciava por isso.

– Sr. Bullard – disse. – Vi-vim ver meu pai. Po-por favor, deixe-me e-entrar.

O jovem robusto não se moveu.

– Ele não mandou chamá-la – retrucou rispidamente. Então olhou para Sebastian, notando suas roupas caras. – Entre pela frente, senhor, se for um sócio do clube.

– Idiota... – Evie ouviu Sebastian murmurar.

– O Sr. Egan e-está? – perguntou ela, referindo-se ao gerente do clube que trabalhava para seu pai havia dez anos. Ela não gostava muito de Egan, que era um tipo orgulhoso e fanfarrão, mas ele não ousaria barrar sua entrada.

– Não.

– Então o Sr. Rohan – disse Evie desesperadamente. – Po-por favor, diga a e-ele que a Srta. Jenner está aqui.

– Eu já lhe disse...

– Chame o tal Rohan – disparou Sebastian, pondo a bota contra a porta para impedir que a fechasse. – Esperaremos lá dentro. Minha esposa não ficará em pé na rua.

Parecendo surpreso com o brilho frio nos olhos do homem mais alto, o empregado murmurou sua concordância e desapareceu rapidamente.

Sebastian guiou Evie pela soleira e olhou para a escada próxima.

– Devemos subir?

Ela balançou a cabeça.

– Prefiro falar com o Sr. Rohan primeiro. Estou ce-certa de que ele poderá me dizer algo sobre o e-estado do meu pai.

Ao som da leve gagueira, Sebastian deslizou a mão por sob os cabelos de Evie e lhe apertou gentilmente a nuca. Embora seu rosto ainda estivesse frio, a mão era quente e tranquilizadora e ela se sentiu relaxar involuntariamente.

– Quem é Rohan?

– Um dos crupiês... Ele trabalha aqui desde garoto. Meu pai o treinou para ser gerente. Você se lembraria do Sr. Rohan se já o tivesse visto. É meio difícil que passe despercebido.

Sebastian ponderou sobre o comentário e murmurou:

– Ele é cigano, não é?

– Metade cigano, eu acho, pelo lado materno.

– E a outra metade?

– Ninguém sabe.

Ela o olhou com cautela e disse em voz baixa:

– Sempre me perguntei se ele poderia ser meu meio-irmão.

Um brilho de interesse surgiu nos olhos claros de Sebastian.

– Já perguntou ao seu pai?

– Sim. Ele negou.

Mas Evie nunca tinha ficado totalmente convencida. Seu pai sempre agira de um modo vagamente paternal com Cam Rohân e ela não era ingênua a ponto de acreditar que ele não tivera filhos ilegítimos. Era um homem conhecido por seus apetites físicos e nunca se preocupara com a consequência de seus atos. Desejando saber se o mesmo poderia ser dito de seu marido, ela perguntou cautelosamente:

– Sebastian, você tem...

– Não que eu saiba – disse ele, entendendo-a imediatamente. – Sempre tendi a usar preservativos, para evitar não só a concepção como também as doenças exóticas que afligem os imprudentes.

Perplexa, Evie murmurou:

– Preservativos? O que são? E o que quer dizer com doenças? Quer dizer que... *aquilo*... pode deixar uma pessoa doente? Mas como...

– Por Deus! – murmurou Sebastian, pondo os dedos de leve nos lábios de Evie para calar as perguntas. – Explicarei depois. Esse não é o tipo de coisa que se discuta à soleira da porta.

A vinda de Cam Rohan impediu Evie de fazer mais perguntas. Quando Cam a viu, um leve sorriso surgiu em seu rosto e ele fez uma graciosa mesura. Mesmo quando os modos e movimentos de Cam eram contidos, pareciam ter um floreio invisível, um carisma físico. Ele era de longe o melhor crupiê do clube, embora sua aparência, a de um jovem pirata, dificilmente levasse alguém a achar isso no início. Tinha cerca de 25 anos e o corpo magro de um jovem. Sua pele morena e seus cabelos muito pretos denunciavam suas origens, sem falar em seu primeiro nome, comum entre os ciganos. Evie sempre tinha gostado daquele rapaz de fala mansa cuja profunda lealdade ao pai dela fora demonstrada muitas vezes ao longo dos anos.

Cam vestia roupas pretas e sapatos brilhantes, mas, como sempre, seus cabelos precisavam de um corte, os grossos cachos caindo sobre o colarinho muito branco da camisa. Seus dedos longos e magros estavam adornados com alguns anéis de ouro. Quando ele ergueu a cabeça, Evie viu o brilho de um brinco de brilhante em uma das orelhas – um toque exótico que lhe caía bem. Cam a olhou com seus incríveis olhos cor de avelã que frequentemente faziam as pessoas se esquecerem da mente ágil por trás deles. Às vezes seu olhar era tão penetrante que parecia que ele estava olhando através de você...

– *Gadji* – disse Cam brandamente, usando a amistosa palavra romani para uma mulher não cigana. Ele tinha um sotaque incomum, com nuances de classe baixa e um ritmo um pouco estrangeiro, tudo em uma mistura única. – Bem-vinda. Seu pai ficará feliz em vê-la.

– Obrigada, Cam. E-eu estava com medo de que ele já ti-tivesse...

– Não – murmurou Cam, seu sorriso diminuindo. – Ainda está vivo. Ele dorme na maior parte do tempo e não quer comer. Acho que não durará muito. Ele mandou chamá-la. Tentei avisá-la, mas...

– Os Maybricks não me deixavam vir – completou Evie em um meio sussurro, sua boca se enrijecendo de raiva.

Eles não tinham se dado o trabalho de lhe dizer que seu pai a havia chamado. E Joss Bullard acabara de mentir para ela.

– Bem, estou livre deles para se-sempre, Cam. Eu me casei. E ficarei aqui até meu pai... nã-não precisar mais de mim.

Cam desviou seu olhar para o rosto implacável de Sebastian. Reconhecendo-o, murmurou:

– Lorde St. Vincent.

Se ele tinha uma opinião sobre o casamento de Evie com esse homem, não a externou. Evie tocou na manga do casaco de Cam.

– Meu pai está acordado? – perguntou ansiosamente. – Posso vê-lo?

– É claro.

O cigano segurou de leve as mãos de Evie, os anéis de ouro aquecidos pelos dedos quentes dele.

– Providenciarei para que não sejam interrompidos.
– Obrigada.

De repente, Sebastian puxou, decidido, uma das mãos de Evie e a pôs em seu próprio braço. Embora o gesto tivesse sido casual, a firme pressão de seus dedos garantiu que ela não tentaria tirá-la.

Perplexa com aquela manifestação de possessividade, Evie franziu a testa.

– Conheço Cam desde criança – disse, incisiva. – Ele sempre foi muito gentil comigo.

– Um marido sempre gosta que a esposa seja tratada com gentileza – respondeu Sebastian friamente. – Dentro de certos limites, é claro.

– É claro – disse Cam com brandura. Ele voltou sua atenção para Evie. – Devo conduzi-la, milady?

Ela balançou a cabeça.

– Não. Eu sei o caminho. Por favor, vo-volte aos seus afazeres.

Cam fez outra mesura e trocou um rápido olhar com Evie, ambos reconhecendo tacitamente que encontrariam uma oportunidade para se falar depois.

– Você não gosta dele porque é cigano? – perguntou Evie ao marido enquanto eles subiam a escada.

– É difícil eu não gostar das pessoas por coisas que elas não podem mudar – respondeu Sebastian, sarcástico. – Geralmente me dão outros motivos que bastam para não gostar delas.

Ela tirou a mão do braço de Sebastian para erguer suas saias.

– Onde está o gerente? – continuou Sebastian, pondo a mão na região lombar de Evie enquanto eles subiam a escada. – A noite está começando. A sala de jogos e a sala de jantar abriram. Ele deveria estar trabalhando.

– Ele bebe – comentou Evie.

– Isso diz muito sobre o modo como este clube é administrado.

Sensível a qualquer insulto dirigido ao clube do pai e desconfortável com a leve pressão da mão de Sebastian em suas costas, Evie teve de morder a língua para não dar uma resposta cáustica. Como era fácil para um aristocrata mimado criticar o modo como os profissionais faziam as coisas... Se ele tivesse de tocar um lugar como esse – que Deus não permitisse isso –, teria muito mais respeito pelo que seu pai conquistara.

Eles foram para o segundo andar e seguiram pela galeria que circundava o lugar. Só era preciso olhar pela balaustrada para ver tudo que se passava no piso principal. Era a maior área do clube, totalmente dedicada aos jogos de azar. Três mesas ovais cobertas com toalhas verdes com marcas amarelas estavam cercadas de dezenas de homens. Os sons que subiam – o barulho constante dos dados, as exclamações baixas mas intensas dos lançadores e crupiês, o arrastar suave de pequenos rodos de madeira quando dinheiro era puxado da mesa para as mãos do crupiê – eram algumas das lembranças mais antigas da infância de Evie.

Ela olhou para a magnífica escrivaninha de madeira entalhada que havia no canto da sala, onde seu pai costumava se sentar, aprovando crédito, admitindo sócios temporários e elevando a banca se as apostas subissem muito. Naquele momento a escrivaninha estava ocupada por um homem com uma aparência um tanto desleixada que Evie não conhecia. Ela desviou o olhar para o canto oposto da sala, onde outro estranho atuava como supervisor geral, regulando os pagamentos, atento ao ritmo do jogo.

Sebastian parou na balaustrada e olhou para o piso principal com uma expressão estranhamente atenta. Desejando ver seu pai imediatamente, Evie lhe puxou o braço com impaciência. Mas ele não se moveu. Na verdade, mal pareceu notá-la, de tão absorto que estava nas atividades no andar de baixo.

– O que foi? – perguntou Evie. – Está vendo algo incomum? Algo errado?

Sebastian balançou levemente a cabeça e desviou sua atenção do piso principal. Olhou ao redor deles, observando os painéis desbotados nas paredes, as molduras lascadas, os carpetes puídos. O Jenner's, antes esplendidamente decorado, com o passar dos anos perdera grande parte de seu brilho.

– Quantos sócios tem o clube? – perguntou. – Sem contar os temporários.

– Costumava ter uns dois mil – respondeu Evie. – Não sei quais são os números atuais. – Ela puxou o braço de Sebastian de novo. – Quero ver meu pai. Se tiver de ir desacompanhada...

– Você não vai a *lugar nenhum* desacompanhada – disse Sebastian concentrando-se nela tão imediatamente que Evie se surpreendeu. Os olhos dele eram como pedras polidas. – Poderia ser arrastada para um quarto decadente por um bêbado, ou até mesmo um empregado, e violada antes que alguém desse pela sua falta.

– Estou totalmente segura aqui – contrapôs ela com irritação. – Ainda conheço muitos dos empregados e sei andar pelo clube melhor do que você.

– Não por muito tempo – murmurou Sebastian, voltando a olhar compulsivamente para o piso principal. – Vou examinar cada centímetro deste lugar. Vou conhecer todos os seus segredos.

Surpresa com a afirmação, Evie o olhou com perplexidade. Percebeu que haviam ocorrido mudanças sutis nele no momento em que entraram no clube... e não sabia explicar aquela reação estranha. Os modos lânguidos de Sebastian tinham sido substituídos por um estado de alerta, como se ele estivesse absorvendo a energia agitada do clube.

– Você está olhando para o clube como se nunca o tivesse visto – murmurou.

Sebastian passou a mão lentamente pela balaustrada, olhou para a poeira na palma e a limpou. Sua expressão foi contemplativa em vez de crítica ao responder:

– Parece diferente agora que é meu.

– Ainda não é seu – respondeu Evie asperamente, percebendo que ele devia estar avaliando o preço do lugar para futuramente vendê-lo. Era típico de Sebastian pensar em dinheiro enquanto o pai dela estava no leito de morte. – Alguma vez você pensa em alguém além de si mesmo?

A pergunta pareceu tirar a concentração de Sebastian e o rosto dele se tornou inescrutável.

– Raramente, meu amor.

Eles trocaram olhares, o de Evie acusador, o de Sebastian obscuro, e ela entendeu que esperar qualquer decência dele era um convite a decepções recorrentes. A alma arruinada do marido não podia ser reparada por bondade e compreensão. Ele nunca se tornaria um dos libertinos regenerados dos romances.

– Creio que logo você terá tudo que quer – disse ela friamente. – Enquanto isso não acontece, vou ao quarto do meu pai.

Ela começou a andar pela galeria sem Sebastian, e com alguns passos largos ele a alcançou. Quando chegaram aos aposentos particulares de Ivo Jenner, a cabeça de Evie latejava loucamente. Partes iguais de medo e anseio lhe causavam suor nas mãos e um frio na barriga. Ao pôr a mão na maçaneta da porta que levava aos aposentos do pai, a palma escorregou no metal sujo.

– Permita-me – disse Sebastian rapidamente, afastando a mão dela.

Ele abriu a porta, a segurou e seguiu Evie para a sala de visitas escura. A única luz vinha da porta aberta do quarto, onde um pequeno lampião emitia um brilho fraco. Evie atravessou a soleira e parou, forçando os olhos a se acostumarem com a penumbra. Mal se dando conta da presença do homem ao seu lado, aproximou-se da cama.

Seu pai estava dormindo com a boca ligeiramente aberta, a pele pálida brilhando com uma delicadeza peculiar, como se ele fosse uma figura de cera. Rugas profundas marcavam-lhe o rosto. Ele estava com metade do peso que um dia tivera, os braços surpreendentemente magros, o corpo encolhido. Evie tentou conciliar a forma esquálida na cama com o pai grande e robusto que conhecera. Uma ternura alimentada pelo pesar a invadiu ao ver os cabelos ruivos do pai, agora bastante grisalhos, espetados na cabeça como se fossem penas de um filhote de pássaro.

O quarto cheirava a velas queimadas, remédios e pele não lavada. A morte parecia bem próxima. Ela viu uma pilha de roupas de cama sujas no canto e lenços manchados de sangue no chão. A mesa de cabeceira estava coberta de colheres sujas e frascos de remédio de vidro colorido. Evie se abaixou para pegar alguns dos objetos no chão, mas Sebastian a segurou pelo braço.

– Você não tem de fazer isso – murmurou Sebastian. – Pode chamar uma das criadas.

– Sim – sussurrou Evie amargamente. – Dá para ver o bom trabalho que elas têm feito.

Soltando seu braço, ela pegou os lenços sujos e os jogou na pilha de roupas de cama descartadas. Sebastian se dirigiu à cabeceira da cama e olhou para o corpo debilitado de Jenner. Pegou um dos frascos de remédio, o passou pelo nariz e murmurou:

– Morfina.

Por alguma razão, Evie se irritou ao vê-lo em pé perto de seu indefeso pai examinando o remédio.

– Está tudo sob controle – disse ela em uma voz baixa. – Gostaria que você fosse embora agora.

– O que pretende fazer?

– Arrumar o quarto e trocar as roupas de cama. E depois me sentar ao lado dele.

Sebastian estreitou os olhos azuis.

– Deixe o pobre-diabo dormir. Você precisa comer e trocar suas roupas de viagem. Que bem acha que lhe fará se sentando no escuro e...? – Ele se interrompeu e murmurou uma imprecação ao ver a expressão obstinada de Evie. – Muito bem. Eu lhe darei uma hora e depois você fará uma refeição comigo.

– Pretendo ficar com meu pai – disse ela categoricamente.

– Evie.

A voz dele foi suave, mas com um tom inflexível que a pôs de sobreaviso. Aproximando-se da esposa, Sebastian virou o corpo rígido dela para ele e a sacudiu muito de leve, forçando-a a olhá-lo.

– Quando eu mandar chamá-la, você irá. Está entendendo?

Evie estremeceu de indignação. Ele deu a ordem como se fosse seu dono. Meu Deus, ela tinha passado sua vida inteira tendo de obedecer aos tios e agora teria de se submeter ao marido.

Contudo, para lhe fazer justiça, ainda faltava muito para Sebastian se igualar aos esforços combinados dos Maybricks e Stubbinses para tornar a vida dela um inferno. E Sebastian não estava sendo irracional nem cruel exigindo que fizesse uma refeição com ele. Contendo sua raiva, Evie assentiu. Ao ver as feições contraídas dela, os olhos de Sebastian adquiriram um brilho estranho, como faíscas produzidas pelo martelo de um ferreiro ao bater em uma folha de metal fundido.

– Boa garota – murmurou ele com um sorriso zombeteiro, e saiu do quarto.

Capítulo 8

Por um momento, Sebastian ficou tentado a deixar Evie no clube e ir a pé para casa, que ficava perto de St. James. Era difícil resistir ao fascínio do lar tranquilo, com encanamentos modernos e uma despensa bem suprida. Queria comer à sua própria mesa e relaxar diante da lareira em um de seus roupões de seda forrados de veludo pendurados no armário do quarto. Que sua esposa teimosa fosse para o inferno! Ela podia tomar as próprias decisões e aprender a viver com as consequências disso.

Mas enquanto andava discretamente pela galeria do segundo andar, evitando ser visto pelos que estavam no movimentado piso principal, Sebastian sentiu uma incômoda curiosidade que não podia ser negada. Com as mãos enfiadas negligentemente nos bolsos de seu casaco, ele se encostou em uma coluna e observou os crupiês trabalhando e o supervisor geral tentando controlar o jogo e manter tudo em um ritmo satisfatório. O movimento em todas as três mesas de jogos de azar parecia um pouco lento. Alguém precisava animar as coisas e criar um ambiente que levaria os frequentadores a jogar mais e mais rápido.

Prostitutas desmazeladas da casa andavam preguiçosamente pelo salão, parando para interagir com os homens. Como as refeições e o café, as mulheres eram uma cortesia para os sócios. Se um homem precisava de uma prostituta para consolo ou comemoração, ela o acompanhava a um dos vários quartos no andar superior reservados para isso.

Sebastian andou pelas salas de carteado e café do andar térreo, examinando o local. Havia muitos pequenos sinais de que aquele era um negócio em decadência. Ele supôs que Jenner não indicara um substituto confiável quando adoeceu. Seu gerente, Clive Egan, era incompetente, desonesto ou ambas as coisas. Sebastian queria ver os livros contábeis, registros de receita e despesa, dados financeiros particulares dos sócios, listas de rendas provenientes de aluguéis, hipotecas, débitos, empréstimos, crédito – tudo que contribuísse para um retrato completo da saúde financeira do clube. Ou falta dela.

Ao se virar de novo para a escada, viu o cigano, Rohan, esperando em um canto escuro numa posição relaxada. Sebastian se manteve estrategicamente calado, forçando o rapaz a falar primeiro.

Rohan sustentou o olhar do visconde ao dizer com cuidadosa cortesia:

– Posso ajudá-lo, milorde?
– Pode começar me dizendo onde Egan está.
– No quarto dele, milorde.
– Em que estado?
– Indisposto.
– Ah – disse Sebastian em voz baixa. – Ele fica frequentemente indisposto, Rohan?

O cigano permaneceu em silêncio, mas seus olhos puxados revelavam curiosidade.

– Quero a chave do escritório de Egan – disse Sebastian. – Quero dar uma olhada nos livros contábeis.

– Só há uma chave, milorde – respondeu Rohan, estudando-o. – E o Sr. Egan sempre a mantém com ele.

– Então vá buscá-la para mim.

O rapaz ergueu levemente suas grossas sobrancelhas escuras.

– Quer que eu roube um homem que está bêbado?

– É muito mais fácil do que esperar até ele estar sóbrio – salientou Sebastian sarcasticamente. – E não é roubo quando, para todos os efeitos, a chave é minha.

O rosto jovem de Rohan se endureceu.

– Minha lealdade é para com o Sr. Jenner. E a filha dele.

– A minha também. – Isso não era verdade, é claro. A maior parte da lealdade de Sebastian era reservada a si mesmo. Evie e o pai dela vinham, respectivamente, em um distante segundo e terceiro lugares na lista. – Traga-me a chave ou se prepare para seguir os passos de Egan quando ele for embora amanhã.

O ar estava carregado de desafio masculino. Mas depois de um instante Rohan lhe lançou um olhar de desagrado misturado com relutante curiosidade. Quando concordou, não foi por temerosa obediência, mas por vontade de ver o que Sebastian faria a seguir.

~

Quando Sebastian mandou Cam Rohan trazer Evie para o andar de baixo, ela já havia arrumado o quarto do pai e pedido a uma relutante criada para ajudá-la a trocar as roupas de cama, já que os lençóis estavam úmidos de suor noturno.

Embora Jenner tivesse se mexido e murmurado enquanto elas o rolavam cuidadosamente de um lado para outro, não saiu do estupor induzido pela morfina. Seu corpo magro surpreendeu Evie pela leveza. Ela se encheu de angústia, compaixão e instinto protetor ao puxar as cobertas limpas até o peito do pai. Umedeceu um pano e o colocou na testa dele. Jenner deixou escapar um suspiro e finalmente entreabriu os olhos em meio às rugas no rosto. Ele a olhou por um longo momento sem entender, até um sorriso esticar-lhe os lábios rachados, revelando dentes manchados pelo fumo.

– Evie – disse em uma voz baixa e rouca.

Ela se inclinou sobre o pai, as lágrimas contidas fazendo seu nariz e seus olhos arderem.

– Estou aqui, papai – sussurrou, pronunciando as palavras que ansiara por dizer durante toda a vida. – Estou aqui e nunca mais vou deixá-lo.

Ele emitiu um som de contentamento e fechou os olhos. Justamente quando Evie pensou que o pai havia adormecido, ele murmurou:

– Aonde vamos hoje primeiro, querida? À padaria, eu suponho...

Percebendo que ele havia imaginado que essa era uma de suas visitas da infância de muito tempo atrás, Evie respondeu suavemente:

– Ah, sim. – Ela se apressou a afastar com as costas da mão o excesso de umidade em seus olhos. – Eu quero um pão doce... e um cone de biscoitos... Depois quero voltar para cá e jogar dados com você.

Uma risada áspera veio da garganta devastada de Jenner e ele tossiu um pouco.

– Deixe o papai dormir um pouco antes...

– Sim, durma – murmurou Evie, virando o pano sobre a testa dele. – Posso esperar, papai.

Observando-o mergulhar novamente em seu sono induzido pela morfina, Evie engoliu em seco para afastar a dor aguda em sua garganta e relaxou à cabeceira da cama. Não havia outro lugar em que quisesse estar. Permitiu-se descansar um pouco, abaixando os ombros doloridos como se fosse uma marionete cujas cordas tinham sido soltas. Era a primeira vez que se sentia necessária, que sua presença parecia importar para alguém. E embora o estado do pai a entristecesse, ficou grata por poder ficar com ele em seus últimos momentos de vida. Eles sempre seriam estranhos um para o outro, mas isso era mais do que ela já havia esperado.

Seus pensamentos foram interrompidos por uma batida à porta. Ergueu os olhos e viu Cam à soleira com os braços cruzados no peito e o corpo em uma posição enganosamente relaxada. Evie lhe lançou a imitação cansada de um sorriso.

– Su-suponho que ele o mandou me buscar.

Obviamente não havia necessidade de definir quem "ele" era.

– Quer que coma com ele em uma das salas de jantar particulares.

Evie balançou levemente a cabeça, seu sorriso se tornando amargo.

– Ele manda, eu obedeço – murmurou em uma paródia de esposa obediente.

Ela se levantou e parou para ajeitar os cobertores sobre os ombros do pai adormecido. Cam ficou imóvel à soleira enquanto Evie se aproximava. Ele era muito mais alto do que a média dos homens, embora não tanto quanto Sebastian.

– Como terminou casada com lorde St. Vincent? Sei dos problemas financeiros dele. Estivemos a ponto de lhe negar crédito na última vez que esteve aqui. Ele a procurou propondo um casamento de conveniência?

– Como sabe que não é um casamento por amor? – retrucou Evie.

Cam a olhou com ironia.

– St. Vincent só ama a si mesmo.

A pressão de um real sorriso curvou os lábios de Evie e ela fez um esforço para contê-lo.

– Na verdade, fui eu que o pro-procurei. Foi o único modo que encontrei de me livrar para sempre dos Maybricks. – O sorriso desapareceu quando ela pensou em seus parentes. – Eles vieram me procurar aqui depois que eu de-desapareci, Cam?

– Sim. Seus tios. Tivemos de deixá-los vasculhar todo o clube até se convencerem de que não estava escondida aqui.

– Maldição – murmurou Evie, tomando emprestada a imprecação favorita de Daisy Bowman. – Imagino que depois tenham ido à casa dos Hunts e dos Bowmans. Minhas amigas devem estar preocupadas com meu desaparecimento.

Contudo, saber o que Evie fizera as preocuparia muito mais. Ela ajeitou distraidamente algumas mechas de cabelo soltas e abraçou o próprio corpo. Teria de avisar Annabelle e Daisy que estava bem. Como Lillian estava viajando pelo continente, não teria tido notícia de seu desaparecimento.

Amanhã, pensou. Amanhã lidaria com as repercussões de sua fuga vergonhosa. Seria ousado de sua parte enviar alguém à casa dos Maybricks para buscar o resto de suas roupas? Havia alguma chance de a deixarem ficar com elas? Provavelmente não. Mais coisas para sua crescente lista de coisas a fazer... Teria de encomendar imediatamente alguns vestidos de dia e sapatos.

– Quando me-meus parentes descobrirem que estou aqui, me levarão de volta. Podem tentar anular o casamento. Eu... – Ela parou para firmar sua voz. – Tenho muito me-medo do que poderia me acontecer se fosse forçada a ir com eles.

– St. Vincent não os impedirá? – perguntou Cam, pondo a mão no ombro dela para tranquilizá-la.

Foi um contato inócuo, apenas o leve peso da palma na curva frágil do ombro de Evie, mas a acalmou.

– Se ele estiver aqui na hora. Se estiver sóbrio. Se puder.
Ela lhe deu um sorriso triste.
– Eu estarei aqui – murmurou Cam. – Estarei sóbrio e poderei. Por que acha que St. Vincent não estará?
– É um casamento de conveniência. Acho que não vamos nos ver muito depois que ele puser as mãos no meu dote. Ele me disse que tem coisas melhores a fazer do que se sentar em uma casa de jogos de segunda classe e esperar... esperar...
Hesitando, olhou por cima do ombro para a cama do pai.
– Ele pode ter mudado de ideia sobre isso – observou Cam sarcasticamente. – Quando lhe entreguei a chave do escritório, ele pegou todos os livros contábeis e começou a examiná-los página a página. Quando terminar, terá passado o pente fino em todo o clube.
Evie arregalou os olhos à informação.
– O que ele poderia estar procurando? – perguntou, mais para si mesma do que para Cam.
Sebastian estava tendo um comportamento estranho. Não havia nenhum motivo para ele examinar as finanças do clube com tanta urgência quando eles tinham acabado de chegar de uma longa jornada. Nada mudaria de hoje para amanhã. Pensou na compulsividade no olhar do marido quando haviam observado a atividade no piso principal. "Vou examinar cada centímetro deste lugar. Vou conhecer todos os seus segredos." Como se o clube fosse mais do que um mero edifício cheio de carpetes desbotados e mesas de jogos.
Intrigada, Evie seguiu Cam por uma série de corredores dos fundos e passagens que forneciam uma rota mais direta para as salas de jantar no andar de baixo. Como a

maioria dos clubes de jogos, o de Jenner tinha sua cota de lugares secretos. Cam a levou para uma pequena sala particular, abriu a porta para Evie e fez uma mesura quando ela se virou para lhe agradecer.

Ao entrar na sala, Evie ouviu a porta se fechar discretamente. Sebastian, esparramado em uma pesada cadeira de braço, com a relaxada confiança de Lúcifer em seu trono, usava um lápis para fazer anotações na margem de um livro contábil. A mesa à sua frente estava cheia de pratos trazidos do aparador na sala de jantar principal.

Ele tirou os olhos do livro, o pôs de lado e se levantou, puxando a segunda cadeira da mesa para Evie.

– Como está seu pai?

– Ele acordou por apenas um momento. Pareceu achar que eu era uma garotinha de novo.

Vendo uma travessa com pedaços de ave assada e outra com pêssegos e uvas, estendeu a mão para se servir. A fome, combinada com o cansaço, fez suas mãos tremerem. Vendo sua dificuldade, Sebastian lhe serviu em silêncio alguns petiscos: ovos de codorna cozidos, uma colher cheia de creme de vegetais, uma fatia de queijo, frios, peixe e pão macio.

– Obrigada – disse Evie, quase cansada demais para saber o que estava comendo.

Ela levou o garfo à boca, deu uma mordida em algo e fechou os olhos enquanto mastigava e engolia. Quando os abriu, viu Sebastian. Ele parecia tão cansado quanto ela, com leves manchas sob seus olhos azuis. Estava com as maçãs do rosto tensas e a pele pálida apesar de seu bronzeado. A barba por fazer, que tendia a crescer rapidamente, produzia uma sombra dourada em seu rosto. De algum modo, sua aparência rude o tornava ainda mais bonito, proporcionando graça e textura ao que de outro modo poderia ter sido a perfeição estéril de uma estátua de mármore.

– Ainda pretende ficar aqui? – perguntou Sebastian, pegando desafiadoramente um pêssego e o descaroçando.

Ele deu uma metade dourada para Evie.

– Ah, sim.

Ela aceitou o pêssego e o mordeu, o sumo adstringente deslizando por sua língua.

– Eu temia que sim – respondeu ele secamente. – Isso é um erro. Não tem ideia de a que vai se expor... Obscenidades e comentários libidinosos, olhares lascivos, apalpadelas e beliscões... E isso apenas na minha casa. Imagine como seria aqui.

Sem saber ao certo se deveria fechar a cara ou sorrir, Evie o olhou com curiosidade.

– Eu vou me arranjar.

– Estou certo de que sim, querida.

Evie levou uma taça de vinho aos lábios e olhou para Sebastian por cima da borda.

– O que há nesse livro?

– Uma aula de lançamentos contábeis criativos. Certamente você não se surpreenderá ao saber que Egan tem feito desfalques. Desvios de dinheiro aqui e ali, quantidades pequenas o suficiente para o roubo não ser notado. Mas com o passar do tempo, a quantia se tornou considerável. Só Deus sabe há quantos anos ele faz isso. Até agora, todos os livros que examinei contêm erros deliberados.

– Como pode ter certeza de que são deliberados?

– Há um padrão. – Ele abriu um livro e o empurrou para Evie. – O clube teve um lucro aproximado de 22 mil libras na última terça-feira. Se você cruzar os números com o registro de empréstimos, depósitos bancários e gastos em dinheiro, verá as discrepâncias.

Evie seguiu o dedo que Sebastian passou pelas anotações na margem.

– Está vendo? – murmurou ele. – Esta deveria ser a quantia certa. Ele lançou os gastos muito acima do valor real. O preço dos dados de marfim, por exemplo. Apesar do fato de que os dados só são usados por uma noite, o gasto anual não deveria ser de mais de 2 mil libras, segundo Rohan. Usar dados novos todas as noites é uma prática padrão em qualquer clube de jogos, para afastar qualquer suspeita de que poderiam estar viciados.

– Mas aqui diz que o gasto com dados foi de quase 3 mil libras – murmurou Evie.

– Exatamente.

Sebastian se recostou em sua cadeira e sorriu indolentemente.

– Eu enganei meu pai do mesmo modo em minha juventude depravada, quando precisava de mais dinheiro do que ele estava disposto a me dar.

– Para que você precisava de mais dinheiro? – Evie não resistiu a perguntar.

Sebastian continuou sorrindo.

– Temo que a explicação exigiria muitas palavras que a ofenderiam.

Evie espetou um ovo de codorna com o garfo e o levou à boca.

– O que será feito em relação ao Sr. Egan?

Ele deu de ombros graciosamente.

– Assim que ele estiver sóbrio o suficiente para andar, será despedido.

Evie afastou uma mecha de cabelo que caíra sobre sua bochecha.

– Não há ninguém para substituí-lo.

– Sim, há. Até encontrarmos um gerente adequado, eu dirigirei o clube.

O ovo de codorna pareceu entalar na garganta de Evie e ela engasgou um pouco. Pegou rapidamente seu vinho, tomou um gole e arregalou os olhos para Sebastian. Como ele podia dizer uma coisa tão absurda?

– Você não pode.

– Dificilmente eu faria isso pior do que Egan. Ele não dirige nada há meses... logo o clube estará falido.

– Você disse que detestava trabalhar!

– Sim. Mas acho que deveria tentar ao menos uma vez, para ter certeza.

Em sua ansiedade, Evie começou a gaguejar.

– Você va-vai brincar de trabalhar por a-alguns dias e depois se cansará di-disso.

– Não posso me dar ao luxo de me cansar disso, meu amor. Embora o clube ainda seja lucrativo, está perdendo valor. Seu pai tem dívidas a cobrar que devem ser liquidadas. Se as pessoas que lhe devem não tiverem dinheiro, teremos de aceitar propriedades, joias, obras de arte... o que puderem oferecer. Tenho uma boa ideia do valor das coisas. Posso negociar alguns acordos aceitáveis. E há outros problemas que ainda não mencionei... Jenner tem uma série de puros-sangues fracassados que o fizeram perder uma fortuna. E ele fez alguns investimentos insanos, 10 mil libras em uma suposta mina de ouro em Flintshire, uma fraude que até mesmo uma criança teria notado.

– Ah, meu Deus – murmurou Evie, esfregando a testa. – Ele estava doente... As pessoas se aproveitaram...

– Sim. E agora, mesmo se quiséssemos vender o clube, não poderíamos sem primeiro pô-lo em ordem. Acredite em mim, se houvesse uma alternativa, eu a encontraria. Mas este lugar é uma peneira e ninguém é capaz de tapar os buracos. Exceto eu.

– Você não sabe nada sobre tapar buracos! – exclamou Evie, chocada com a arrogância dele.

Sebastian respondeu com um sorriso imperturbável, arqueando levemente uma sobrancelha. Antes que ele pudesse abrir a boca para falar, Evie pôs as mãos sobre as orelhas.

– Ah, *não comece*! – Quando viu que Sebastian estava obsequiosamente mantendo silêncio, embora ainda houvesse um brilho diabólico em seus olhos, ela baixou as mãos com cautela. – Se você comandar o clube, onde dormirá?

– Aqui, é claro – respondeu ele prosaicamente.

– Eu estou no único quarto de hóspedes disponível – disse ela. – Todos os outros estão ocupados. E não vou dividir uma cama com você.

– Haverá muitos quartos amanhã. Vou me livrar das prostitutas da casa.

A situação estava mudando rápido demais para a mente atordoada de Evie conseguir acompanhar. A pretensão de autoridade de Sebastian sobre o clube e todos os seus funcionários se manifestara em uma velocidade alarmante. Evie teve a inquietante sensação de ter levado para o clube um gato manso que se transformara em um tigre selvagem. E tudo que podia fazer era observá-lo prosseguir com o massacre. Pensou desesperadamente que, se cedesse ao desejo de Sebastian por alguns dias, talvez ele se cansasse da novidade. Nesse meio-tempo, ela só poderia tentar minimizar o dano.

– Vai jogar as prostitutas da ca-casa na rua? – perguntou com uma calma forçada.

– Elas serão mandadas embora com uma generosa quantia como recompensa pelos serviços prestados ao clube.

– Pretende contratar no-novas?

Sebastian balançou a cabeça.

– Embora eu não tenha nenhuma aversão moral ao conceito de prostituição, e na verdade seja a favor dela, jamais quero me tornar conhecido como um cafetão.

– Um o quê?

– Um cafetão. Um rufião. Um alcoviteiro. Pelo amor de Deus! Enfiaram-lhe algodão nas orelhas quando você era criança? Nunca ouviu nada ou se perguntou por que mulheres malvestidas subiam e desciam a escada o tempo todo?

– Eu sempre vinha de dia – respondeu Evie com grande dignidade. – Raramente as vi trabalhando. Mais tarde, quando tinha idade suficiente para entender o que estavam fazendo, meu pai começou a restringir minhas visitas.

– Essa provavelmente foi uma das poucas coisas boas que ele fez por você. – Sebastian moveu impacientemente a mão em um sinal de que queria mudar de assunto. – Voltando ao que estávamos falando... Além de eu *não* querer a responsabilidade de manter prostitutas medíocres, não temos espaço para acomodá-las. Em algumas noites, quando todas as camas estão ocupadas, os sócios do clube são forçados a obter seus prazeres nos estábulos.

– São? Eles fazem isso?

– E os estábulos são desconfortáveis e cheios de correntes de ar. Acredite em mim.

– Você...?

– *Contudo*, há um ótimo bordel a duas ruas daqui. Espero que possamos chegar a um acordo com a dona, madame Bradshaw. Quando um dos sócios do nosso clube desejar companhia feminina, poderá ir ao bordel, obter seus serviços com um desconto e voltar para cá quando estiver satisfeito.

Ele ergueu as sobrancelhas significativamente, como se esperasse que Evie elogiasse a ideia.

– O que você acha?

– Acho que você ainda seria um cafetão – disse ela. – Só que em segredo.

– Moralidade é só para a classe média, querida. A classe baixa não pode se dar ao luxo de tê-la e a classe alta tem muito tempo livre para preencher.

Evie balançou a cabeça devagar, arregalando os olhos para ele, não se movendo nem mesmo quando Sebastian se inclinou para a frente para pôr uma uva em seus lábios entreabertos.

– Não precisa dizer nada – murmurou ele, sorrindo. – Está claro que ficou emudecida de gratidão por eu estar aqui para ficar de olho em você.

Ela franziu as sobrancelhas ruivas e Sebastian riu baixinho.

– Se o que a preocupa é eu ser dominado por um ardor masculino e violá-la em um momento de fraqueza... Bem, isso é possível... se você pedir com gentileza.

Evie mordeu a uva doce e carnuda e retirou as sementes com os dentes e a língua. Enquanto a observava lidando com a fruta, o sorriso de Sebastian diminuiu um pouco e ele se recostou.

– Por enquanto você é muito inexperiente para eu me dar esse trabalho – continuou ele friamente. – Talvez a seduza no futuro, depois que outros homens a tenham instruído.

– Duvido muito – disse ela, irritada. – Eu nunca seria burguesa a ponto de desejar meu próprio marido.

Ele deu uma risada.

– Meu Deus! Você deve estar esperando dias para dizer isso. Parabéns, criança. Não faz nem uma semana que estamos casados e você já está aprendendo a brigar.

Capítulo 9

Evie nunca soube onde seu marido dormira naquela primeira noite, mas suspeitava que tivesse sido em algum lugar desconfortável. Seu próprio sono não fora nem um pouco repousante, porque a preocupação a havia acordado com a precisão de um relógio. Ela tinha ido ver o pai várias vezes, dando goles de água ou remédios quando a tosse piorava, ajeitando as cobertas quando ele sentia frio. A cada vez que acordava, Jenner olhava para a filha com renovada surpresa.

– Estou sonhando que você está aqui, menina?

E ela havia murmurado palavras ternas e acariciado seus cabelos.

Ao primeiro sinal da luz do dia, Evie se banhou e prendeu os cabelos úmidos em um coque. Tocou a campainha para chamar uma criada, pediu ovos, um caldo, chá e todas as comidas de doente em que pôde pensar para abrir o apetite do pai. As manhãs no clube eram tranquilas e silenciosas, porque a maioria dos empregados estava dormindo depois de ter trabalhado até altas horas da madrugada. Contudo, sempre havia um pequeno número deles disponível para serviços leves. Uma cozinheira assumia quando o chef ia embora, preparando pratos simples para quem os pedia.

Um som curto e seco veio do quarto do pai. Evie correu para a cabeceira da cama e o encontrou tossindo em um lenço. Ver os aflitivos espasmos no peito dele fez seus próprios pulmões doerem. Procurando entre os frascos à mesa de cabeceira, encontrou o xarope de morfina e o despejou em uma colher. Passou um braço ao redor da cabeça e do pescoço quentes e úmidos do pai e o pôs em uma posição mais confortável. Novamente chocada com quanto estava leve, sentiu-o se retesar enquanto tentava conter outro acesso de tosse. Os tremores balançaram a colher da mão de Evie e o remédio caiu nas roupas de cama.

– Desculpe-me – murmurou ela, indo rapidamente enxugar o líquido viscoso e encher de novo a colher. – Vamos tentar de novo, papai.

Ele conseguiu tomar o remédio, seu pescoço com as veias aparentes se movendo enquanto engolia. Depois, tossindo mais algumas vezes, o pai a esperou ajeitar os travesseiros. Evie o recostou e pôs um lenço dobrado na mão dele.

Olhando para o rosto esquelético e a barba grisalha, procurou qualquer sinal do pai nesse estranho irreconhecível. Ele sempre havia sido um homem de rosto cheio, robusto e corado... Nunca conseguira manter uma conversa sem o uso expressivo das mãos, fechando-as e dando socos no ar em gestos que pareciam típicos de ex-pugilistas. Agora ele era uma sombra empalidecida daquele homem, com a pele do rosto cinzenta e flácida em virtude da rápida perda de peso. Mas os olhos azuis eram os mesmos... redondos e escuros, da cor do mar da Irlanda. Tranquilizada com a familiaridade daqueles olhos, Evie sorriu.

– Eu pedi o café da manhã – murmurou ela. – Espero que chegue logo.

Jenner balançou levemente a cabeça, indicando que não queria comer.

– O senhor tem que comer *alguma coisa*, papai.

Com a ponta de um pano absorvente, ela enxugou uma gota de sangue no canto áspero da boca do pai. Ele franziu as sobrancelhas grisalhas.

– Os Maybricks virão buscá-la, Evie? – perguntou roucamente.

Ela deu um sorriso de amarga satisfação.

– Eu os deixei para sempre. Alguns dias atrás, fugi e me ca-casei em Gretna Green. Agora eles não têm ne-nenhum poder sobre mim.

Jenner arregalou os olhos.

– Quem? – perguntou sucintamente.

– Lorde St. Vincent.

Houve uma batida à porta e a criada entrou, trazendo uma bandeja com pratos. Evie se levantou para ajudá-la, tirando alguns objetos da mesa de cabeceira. Viu o pai recuar ao cheiro da comida.

– Desculpe-me, papai. O senhor precisa tomar pelo menos um pouco de caldo.

Evie pôs um guardanapo sobre o peito dele e lhe levou uma xícara de caldo morno aos lábios. Jenner tomou alguns goles e se recostou, observando-a enxugar-lhe a boca. Sabendo que o pai esperava que ela lhe explicasse a situação, Evie sorriu tristemente. Já tendo pensado sobre o assunto, decidira que não havia nenhuma necessidade de fingir um romance. Seu pai era um homem prático e provavelmente nunca havia esperado que a filha se casasse por amor. Na visão dele, você tinha de aceitar a vida como era, fazendo o que fosse preciso para sobreviver. Se encontrasse um pouco de prazer no caminho, deveria desfrutá-lo e não se queixar quando tivesse que pagar o preço.

– Até agora quase ninguém sabe sobre o casamento – disse Evie. – Na verdade, não foi uma união tão ruim. Nós nos damos bastante bem e eu não tenho nenhuma ilusão sobre ele.

Jenner abriu a boca quando a filha lhe deu uma colherada de ovos quentes. Refletiu sobre a informação, engoliu e se aventurou a dizer:

– O pai dele, o duque, é um idiota que não sabe fazer nada.

– Mas lorde St. Vincent é bastante inteligente.

– Um tipo frio – observou Jenner.

– Nem sempre. Isto é...

Evie subitamente parou, suas bochechas ficando vermelhas ao se lembrar de Sebastian sobre ela na cama, do corpo firme e quente, dos músculos das costas se arqueando sob seus dedos.

– Ele é um libertino – comentou Jenner sem rodeios.

– Isso não me importa – respondeu ela com igual franqueza. – Eu nunca lhe pediria fidelidade. Obtive o que queria do casamento. Quanto ao que ele quer...

– Sim, eu pagarei seu dote – disse Jenner amigavelmente. – Onde ele está agora?

Evie lhe deu outra colherada de ovos quentes.

– Sem dúvida ainda está na cama.

A camareira, que estava saindo do quarto, parou na porta.

– Perdão, mas ele não está na cama, senhorita... quero dizer, milady. Lorde St. Vincent acordou o Sr. Rohan à primeira luz do dia e o está arrastando de um lado para outro, fazendo perguntas e lhe dando listas. Deixou o Sr. Rohan de péssimo humor.

– Lorde St. Vincent tem esse efeito sobre as pessoas – disse Evie secamente.

– Listas do quê? – perguntou Jenner.

Evie não ousou admitir que Sebastian tomara a seu cargo interferir na direção do clube. Isso provavelmente aborreceria o pai. A novidade do casamento sem amor da filha era algo que ele podia tolerar, mas qualquer coisa que afetasse seu negócio seria uma fonte de grande preocupação.

– Ah – disse ela vagamente. – Acho que ele viu uma parte do carpete que devia ser substituída. E pensou em melhoras para o cardápio. Esse tipo de coisa.

– Hummm. – Jenner franziu o cenho quando ela lhe levou novamente uma xícara de caldo aos lábios. – Diga-lhe para não tocar em nada sem a permissão de Egan.

– Sim, papai.

Evie olhou furtivamente para a criada, estreitando os olhos em um aviso para que ela não desse mais informações. Entendendo a ordem silenciosa, a criada assentiu.

– Você não está com tanta dificuldade em falar quanto antes – observou Jenner. – Por quê, querida?

Evie refletiu sobre a pergunta, sabendo que sua gagueira realmente melhorara durante a última semana.

– Não sei ao certo. Acho que estar longe dos Maybricks talvez tenha me ajudado a ficar... mais calma. Notei isso logo depois que partimos de Londres...

Ela lhe contou uma versão resumida da viagem de ida e volta de Gretna Green, provocando no pai algumas risadas que o fizeram tossir no lenço. Enquanto conversavam, Evie viu o rosto dele relaxar, revelando o efeito da morfina. Ela comeu um pedaço da torrada intocada do pai, tomou uma xícara de chá e pôs a bandeja do café da manhã perto da porta.

– Papai, antes de o senhor dormir, eu o ajudarei a se lavar e barbear.

– Não é preciso – respondeu ele com os olhos vidrados em virtude do remédio.

– Deixe-me cuidar do senhor – insistiu Evie, dirigindo-se ao lavatório, onde a criada deixara um jarro de água quente. – Acho que dormirá melhor depois.

Jenner pareceu fraco demais para discutir. Apenas suspirou, tossiu e a observou trazer uma tigela de porcelana e seus utensílios de barbear para a cabeceira da cama. Evie pôs uma toalha sobre o peito e a base do pescoço dele. Sem nunca ter barbeado um homem, pegou o pincel, o mergulhou na água e o enfiou na caneca de sabão.

– Primeiro aplique uma toalha quente, querida – murmurou Jenner. – Amolece os pelos.

Seguindo as instruções do pai, Evie o ensaboou, pegou outra toalha e a pôs gentilmente sobre o queixo e pescoço dele. Passado um minuto, usou o pincel para espalhar o sabão sobre um lado do queixo. Decidindo barbear uma parte do rosto de cada vez, abriu a navalha, a olhou com receio e se inclinou cuidadosamente sobre o pai. Antes de lhe tocar o rosto, uma voz sarcástica veio da porta.

– Meu Deus!

Evie olhou por cima de seu ombro e viu Sebastian.

– Não sei se devo elogiar sua coragem ou lhe perguntar se perdeu o juízo ao deixá-la se aproximar com uma navalha.

Com alguns passos lentos, ele foi até a cama e estendeu a mão.

– Dê-me isso, amor. Na próxima vez que seu pai tossir, você lhe decepará o nariz.

Sem hesitar, Evie lhe entregou a navalha. Apesar da privação de sono, hoje ele parecia muito mais revigorado. Estava impecavelmente barbeado, com os cabelos lavados e penteados em camadas brilhantes. Seu corpo magro estava vestido com roupas de excelente corte, e um casaco cor de carvão lhe realçava lindamente a pele dourada. Como na noite anterior, ele tinha uma energia vital, como se estivesse animado apenas por estar no clube. O contraste entre os dois homens, um tão velho e doente e o outro tão grande e saudável, era surpreendente. Quando Sebastian se aproximou de Jenner, Evie sentiu uma necessidade instintiva de se pôr entre eles. Seu marido parecia um predador indo acabar com uma presa indefesa.

– Vá buscar a tira de afiar navalha, querida – disse Sebastian, seus lábios curvados em um leve sorriso.

Evie obedeceu. Quando voltou do lavatório, o marido ocupara o lugar dela à cabeceira.

– Sempre afie a navalha antes e depois do barbear – murmurou Sebastian, passando a lâmina aberta várias vezes sobre a tira de couro.

– Já parece bastante afiada – disse Evie, incerta.

– Afiar nunca é demais, doçura. Ensaboe todo o rosto dele antes de começar. O sabão amaciará os pelos.

Ele chegou para o lado enquanto Evie aplicava sabão no rosto do pai e depois a afastou para se sentar na beira do colchão. Segurando a navalha, perguntou a Jenner:

– Posso?

Para a surpresa de Evie, seu pai assentiu com a cabeça, parecendo não ter nada contra deixar Sebastian barbeá-lo. Ela foi para o outro lado da cama para ver melhor.

– Deixe a lâmina fazer o trabalho – disse Sebastian –, em vez de fazer pressão com a mão. Barbeie na direção do crescimento dos pelos... assim. E nunca arraste a lâmina paralelamente à pele. Comece pelas laterais do rosto... depois as bochechas... os lados do pescoço... assim. – Enquanto Sebastian falava, passava a lâmina pela barba grisalha, removendo-a com movimentos precisos. – E enxague a lâmina com frequência.

Seus dedos longos trabalharam suavemente no rosto de Jenner, variando o ângulo e esticando partes da pele. Os movimentos eram leves, hábeis e eficazes. Evie balançou a cabeça, sem conseguir acreditar que estava vendo Sebastian, lorde St. Vincent, barbear seu pai com a destreza de um experiente criado pessoal.

Após terminar o ritual masculino, Sebastian removeu o resto de sabão do rosto liso e luzidio de Jenner. Só havia um mínimo corte na beira do queixo. Pressionou-o com a toalha e murmurou:

– O sabão precisa de mais glicerina. Meu criado pessoal

faz um sabão de barbear muito melhor do que este... Eu o mandarei trazer um pouco mais tarde.

– Obrigada – respondeu Evie, sentindo um calor no peito ao observá-lo.

Sebastian a olhou e viu algo em sua expressão que pareceu fasciná-lo.

– As roupas de cama precisam ser trocadas. Vou ajudar.

Evie balançou a cabeça, sem querer que Sebastian visse o corpo debilitado de seu pai. Sabia que isso faria seu pai se sentir em uma posição de muita desvantagem em relação a ele depois.

– Obrigada, mas não – disse firmemente. – Chamarei a criada.

– Muito bem. – Ele olhou de relance para Jenner. – Com sua permissão, senhor, eu o visitarei mais tarde, depois que tiver repousado.

– Sim – concordou Jenner com um olhar desfocado.

Ele fechou os olhos, deu um suspiro e se recostou.

Evie arrumou o quarto enquanto Sebastian limpava a navalha, a afiava mais uma vez e a guardava no estojo de couro. Ela acompanhou o marido até a porta.

– Já despediu o Sr. Egan?

Sebastian assentiu em silêncio, pôs uma das mãos na lateral da porta e se inclinou sobre Evie. Embora a posição dele fosse relaxada e confortável, ela ainda teve a sensação de que estava sendo sutilmente dominada. Para a sua surpresa, não foi totalmente desagradável.

– No início ele foi hostil – respondeu Sebastian –, até eu lhe dizer que tinha examinado alguns dos livros contábeis. Depois se tornou dócil como um carneirinho, sabendo a sorte que tinha de termos decidido não processá-lo. Rohan o está ajudando a arrumar suas coisas e se assegurando de que partirá imediatamente.

– Por que não quer processá-lo?

– Isso não seria bom para a imagem da casa. Qualquer indício de problemas financeiros deixaria as pessoas preocupadas com a estabilidade do clube. É melhor absorver o prejuízo e recomeçar.

Ele olhou para as feições tensas de Evie e a surpreendeu dizendo com suavidade:

– Vire-se.

Ela arregalou os olhos.

– O quê? Po-por quê?

– Vire-se – repetiu Sebastian, esperando enquanto ela se virava devagar. O coração de Evie batia acelerado. – Segure-se, doçura.

Sebastian tocou com os dedos a parte superior de suas costas, como se estivesse procurando algo... e depois começou a massageá-las com movimentos firmes e gentis, aliviando a dor dos músculos torturados. Os dedos hábeis examinaram pontos de dor e tensão, fazendo-a arfar. A pressão se intensificou quando ele passou as palmas das mãos por suas costas, os polegares se aprofundando nos dois lados da coluna. Para surpresa de Evie, ela se viu arqueando as costas como um gato. Subindo as mãos devagar, Sebastian encontrou os músculos contraídos nos ombros e no pescoço e se concentrou neles, massageando e pressionando até Evie dar um gemido.

Uma mulher podia se tornar escrava daquelas mãos experientes. Ele a tocava com sensualidade. Evie sentiu sua respiração se tornar lenta e profunda. Suas costas relaxaram com a massagem e a sensação foi tão maravilhosa que ela temeu que ele parasse.

Quando as mãos de Sebastian finalmente se afastaram de seu corpo, Evie ficou surpresa por não desfalecer. Virou-se e olhou para o rosto do marido, esperando um sorriso zombeteiro ou comentário sarcástico. Em vez disso, viu que ele estava ruborizado e com uma expressão impassível.

– Tenho algo para lhe dizer em particular – murmurou ele.

Pegando-a pelo braço, levou-a para fora dos aposentos de Jenner e entrou no primeiro quarto disponível, o que Evie ocupara na noite anterior. Fechou a porta e se inclinou para ela. Seu rosto estava sereno.

– Rohan tinha razão. Seu pai não tem muito tempo. Será um milagre se ele durar mais um dia.

– Sim. Eu... acho que isso é óbvio para todos.

– Esta manhã falei muito com Rohan sobre o estado de seu pai e ele me mostrou um folheto que o médico deixou ao fazer o diagnóstico.

Sebastian tirou de seu casaco um pequeno pedaço de papel dobrado impresso em uma letra miúda e o entregou para ela. Evie leu o título *Uma nova teoria sobre a tuberculose*. Como a única luz no quarto provinha de uma pequena janela e ela estava com os olhos cansados, balançou a cabeça.

– Posso ler depois?

– Sim, mas vou lhe dizer qual é o ponto principal da teoria. Que a tuberculose é causada por organismos vivos tão minúsculos que são invisíveis a olho nu. Eles habitam os pulmões afligidos. E a doença é passada quando uma pessoa saudável inala parte do ar que o doente exala dos pulmões.

– Criaturas minúsculas nos pulmões? – perguntou Evie sem entender. – Isso é um absurdo! A tuberculose é causada por uma predisposição natural para a doença... ou quando se fica por muito tempo no frio e na umidade...

– Como nenhum de nós é médico ou cientista, seria inútil debatermos esse tema. Contudo, por questões de segurança, terei de limitar o tempo que você passa com seu pai.

O papel caiu da mão de Evie. Chocada com a afirmação, Evie sentiu seu coração em um ritmo furioso. Depois de tudo pelo que passara, Sebastian estava tentando negar-lhe os últimos dias que teria com ele? Tudo por causa de uma teoria médica não comprovada, impressa em um folheto?

– *Não* – disse violentamente. Sentiu um aperto na garganta e suas palavras saíram rápido demais para sua boca conseguir acompanhá-las. – A-absolutamente não. Vou ficar com ele quanto quiser. Você nã-não liga... *a mínima* para mim ou para ele. Só quer ser cruel para me mostrar que tem o po-poder de...

– Eu vi as roupas de cama – disse Sebastian bruscamente. – Ele está tossindo sangue, muco e Deus sabe o que mais... Quanto mais tempo você passar com ele, maiores as chances de inalar o que o está matando.

– Não acredito em sua teoria bo-boba. Eu poderia encontrar uma dú-dúzia de médicos que diriam que é ridícula...

– Não quero deixá-la correr esse risco. Maldição, quer se ver naquela cama daqui a seis meses com os pulmões apodrecendo?

– Se isso a-acontecer, não se-será da sua conta.

Enquanto eles se encaravam no silêncio raivoso que se seguiu, Evie teve a impressão de que suas palavras duras o tinham ferido mais fundo do que ela esperara.

– Tem razão – disse Sebastian rudemente. – Se quiser ficar tuberculosa, vá em frente. Mas não se espante se eu não ficar sentado à sua cabeceira retorcendo as mãos. Não farei nada para ajudá-la. Quando estiver tossindo até pôr os pulmões para fora, terei grande prazer em lhe lembrar que isso foi culpa sua por ter sido tão teimosa!

Ele concluiu seu discurso com um movimento irritado das mãos. Infelizmente, Evie fora condicionada por muitos confrontos com o tio Peregrine a associar gestos de raiva ao início de agressões físicas. Ela recuou instintivamente, erguendo os braços para proteger a cabeça. Quando a dor do golpe não veio, deixou escapar um suspiro, abaixou os braços hesitando e viu Sebastian olhando-a atônito.

Então a expressão dele se tornou sombria.

– Evie – disse, sua voz com uma ferocidade aguda que a assustou. – Pensou que eu ia...? *Cristo!* Alguém bateu em você no passado? Quem foi?

Subitamente, ele estendeu o braço para Evie e ela cambaleou para trás, batendo com força na parede. Sebastian ficou imóvel.

– Maldição – sussurrou. Parecendo lutar contra uma forte emoção, ele a olhou atentamente. Um longo momento depois, disse com suavidade: – Eu nunca bateria em uma mulher. Nunca a machucaria. Sabe disso, não é?

Paralisada pelos olhos claros e brilhantes que a fitavam com tanta intensidade, Evie não conseguiu se mover ou emitir um som sequer. Sobressaltou-se quando Sebastian se aproximou devagar.

– Está tudo bem – murmurou ele. – Deixe-me chegar perto de você. Está tudo bem. Calma.

Ele deslizou um dos braços ao redor dela enquanto usava a mão livre para lhe acariciar os cabelos. Evie suspirou de alívio. Puxou-a para si e lhe roçou a boca na testa.

– Quem foi?

– Me-meu tio – conseguiu dizer Evie.

A mão de Sebastian em suas costas parou quando ele a ouviu gaguejar.

– Maybrick? – perguntou pacientemente.

– Não, o o-outro.

– Stubbins.

– Sim.

Evie fechou os olhos de prazer quando Sebastian a abraçou. Aconchegada ao peito firme do marido e com a bochecha junto ao ombro dele, sentiu o cheiro da pele masculina e o toque sutil de colônia de sândalo.

– Mais de uma vez?

– Isso nã-não importa agora.

– Mais de uma vez, Evie?

Percebendo que Sebastian ia insistir até ela responder, Evie murmurou:

– Não com uma frequência te-terrível, mas... às vezes quando eu o de-desagradava, ou desagradava à tia Flo-Florence, ele perdia a cabeça. Na última ve-vez que te-tentei fugir, ele me deixou com um olho roxo e o lábio ferido.

– Deixou? – Sebastian ficou em silêncio por um longo momento e depois falou com uma suavidade assustadora: – Vou esquartejá-lo.

– Eu não quero isso – disse Evie seriamente. – Só que-quero ficar a salvo dele. De todos e-eles.

Sebastian afastou a cabeça para olhar o rosto corado da esposa.

– Você está a salvo – disse em voz baixa.

Ele acariciou a maçã do rosto dela, seguindo com o dedo as sardas douradas até a ponte do nariz. Quando ela abaixou os cílios, ele acariciou os arcos finos das sobrancelhas e pôs a palma da mão no lado de seu rosto.

– Evie, juro pela minha vida que minhas mãos nunca a farão sentir dor. Posso ser um péssimo marido sob todos os outros aspectos, mas não a machucaria dessa maneira. Você precisa acreditar nisso.

A delicada pele de Evie assimilou avidamente as sensações... O toque de Sebastian e o erotismo da respiração dele contra seus lábios. Ela temeu fechar os olhos ou fazer qualquer coisa que pudesse interromper aquele momento.

– Sim – conseguiu sussurrar. – Sim... eu...

O toque suave de um beijo explorando seus lábios... e

depois outro... Dando um pequeno suspiro, Evie os abriu. O beijo foi quente, macio e apaixonado, a boca de Sebastian pressionando levemente a sua. Ele passou os dedos pelo seu rosto, ajustando carinhosamente o ângulo.

Quando Sebastian a sentiu oscilar, perdendo o equilíbrio, segurou-lhe uma das mãos e a levou até sua nuca. Ela ergueu a outra, agarrando-se a ele e correspondendo aos doces beijos. Sebastian estava ofegante e Evie sentiu nos seios a sedutora fricção do peito dele. Subitamente os beijos se tornaram mais profundos, mais intensos, transformando a paixão em uma urgência que a fez se contorcer contra Sebastian, desesperada por mais proximidade com aquela forma masculina e viril.

Ele gemeu de desejo e afastou a boca.

– Não – sussurrou, ofegante. – Não, espere... amor... eu não queria começar isso. Eu só... *maldição*.

Ela agarrou o casaco de Sebastian e enterrou o rosto na gravata de seda cinza brilhante. Ele lhe segurou a parte de trás da cabeça, sustentando com o corpo o peso instável de Evie.

– Não mudei de ideia – disse ele contra os cabelos de Evie. – Se quiser cuidar de seu pai, terá de seguir minhas regras. Mantenha o quarto ventilado. Quero a porta e as janelas abertas o tempo todo. E não se sente muito perto dele. Além disso, sempre que estiver com ele, amarre um lenço sobre sua boca e seu nariz.

– O quê? – Evie se afastou dele e o olhou, incrédula. – Para aquelas criaturas minúsculas não voarem para meus pulmões? – perguntou sarcasticamente.

Ele estreitou os olhos.

– Não me teste, Evie. Estou perto de proibi-la totalmente de visitá-lo.

– Eu me sentirei ridícula usando um lenço no rosto – protestou ela. – E isso magoará meu pai.

– Não me importa. Tenha em mente que não o verá se me desobedecer.

Tomada por uma nova raiva, Evie se afastou dele.

– Você não é melhor do que os Maybricks – disse amargamente. – Eu me casei com você para ganhar minha liberdade. Em vez disso, só troquei de carcereiro.

– Nenhum de nós tem total liberdade, criança. Nem mesmo eu.

Ela fechou as mãos e o encarou.

– Pelo menos você tem o direito de decidir por si mesmo.

– E por você – zombou ele, parecendo apreciar a raiva que provocara nela. – Meu Deus, que espetáculo! Toda essa rebeldia... faz eu querer levá-la para a cama.

– Não me toque! – disparou ela. – Nunca mais!

Ele começou a rir enquanto se dirigia à porta.

Capítulo 10

À noite, quando Evie voltou para o quarto do pai, soube imediatamente que a hora dele havia chegado. Estava pálido como cera e com os lábios azulados. Os pulmões torturados não eram mais capazes de inalar oxigênio suficiente. Desejou poder respirar por ele. Segurando sua mão, esfregou os dedos dele como se pudesse aquecê-los e o olhou com um sorriso forçado.

– Papai – murmurou, acariciando-lhe os cabelos desbotados. – Diga-me o que fazer. Diga-me o que quer.

Ele a olhou branda e afetuosamente enquanto seus lábios, encolhidos no rosto enrugado, se curvavam em um sorriso.

– Cam – sussurrou ele.

– Sim, mandarei chamá-lo. – Evie deixou seus dedos agitados lhe acariciarem os cabelos. – Papai, Cam é meu irmão?

– Ah... – suspirou Jenner, franzindo os olhos. – Não, querida. Quem dera fosse. Bom rapaz...

Evie se inclinou, beijou uma das mãos enfraquecidas do pai e se afastou da cama. Dirigiu-se apressadamente à corda para tocar o sino e a puxou várias vezes. Uma criada veio com uma rapidez incomum.

– Sim, milady?

– Vá buscar o Sr. Rohan... depressa – disse Evie, com sua voz apenas um pouco trêmula.

Ela parou e pensou em mandar buscar Sebastian também, mas seu pai não chamara por ele. E a ideia da presença fria e racional do marido contrastando tanto com suas próprias emoções... não. Podia contar com ele de outros modos, mas não desse.

Apesar de seu esforço para manter o rosto calmo, ela devia ter transmitido um pouco de seu medo, porque o pai lhe segurou uma das mãos e a puxou fracamente para mais perto.

– Evie – sussurrou debilmente. – Vou me encontrar com sua mãe... Ela pediu que deixassem a porta dos fundos aberta... para eu entrar no céu.

Evie riu baixinho enquanto lágrimas quentes escorriam de seus olhos. Poucos segundos depois, Cam entrou no quarto. Ele estava com os cabelos muito pretos desgrenhados e as roupas incomumente amassadas, como se tivesse se vestido às pressas. Embora fosse calmo e controlado, seus olhos dourados tinham um brilho líquido quando contemplou Evie. Ela se levantou e se afastou da cama, precisando engolir em seco várias vezes antes de conseguir falar, roucamente:

– Tem de se inclinar para ouvi-lo.

Cam se inclinou para a cabeceira e segurou as mãos de Jenner, como Evie fizera.

– Pai do meu coração – disse o jovem cigano suavemente –, fique em paz com todas as almas que deixar para trás. E saiba que Deus abrirá seu caminho para a nova vida.

Enquanto Jenner lhe sussurrava, o rapaz inclinou a cabeça e esfregou as mãos do velho de modo tranquilo.

– Sim – disse Cam prontamente, embora Evie percebesse pela tensão em seus ombros largos que ele não havia gostado do que seu pai lhe pedira. – Tomarei providências para que isso seja feito.

Depois Jenner relaxou e fechou os olhos. Cam se afastou da cabeceira e puxou Evie para a frente.

– Está tudo bem – murmurou ao senti-la tremer. – Minha avó sempre me disse: "Nunca se recuse a trilhar um novo caminho. Nunca se sabe que aventuras o esperam."

Evie tentou se confortar com essas palavras, mas seus olhos estavam marejados e sua garganta doía. Sentando-se ao lado do pai, pôs um dos braços ao redor da cabeça e uma das mãos sobre o peito dele. A respiração de Jenner se acalmou e ele emitiu um leve som, como se apreciasse o toque. Quando ela sentiu a vida do pai se esvaindo aos poucos, a mão grande de Cam deslizou para seu antebraço e o apertou de leve.

Fez-se um doloroso silêncio no quarto. Evie nunca havia se deparado com a morte, e ter de enfrentá-la agora e perder a única pessoa que a amara a fazia sentir as frias garras do medo. Lançando um olhar lacrimejante para a porta, viu a figura alta de Sebastian em pé, seu rosto inescrutável, e subitamente percebeu que precisava dele afinal de contas. Quando o marido a fitou, algo em seu olhar ajudou a tranquilizá-la.

O mais leve dos suspiros escapou dos lábios de Jenner...

e depois não houve mais nada. Ao perceber que o sofrimento finalmente terminara, Evie apertou sua bochecha contra a cabeça do pai e fechou seus olhos.

– Adeus – sussurrou, lágrimas pingando nos cabelos um dia ruivos de Jenner.

Depois de um momento, Evie sentiu as mãos hábeis de Cam erguendo-a e afastando da cama.

– Evie – murmurou o rapaz com o rosto virado para o outro lado. – Tenho de... tenho de arrumar o corpo. Fique com seu marido.

Evie assentiu com a cabeça e tentou andar, mas estava com as pernas paralisadas. Sentiu Cam afastar seu cabelo e depois roçar a boca em sua testa em um doce e casto beijo. Cegamente, ela se virou e cambaleou na direção de seu marido. Sebastian se aproximou com alguns passos largos e lhe pôs um lenço na palma da mão. Ela o pegou com gratidão. Evie enxugou os olhos e assoou o nariz enquanto Sebastian a conduzia para fora dos aposentos de Ivo Jenner. O braço forte do marido estava em suas costas, a mão em sua cintura.

– Ele estava em constante sofrimento – disse Sebastian em um tom prático. – Foi melhor assim.

– Sim – conseguiu dizer Evie. – Sim, é claro.

– Ele disse alguma coisa?

– Ele mencionou... a minha mãe. – Pensar nisso fez seus olhos arderem de novo, mas seus lábios esboçaram um sorriso torto. – Disse que ela o ajudaria a entrar no céu pela porta dos fundos.

Sebastian a guiou para o quarto. Desabando na cama, Evie levou o lenço ao nariz e se encolheu, virada de lado. Nunca havia chorado assim antes, sem soluços, com a angústia fazendo sua garganta arder e a tristeza que lhe apertava o peito se recusando a diminuir. Ela teve uma vaga consciência das cortinas se fechando e de Sebastian mandando uma criada buscar um pouco de vinho e um jarro de água fria.

Embora Sebastian permanecesse no quarto, não se aproximou, apenas andou por alguns minutos e finalmente se sentou em uma cadeira à cabeceira da cama. Era óbvio que não queria abraçar Evie enquanto ela chorava, que evitaria essa intimidade emocional. Ela podia se entregar a ele na paixão, mas não no sofrimento. Ainda assim, estava claro que não tinha nenhuma intenção de deixá-la.

Depois que a criada trouxe o vinho, apoiou Evie nos travesseiros e lhe deu uma taça cheia. Enquanto ela bebia, pegou um pano molhado em água fria e o aplicou gentilmente em seus olhos inchados. Ele foi gentil e estranhamente cuidadoso, como se estivesse cuidando de uma criança pequena.

– Os empregados – murmurou Evie depois de algum tempo. – O clube. O funeral.

– Cuidarei de tudo – disse Sebastian calmamente. – Fecharemos o clube. Farei os preparativos para o funeral. Devo avisar suas amigas?

Evie balançou a cabeça imediatamente.

– Isso as poria em uma situação difícil. E não estou com vontade de falar com ninguém.

– Entendo.

Ele ficou com Evie até ela esvaziar a segunda taça de vinho. Percebendo que o marido estava esperando um sinal seu, pousou a taça vazia na mesa de cabeceira. Sentiu a língua embolar ao falar:

– Acho que agora vou descansar. Não precisa ficar comigo quando há tanto a ser feito.

O olhar avaliador de Sebastian a varreu e ele se levantou da cadeira.

– Chame-me quando acordar.

Deixada levemente embriagada, sonolenta e sozinha

na penumbra, Evie se perguntou por que as pessoas sempre diziam que a morte de um ente querido era mais fácil quando você tinha tempo para se preparar para isso. Não parecia fácil. E essas mesmas pessoas poderiam ter acrescentado que sua dor deveria ser menor pelo fato de nunca ter realmente conhecido seu pai. Mas isso tornava a dor maior. Ela tinha muito poucas lembranças para confortá-la... Eles haviam passado muito pouco tempo juntos. Com a tristeza, veio um lúgubre sentimento de privação... e sob isso até mesmo um toque de raiva. Era tão indigna de amor? Faltava-lhe algum dom essencial para atrair os outros?

Consciente de que seus pensamentos estavam tomando o rumo perigoso da autopiedade, fechou os olhos e deu um trêmulo suspiro.

~

No momento em que Cam estava saindo dos aposentos de Ivo Jenner, St. Vincent o encontrou no corredor. O homem louro franziu o cenho e disse em um frio tom de arrogância:

– Se minha esposa encontra conforto em sermões ciganos banais, não tenho nenhuma objeção a que os faça. Mas se a beijar de novo, não importa quanto o beijo seja casto, eu o transformarei em um eunuco.

O fato de St. Vincent ser capaz de ter um ataque de ciúme quando Ivo Jenner ainda não esfriara em seu leito de morte poderia ter indignado outros homens. Contudo, Cam olhou para o visconde com interesse.

Usando deliberadamente sua resposta para testar o outro homem, disse brandamente:

– Se eu já a tivesse desejado dessa forma, a esta altura a teria.

Um brilho de aviso surgiu nos olhos azuis como gelo de St. Vincent e revelou uma profundidade de sentimentos que ele não admitiria. Cam nunca tinha visto nada como o desejo silencioso do visconde pela própria esposa. Ninguém poderia deixar de observar que St. Vincent praticamente vibrava como um diapasão sempre que Evie entrava em um aposento.

– É possível querer bem a uma mulher sem querer se deitar com ela – salientou Cam. – Mas parece que você não acredita nisso. Ou está tão obcecado por ela que não consegue imaginar como outra pessoa poderia não sentir o mesmo?

– Eu não estou obcecado por ela – disparou St. Vincent.

Cam apoiou um ombro na parede e olhou nos olhos duros do homem, sua reserva incomum de paciência quase esgotada.

– É claro que está. Qualquer um pode ver isso.

St. Vincent lhe deu um olhar de aviso.

– Mais uma palavra – disse roucamente – e seguirá o mesmo caminho de Egan.

Cam ergueu as mãos em um zombeteiro gesto de autodefesa.

– Devidamente avisado. A propósito, as últimas palavras de Jenner foram sobre Bullard. Há um legado para ele no testamento. Jenner queria que fosse respeitado.

St. Vincent estreitou os olhos.

– Por que ele deixaria dinheiro para Bullard?

Cam deu de ombros.

– Eu não saberia dizer. Mas no seu lugar não contrariaria o último desejo de Jenner.

– Se eu contrariar, não há muito que ele ou alguém possa fazer a respeito.

– Então correrá o risco de o fantasma dele assombrar o clube.

– Fantasma? – St. Vincent o olhou incrédulo. – Cristo! Não está falando sério, está?

– Eu sou cigano – respondeu Cam sem rodeios. – É claro que acredito em fantasmas.

– Apenas metade cigano. O que me leva a crer que a outra parte é pelo menos um pouco sã e racional.

– A outra metade é irlandesa – disse Cam, meio que se justificando.

– *Cristo!* – repetiu St. Vincent enquanto se afastava a passos largos.

~

Com os preparativos para o funeral, os problemas financeiros do clube e o próprio edifício precisando urgentemente de reforma, Sebastian deveria estar ocupado demais para notar Evie e seu estado. Contudo, ela logo percebeu que ele exigia relatórios frequentes das criadas sobre como havia dormido, se tinha comido e suas atividades em geral. Ao saber que a esposa não havia tomado café da manhã nem almoçado, Sebastian mandou uma bandeja para cima, com um curto bilhete:

Milady,
Esta bandeja será devolvida para minha inspeção daqui a uma hora. Se não estiver vazia, irei pessoalmente alimentá--la à força.
Bon appetit,
S.

Para a satisfação de Sebastian, Evie obedeceu à ordem. Ela se perguntou com irritação se as ordens do marido eram motivadas por preocupação ou por um desejo de intimidá-la. Porém, logo depois, Sebastian fez algo muito atencioso, pagando para uma costureira o dobro do preço que ela cobrava para fazer três vestidos de luto com considerável rapidez. Infelizmente, a escolha dos tecidos foi totalmente inadequada.

No primeiro ano de luto, as mulheres eram obrigadas a usar apenas crepe, um tecido opaco, duro, áspero e feito de fios engomados. Ninguém o considerava uma escolha agradável, porque o crepe era perigosamente inflamável e tendia a enrugar e quase se desmanchar na chuva. Contudo, Sebastian encomendara um vestido de veludo preto, um de cambraia macia e um de caxemira.

– Não posso usar estes – disse Evie erguendo uma sobrancelha e passando a mão sobre os vestidos.

Ela os pôs sobre a colcha da cama, onde ficaram amontoados.

O próprio Sebastian havia trazido os vestidos para cima assim que foram entregues no clube. Ele estava em pé no canto da cama, apoiado na pesada coluna entalhada. Exceto pela camisa branca, estava vestido de preto da cabeça aos pés. Como era de esperar, ficava extraordinariamente bonito em roupas austeras, o preto fornecendo um contraste exótico com a pele e os cabelos dourados brilhantes. Não pela primeira vez, Evie se perguntou se um homem com tal aparência poderia possuir um caráter decente – sem dúvida ele fora mimado desde a infância.

– Qual é o problema? – perguntou Sebastian olhando para os vestidos. – São pretos, não são?

– Bem, sim, mas não são feitos de crepe.

– Você *quer* usar crepe?

– É claro que não. Ninguém quer. Mas se as pessoas me virem usando outra coisa, haverá muito falatório.

Sebastian arqueou uma das sobrancelhas.

– Evie, você fugiu de casa para não ceder aos desejos de sua família, casou-se com um renomado libertino e está morando em um clube de jogos. Quantos falatórios mais acha que poderia causar?

Evie olhou desconfiada para o vestido que estava usando, um dos três que trouxera na noite em que fugira da casa dos Maybricks. Embora as criadas e ela tivessem feito o possível para limpá-lo, a lã marrom estava manchada e amarrotada devido à viagem. Além disso, dava-lhe coceiras. Queria usar algo novo, limpo e macio. Estendeu a mão para o vestido preto de veludo e o alisou.

– Você tem de aprender a ignorar o que as pessoas falam – murmurou Sebastian, indo até ela. Posicionando-se atrás de Evie, tocou seus ombros de leve, fazendo-a se sobressaltar um pouco. – Será muito mais feliz assim. Aprendi que enquanto o que falam sobre os outros frequentemente é verdade, nunca é quando se refere a nós.

Evie se retesou nervosamente ao sentir as mãos dele movendo-se ao longo da fileira de botões nas costas do vestido marrom.

– O que está fazendo?

– Ajudando você a trocar de roupa.

– Eu não quero. Agora não. Eu...

Mas ele insistiu, deslizando uma das mãos para a frente de Evie a fim de mantê-la no lugar enquanto a outra continuava a abrir o vestido. Em vez de recorrer a uma luta indigna, Evie corou e ficou parada, a pele exposta arrepiada.

– Eu go-gostaria que não me tratasse com tanta displicência!

– A palavra "displicência" sugere indiferença – respondeu ele, baixando o vestido para os quadris de Evie.

O vestido caiu no chão.

– E não há nada de indiferente em minha reação a você, amor.

– Eu poderia esperar um pouco de re-respeito! – excla-

mou Evie, tremendo diante dele em suas roupas de baixo.
– Sobretudo depois... depois...
– Você não precisa de respeito. Precisa de conforto, abraços e possivelmente um longo tempo na cama comigo. Mas como não permitirá isso, receberá uma massagem nos ombros e alguns conselhos.

Sebastian pôs suas mãos quentes nos ombros dela, nus exceto pelas alças da camisola. Começou a massagear os músculos tensos, os polegares traçando arcos profundos na parte superior das costas. Evie deu um gemido e tentou se afastar, mas ele a fez se calar e continuou a massageá-la com infinita habilidade.

– Você não é mais a mesma pessoa de alguns dias atrás – murmurou ele. – Não é mais uma mulher solteira que tomava chá de cadeira nos bailes, uma virgem ou a criança indefesa que tinha de suportar a vida com os Maybricks. É uma viscondessa com uma fortuna considerável e um marido libertino. As regras de quem seguirá agora?

Evie balançou a cabeça, cansada e confusa. Seu controle sobre as próprias emoções parecia desaparecer tão rapidamente quanto Sebastian lhe tirava a tensão das costas. Temeu chorar se tentasse falar. Ficou em silêncio, com os olhos firmemente fechados, tentando manter sua respiração regular.

– Até agora você passou a vida tentando agradar aos outros... com muito pouco sucesso. Por que não tenta agradar a si mesma para variar? Por que não vive de acordo com suas próprias regras? O que ganhou seguindo as convenções?

Evie ponderou sobre as perguntas e suspirou de prazer quando ele encontrou um ponto particularmente dolorido.

– Eu gosto das convenções – respondeu, depois de um

tempo. – Não há nada de errado em ser uma pessoa comum, há?

– Não. Mas você não é comum ou nunca teria me procurado em vez de se casar com o primo Eustace.

– Eu estava desesperada.

– Esse não foi o único motivo – murmurou ele. – Isso também lhe deu um prazer maldoso.

– Não! Não!

– Você gostou de colocar um libertino infame contra a parede em sua própria casa e apresentar uma proposta irrecusável. Não tente negar isso. A esta altura eu a conheço o suficiente.

Incrivelmente, apesar de sua dor e preocupação, Evie sentiu um sorriso surgindo em seus lábios.

– Talvez por um momento eu tenha gostado – admitiu. – E certamente gostei de pensar em quanto minha família ficaria furiosa quando soubesse disso. – O sorriso desapareceu enquanto ela acrescentava com uma carranca: – Como eu odiava morar com eles! Se ao menos meu pai tivesse ficado comigo! Ele poderia ter pagado a alguém para cuidar de mim...

– Meu Deus! – disse Sebastian, não parecendo nem um pouco solidário. – Por que ele ia querer uma criança pequena em seu mundo?

– Porque eu era sua família. Era tudo o que ele tinha!

Isso fez Sebastian balançar a cabeça decididamente.

– Os homens não pensam assim, querida. Seu pai presumiu, e com razão, que seria melhor para você viver longe dele. Sabia que só se casaria bem se fosse criada de um modo respeitável.

– Mas se ele soubesse como os Maybricks me tratariam... como me maltrataram...

Sebastian a chocou ao perguntar:

– O que a faz presumir que seu pai não teria feito o

mesmo? Pelo amor de Deus! Ele era um ex-pugilista! Dificilmente seria considerado um sujeito com controle de suas próprias ações. Você poderia ter conhecido muito bem os punhos dele se o tivesse visto com mais frequência.

– Eu não acredito nisso! – exclamou Evie com irritação.

– Acalme-se – murmurou Sebastian, pegando o vestido de veludo na cama. – Como já disse, eu nunca bateria em uma mulher. Mas o mundo está cheio de homens que não têm esse tipo de escrúpulo e provavelmente seu pai era um deles. Conteste isso, se quiser, mas não seja ingênua a ponto de pôr Jenner em um pedestal, amor. Para os padrões do mundo em que vivia, de malandros, jogadores, canalhas, criminosos e embusteiros, era um homem bastante decente. Estou certo de que Jenner consideraria isso um elogio adequado. Erga os braços.

Ele passou habilmente o vestido de veludo pela cabeça de Evie, ajeitou as saias no quadril e a ajudou a enfiar os braços nas mangas.

– Essa vida não é para você. Seu lugar é em uma propriedade no campo, sentada em uma manta espalhada em um gramado verde, comendo morangos com creme. Dando passeios de carruagem. Visitando suas amigas. Um dia provavelmente deveria ter filhos. Isso a faria ter algo com que se ocupar. E algo em comum com suas amigas, que sem dúvida já começaram a procriar.

Surpresa com a naturalidade com que Sebastian lhe dera a sugestão, Evie olhou para o belo rosto tão perto do seu. Poderia parecer que acabara de se dispor a lhe comprar um cachorrinho. Ele realmente era tão insensível?

– Você teria algum interesse em um filho? – perguntou Evie após engolir em seco várias vezes.

– Não, querida. Não fui feito para ter uma esposa e família. Mas eu não deixaria lhe faltar nada. – Um brilho perverso surgiu nos olhos de Sebastian. – Participaria com muito entusiasmo da concepção, não da criação. – Ele foi para trás de Evie a fim de fechar o vestido. – Pense no que você quer. Há muito pouco que não possa ter... desde que ouse.

CAPÍTULO 11

Qualquer sentimento de amizade que Evie pudesse nutrir por seu marido desapareceu na manhã seguinte, quando Sebastian saiu do clube logo antes do meio-dia e foi para o bordel de madame Bradshaw. Ele tinha terminado os preparativos para o funeral de Ivo Jenner e agora estava voltando sua atenção para os negócios. O Jenner's ficaria fechado por quinze dias, durante os quais haveria uma grande invasão de carpinteiros, pedreiros e pintores para reformar o lugar.

Sebastian também começara a fazer mudanças nos procedimentos do clube, inclusive promovendo Cam à posição de gerente. Em vista de suas origens, essa certamente era uma decisão controversa. Em geral, os ciganos eram considerados desonestos e enganadores. Para alguns, o fato de Cam ser responsável por recolher e pagar grandes somas de dinheiro e decidir se uma jogada era válida seria como pedir para uma raposa tomar conta de um galinheiro. O poder daquela posição era tamanho que nem mesmo Sebastian poderia questionar seus julgamentos sobre os jogos. Contudo, Cam era uma figura conhecida e estimada, e Sebastian estava disposto a admitir que sua popularidade induziria os sócios a aceitá-lo na nova posição. Além disso, nenhum dos outros trinta empregados do clube era ao menos remotamente qualificado para dirigir o local.

As prostitutas da casa foram embora e agora era fundamental fazer algo para que os sócios tivessem acesso à companhia feminina quando o clube reabrisse. Para o desgosto de Evie, Cam apoiara Sebastian em sua versão de que um acordo com madame Bradshaw seria uma ótima solução para o problema. E naturalmente Sebastian se encarregara de fazer uma proposta para a famosa cafetina. Sabendo do infame apetite sexual de seu marido, Evie estava certa de que a visita ao bordel incluiria muito mais do que uma negociação. Sebastian não havia dormido com ninguém desde que eles estiveram em Gretna Green. Sem dúvida estava ansioso por favores femininos.

Evie disse repetidamente para si mesma que não se importava com isso. Ele poderia dormir com dez mulheres... cem... mil... que ela não se importaria. Seria uma idiota caso se importasse. Sebastian era tão capaz de ser fiel quanto um gato de rua que perambulava pelos becos acasalando com todas as fêmeas que encontrava.

Furiosa sob sua fachada estoica, Evie escovou os cabelos e os prendeu em um intricado coque trançado. Desviando o olhar do pequeno espelho acima da penteadeira, pousou a escova. Ao ver o brilho de sua aliança, as palavras gravadas em gaélico pareceram zombar dela.

– "Meu amor é seu" – sussurrou amargamente e a tirou.

Não fazia sentido usar aquilo quando seu casamento era uma farsa. Pôs a aliança sobre a penteadeira, pensou melhor e a enfiou no bolso, decidindo pedir a Cam para guardá-la no cofre do clube. Quando estava prestes a sair do quarto, ouviu uma batida à porta. Não poderia ser Sebastian, que nunca se dava ao trabalho de bater. Abrindo-a, viu o rosto sério de Joss Bullard.

Embora os outros empregados não desgostassem de Bullard, era óbvio que a popularidade dele não chegava perto da de Cam. Infelizmente para Bullard, como Cam e ele tinham praticamente a mesma idade, com frequência eram comparados. Seria injusto comparar a maioria dos homens com o belo e moreno Cam, cujo encanto, mistério e humor mordaz o tornavam o favorito entre os empregados e clientes do clube. Para piorar as coisas, Bullard era um homem sem senso de humor, insatisfeito com seu destino na vida e invejoso de todos que acreditava possuírem mais do que ele. Sentindo que Bullard tinha dificuldade em ser gentil até mesmo com ela, Evie o tratava com precavida polidez.

Os olhos duros e frios de Bullard se fixaram nos dela.

– Há uma visita à sua espera na porta dos fundos, milady.

– Uma vi-visita?

Evie fechou o cenho, sentindo um frio na barriga ao temer que seus tios finalmente tivessem descoberto seu paradeiro. A notícia da morte de Jenner, do fechamento temporário do clube e de sua presença devia ter se espalhado rapidamente por Londres.

– Quem? Que-que nome deu?

– Sra. Hunt, milady.

Annabelle. O som do nome de sua querida amiga fez o coração de Evie bater mais forte de alívio e ansiedade, embora fosse difícil acreditar que Annabelle ousaria ir a um clube de jogos.

– Que boa notícia! – exclamou. – Por favor, faça-a subir para a sala de visitas do meu pai.

– Ela pediu que descesse para a porta dos fundos, milady.

– Ah.

Mas isso não fazia sentido. Uma moça bem-criada como Annabelle não teria permissão para esperar nos fundos do clube. Cheia de preocupação, Evie saiu a passos largos do quarto, pensando apenas em alcançar Annabelle o mais rápido possível. Com Bullard atrás dela, desceu correndo os dois longos lances de escada, segurando-se no corrimão a intervalos regulares. Quando chegou à base da escada, sua frequência cardíaca se acelerara devido ao esforço. Abriu com certa dificuldade a pesada porta e... recuou assustada ao ver não a figura esguia de Annabelle Hunt, mas a corpulenta do tio Peregrine.

Evie ficou estarrecida. Olhou para ele chocada por apenas uma fração de segundo e depois retrocedeu, dominada pelo terror. Peregrine sempre estivera mais do que disposto a usar os punhos para forçá-la a obedecer. Não importava que ela agora fosse lady St. Vincent, e portanto estivesse legalmente fora do alcance dele, seu tio se vingaria de qualquer maneira, a começar por uma grande surra.

Evie se virou cegamente para fugir, mas, para seu assombro, Bullard bloqueou o caminho.

– Ele me pagou um soberano para ir buscá-la – murmurou Bullard. – É o que eu ganho em um mês.

– Não – disse ela ofegante, batendo no peito dele. – Não! Eu lhe darei qualquer coisa... Não o deixe me levar.

– Jenner a fez ficar com ele esses anos todos – disse o rapaz com desprezo. – Ele não a queria aqui. Ninguém quer.

Enquanto Evie gritava em protesto, Bullard a empurrou para o tio, cujas feições largas revelavam um raivoso triunfo.

– Fiz o que me pediram – disse Bullard bruscamente para o homem logo atrás de Peregrine, que Evie reconheceu imediatamente como seu tio Brook. – Agora me paguem.

Parecendo desconfortável e vagamente envergonhado

com a transação, Brook lhe entregou o soberano. Peregrine agarrou Evie com força, deixando-a indefesa como um coelho segurado pelo pescoço. Seu rosto grande e quadrado estava vermelho de raiva.

– Idiota imprestável! – gritou, sacudindo a cabeça de Evie. – Se você ainda não tivesse alguma utilidade, eu a descartaria como lixo. Por quanto tempo achava que podia se esconder de nós? Isso vai lhe custar caro, eu garanto!

– Bullard, faça-o parar, *por favor*! – gritou Evie, debatendo-se enquanto Peregrine a arrastava na direção de uma carruagem que os esperava. – *Não!*

Mas Bullard não fez nada para ajudá-la. Apenas a observou da porta com olhos cheios de ódio. Evie não sabia o que tinha feito para ele desprezá-la tanto. Por que não havia ninguém para ajudá-la? Por que ninguém ouvia seus gritos? Lutando por sua vida, Evie arranhou o tio e lhe deu cotoveladas, as saias pesadas limitando seus movimentos. Foi irremediavelmente vencida. Enfurecido com sua resistência, Peregrine rosnou:

– Quieta, seu pequeno demônio!

Pelo canto do olho, Evie viu um garoto vindo do pátio do estábulo.

– Chame Cam! – gritou Evie.

Seu grito foi abafado quando a palma da mão de Peregrine lhe cobriu a boca e o nariz. Ela mordeu a mão suja do tio, que a retirou com um urro enfurecido.

– Cam! – gritou Evie de novo antes de ser silenciada por um forte tapa no ouvido.

Peregrine a empurrou para Brook e o rosto dele se virou diante dos olhos turvados de Evie.

– Ponha-a na carruagem – ordenou Peregrine, tirando um lenço de seu casaco para estancar o sangue da mão.

Evie se contorceu nas mãos de Brook. Quando ele a

empurrou com força na direção do veículo, conseguiu lhe dar um soco na garganta. O impacto o fez sufocar e soltá-la.

Peregrine agarrou Evie com suas mãos enormes e a atirou contra a lateral da carruagem. Ela bateu com a cabeça nos duros painéis laqueados. Houve uma explosão de luzes diante de seus olhos e uma dor aguda em seu crânio. Zonza, tentou debilmente lutar enquanto era jogada dentro do veículo.

Para seu espanto, o primo Eustace esperava lá dentro, pálido. Ele a segurou junto às amplas dobras de seu corpo, exibindo uma força surpreendente ao lhe rodear o pescoço com seu gordo antebraço.

– Eu a peguei – disse, ofegando com o esforço. – Maldita encrenqueira, quebrou sua promessa de se casar comigo. Mas meus pais disseram que *eu* é que devo ficar com sua fortuna e eles a conseguirão para mim não importa o que precise ser feito.

– Eu já estou casada! – ofegou Evie, sufocada pela montanha de carne que a cercava.

– O casamento não durará. Vamos anulá-lo. Seu plano de arruinar as coisas para mim não funcionou. – Eustace pareceu um garoto petulante ao continuar: – É melhor não me irritar, prima. Meu pai disse que posso fazer o que quiser com você depois que nos casarmos. Gostaria de ficar trancada em um armário durante uma semana?

Evie não conseguiu inspirar ar suficiente para responder. Os braços pesados de Eustace a comprimiam contra aquele peito e barriga fofos e enormes. Lágrimas de dor e desespero surgiram nos cantos de seus olhos enquanto ela tentava freneticamente soltar seu pescoço.

Em meio ao zumbido em seus ouvidos, escutou novos sons lá fora, gritos e imprecações. De repente, a porta da carruagem foi aberta e alguém se precipitou para dentro.

Ela se contorceu para ver quem era. O pouco ar que lhe restava foi exalado em um fraco suspiro quando viu o brilho familiar de cabelos dourado-escuros.

Era Sebastian, como nunca o vira antes, não mais indiferente e controlado, mas totalmente dominado por uma fúria assustadora. Seus olhos pálidos lembravam os de um réptil quando ele lançou um olhar assassino para Eustace, que começou a respirar nervosamente sob a volumosa papada.

– Entregue-a para mim – ordenou Sebastian, sua voz rouca de raiva. – *Agora*, seu monte de lixo, ou eu cortarei seu pescoço fora.

Parecendo perceber que Sebastian estava ansioso por cumprir a ameaça, Eustace soltou Evie. Ela cambaleou na direção do marido enquanto tomava fôlego, desesperada. Ele a segurou gentil e firmemente.

– Calma, amor. Está segura agora.

Ela sentiu o corpo dele tremendo de raiva. Sebastian lançou um olhar assassino para Eustace, que tentava mover o corpo gelatinoso para a extremidade do banco.

– Da próxima vez que eu o vir – disse Sebastian ferozmente –, não importa em que circunstâncias, vou matá-lo. Nenhuma lei, nenhuma arma, nem mesmo o próprio Deus conseguirá me impedir. Então, se tem amor à vida, nunca mais cruze o meu caminho.

Deixando Eustace mudo e tremendo de medo, tirou Evie do veículo. Ela se agarrou a ele, ainda tentando recuperar o fôlego enquanto olhava apreensivamente ao redor. Ao que parecia, Cam fora avisado do ocorrido e estava cuidando dos tios dela. Brook estava caído enquanto Peregrine cambaleava para trás em virtude de algum tipo de golpe, seu rosto carnudo vermelho de raiva e espanto.

Evie tropeçou assim que pisou no chão, e apoiou o rosto no ombro do marido. Sebastian estava literalmente fervendo de raiva, o ar frio batendo em sua pele corada e transformando sua respiração em nuvens brancas. Ele a submeteu a uma breve mas meticulosa inspeção, passando as mãos de leve sobre ela e lhe examinando o rosto pálido. Sua voz foi surpreendentemente terna:

– Está machucada, Evie? Olhe para mim, amor. Sim. Querida, eles a feriram?

– Nã-não. – Ela o olhou, aturdida. – Meu tio Peregrine é muito fo-forte...

– Eu cuidarei dele – garantiu ele e gritou para Cam: – Rohan! Fique com Evie.

O jovem obedeceu imediatamente, aproximando-se de Evie com passos longos e ágeis. Falou com ela usando algumas palavras que pareciam estrangeiras, sua voz acalmando seu estado abalado.

Evie hesitou antes de ir com ele, lançando um olhar preocupado para Sebastian.

– Está tudo bem – disse ele sem olhar para Evie, seu olhar gelado fixo no corpulento Peregrine. – Vá.

– Que gentil da sua parte nos visitar, tio – disse Sebastian sarcasticamente. – Veio nos felicitar?

– Vim buscar minha sobrinha – rosnou Peregrine. – Ela foi prometida ao meu filho. Seu casamento ilícito não durará!

– Ela é *minha*! – disparou Sebastian. – Certamente você não é idiota a ponto de achar que eu a deixaria ir sem protestar.

– Farei o casamento ser anulado – assegurou-lhe Peregrine.

– Isso só seria possível se o casamento não tivesse sido consumado. E eu lhe garanto que foi.

– Temos um médico que prometeu atestar que a virgindade dela está intacta.

– Claro – disse Sebastian com assustadora calma. –

Sabe que tipo de reflexo isso teria em mim? Esforcei-me muito para cultivar minha reputação. Imagine se vou permitir que seja manchada por qualquer insinuação de impotência.

Ele tirou o casaco e o jogou para Cam, que o pegou com uma das mãos. O olhar assassino do visconde em nenhum momento se desviou do rosto lívido de Peregrine.

– Já lhe ocorreu que a esta altura posso tê-la engravidado?

– Nesse caso, isso será remediado.

Sem entender totalmente o que seu tio queria dizer, Evie se encolheu nos braços protetores de Cam. Ele os apertou enquanto olhava Peregrine com uma rara raiva.

– Não se preocupe, querida – sussurrou Cam para Evie.

Sebastian ficou ainda mais vermelho ao ouvir as palavras de Peregrine, o que fez seus olhos parecerem vidro quebrado.

– Que gentileza! Eu a mataria com minhas próprias mãos antes de deixá-los tê-la de volta.

Parecendo perder qualquer vestígio de autocontrole, Peregrine se lançou para ele, rugindo:

– Eu o *matarei* se preciso for, seu filho da mãe!

Evie prendeu a respiração quando Sebastian se desviou de Peregrine e o esperou voltar.

– Burrice – ouviu Cam murmurar. – Deveria ter lhe dado uma rasteira.

Ele se calou quando Sebastian conseguiu evitar por pouco um soco de Peregrine e depois lhe deu um direto no queixo. Por mais que o soco tivesse sido forte, pareceu ter pouco efeito no tio corpulento de Evie. Horrorizada, ela viu os dois trocarem uma série de socos e golpes rápidos. Embora Sebastian fosse muito mais ágil, Peregrine conseguiu atingi-lo algumas vezes, fazendo-o cambalear para trás com a força do impacto.

Os empregados começaram a sair do clube, dando gritos encorajadores para Sebastian, enquanto transeuntes na rua corriam na direção do barulho. Um grande círculo se formou ao redor dos homens que brigavam e soaram gritos e vaias.

Evie apertou levemente o braço ao redor de sua cintura.

– Cam, faça alguma coisa – implorou.

– Não posso.

– Você sabe brigar. Meu pai sempre disse...

– Não – respondeu Cam de cara fechada. – Essa briga é dele. Se eu interferir agora, parecerá que ele não é capaz de vencer seu tio sozinho.

– Mas ele não é!

Evie se encolheu quando Sebastian cambaleou para trás depois de outro golpe brutal de Peregrine.

– Você o está subestimando – disse Cam, vendo Sebastian ir novamente para a frente. – Ele... *Isso!* Ótimo gancho de direita. Bom jogo de pernas também. Os homens do tamanho dele não costumam se mover tão rápido. Se ele apenas... *maldição*, perdeu uma oportunidade...

Subitamente Cam gritou em aprovação quando Sebastian derrubou Peregrine com um gancho de esquerda no queixo.

– Há motivação! Ele tem força e precisão. Só precisa é de um pouco de instrução.

Reduzido a uma figura gemendo no chão, Peregrine pareceu ter se esquecido do homem de rosto duro em pé acima dele.

Ao perceber que a briga havia terminado, os empregados do clube se aproximaram de Sebastian com gritos de aprovação e tapinhas nas costas, assegurando-lhe de que ele não era o fracote que pensavam que fosse. Sebastian ouviu o elogio dúbio com uma expressão sarcástica e logo estava supervisionando a colocação de seu incapacitado adversário na carruagem.

Com delicadeza, Cam virou Evie de frente para ele.
– Diga-me como tudo começou – pediu com urgência. – Agora, antes de seu marido vir.

Evie explicou rapidamente como Bullard a havia enganado e entregado para seus parentes em troca de um soberano. A gagueira se manifestou, mas Cam conseguiu entender a confusa explicação.

– Certo – murmurou, seu rosto cor de mel inexpressivo. – Deixe Bullard comigo. Cuide de St. Vincent. Ele vai precisar de você. Os homens sempre ficam cheios de vida depois de uma boa briga.

Evie balançou a cabeça, confusa.

– O quê? Não entendo o que quer dizer.

– Vai entender – disse ele com um súbito brilho de divertimento nos olhos.

Antes de Evie poder fazer mais perguntas, Sebastian veio. Não pareceu nem um pouco satisfeito ao vê-la nos braços de Cam.

– Quero saber o que diabo aconteceu – disse furiosamente, puxando Evie para ele com mãos possessivas. – Eu saio por duas horas em uma calma manhã de domingo e o lugar está de cabeça para baixo quando volto...

– Ela vai explicar tudo – interrompeu-o Cam, olhando para além de Sebastian, concentrado em alguém no pátio do estábulo. – Com licença, tenho de resolver um assunto...

Ele pulou uma grade e desapareceu na multidão.

Capítulo 12

Cam encontrou Joss Bullard perto do pátio do estábulo e o confrontou cautelosamente. O homem estava respirando com as narinas dilatadas. Nunca tinham sido amigos. O relacionamento deles era mais como o de irmãos rivais que viviam sob o mesmo teto, tendo Jenner como figura paterna.

Na infância, haviam brincado e brigado juntos. Na vida adulta, trabalharam lado a lado. Depois dos muitos pequenos atos de bondade de Jenner para com Bullard, Cam nunca esperara tal comportamento. Confuso e com raiva, balançou a cabeça devagar enquanto olhava para ele.

– Não sei por que a entregou ou o que achou que ganharia com isso...

– Eu ganhei um soberano – retrucou Bullard. – E valeu a pena para me livrar daquela gaga idiota.

– Está louco? – perguntou Cam em um acesso de raiva. – Qual é o problema com você? Estamos falando da *filha do Jenner*. Não deveria ter feito isso nem que tivessem lhe dado uma fortuna!

– Ela nunca fez nada para Jenner ou o clube – interrompeu-o Bullard asperamente. – Mas veio aqui na última hora para vê-lo morrer e depois ficar com tudo. Que se dane a filha da mãe e o maldito marido!

Cam ouviu atentamente, mas não conseguiu entender o motivo da inveja de Bullard. Um cigano tinha dificuldade em entender por que bens materiais alheios podiam provocar ressentimento. Ninguém jamais pensara em desejar mais do que tinha na tribo nômade à qual pertencera até os 12 anos. Um homem só podia usar um traje ou montar um cavalo de cada vez.

– Ela era a única filha de Jenner – respondeu Cam. – O

que ele lhe deu não tem nada a ver com você ou comigo. Mas não há nada pior do que quebrar a confiança de quem depende de nossa proteção. Traí-la... ajudar alguém a levá-la contra sua vontade.

– Eu faria de novo! – disse Bullard, cuspindo no chão entre eles.

Cam olhou atentamente para o outro homem, percebendo que ele não parecia nada bem. Estava com a pele pálida e viscosa e os olhos opacos.

– Você está doente? – perguntou com suavidade. – Se estiver, diga-me. Eu intercederei junto a St. Vincent a seu favor. Talvez possa fazê-lo...

– Maldito seja! Vou me livrar de você, seu lixo cigano. Vou me livrar de todos vocês.

O ódio violento no tom de Bullard não deixava margem para dúvida. Não havia volta para ele. A única questão agora era se deveria pegá-lo pelo colarinho e arrastá-lo para o clube ou deixar que fugisse. Lembrando-se do brilho malévolo nos olhos de St. Vincent, achou que, se tivesse uma chance, o visconde poderia realmente matá-lo, o que causaria muitos aborrecimentos a todos, especialmente Evie. Não... melhor deixar Bullard desaparecer.

Olhando para a cara do jovem que conhecia havia tantos anos, Cam balançou a cabeça, perplexo e indignado. Seu povo chamava isso de alma perdida: a essência de um homem aprisionada em uma esfera sobrenatural sombria. Mas como aquilo tinha acontecido com Bullard? E quando?

– É melhor ficar longe do clube – murmurou Cam. – Se St. Vincent o pegar...

– St. Vincent pode apodrecer no inferno – rosnou Bullard, partindo com o punho cerrado para cima de Cam.

Com um reflexo rápido, Cam se desviou para o lado e deixou o outro homem fugir.

O relinchar nervoso de um cavalo amarrado em um poste próximo atraiu sua atenção e Cam estendeu o braço para acariciar o pescoço sedoso do baio. Os anéis de ouro em seus dedos brilharam à luz da tarde.

– Ele foi um tolo – disse Cam docemente para o cavalo, acalmando o animal com sua voz e carícia. Então suspirou ao pensar em outra coisa. – Jenner lhe deixou um legado e prometi me certificar de que o receberia. O que devo fazer?

～

Sebastian puxou Evie para dentro do clube. Depois do tumulto no beco, o silêncio do lugar era surpreendente. Ela tentou acompanhar os passos largos do marido e estava ofegante quando chegou à sala de leitura no piso principal. As prateleiras de mogno embutidas estavam cheias de livros com capa de couro. Nas paredes, estantes feitas com prateleiras móveis sustentadas por cavilhas continham muitos papéis e periódicos. Sebastian a fez entrar e bateu a porta atrás deles.

– Está machucada? – perguntou asperamente.

– Não. – Evie tentou conter as próximas palavras, mas elas saíram em uma explosão de ressentimento. – Por que se ausentou por tanto tempo? Eu precisei e você não estava lá!

– Você tinha trinta empregados para protegê-la. Antes de mais nada, por que desceu? Devia ter ficado no quarto até saber ao certo quem estava lá fora.

– O Sr. Bullard me disse que Annabelle Hunt estava esperando por mim. Quando vi que era meu tio, Bullard não me deixou voltar para dentro do clube. Ele me empurrou direto para os braços do meu tio.

– Meu Deus! – Sebastian arregalou os olhos. – Vou arrancar as tripas daquele miserável...

– E enquanto tudo isso estava acontecendo – continuou Evie irritada –, você estava na cama com uma prostituta!

Quando as palavras saíram de seus lábios, percebeu que esse era o xis da questão. Ainda mais do que a traição de Bullard ou a investida dos tios, o que a magoava era o fato de Sebastian tê-la traído tão cedo com outra mulher.

Sebastian a olhou atentamente.

– Eu não estava.

– Não minta – disse Evie, a raiva pairando no ar. – Sei que estava.

– Por que tem tanta certeza disso?

– Porque você ficou no bordel de madame Bradshaw por mais de duas horas!

– Estava falando sobre negócios. *Falando*, Evie! Se não acredita nisso, azar o seu. Porque se eu *tivesse* dormido com alguém, garanto-lhe que estaria mais relaxado do que estou agora.

Olhando nos olhos de Sebastian, duros como um lago congelado, Evie começou a sentir sua raiva diminuir. Não tinha outra escolha além de acreditar nele. Era óbvio que ele estava ofendido.

– Ah – murmurou.

– *Ah?* É tudo que tem a dizer?

– Eu não devia ter tirado conclusões precipitadas. Mas, sabendo o que sei sobre seu passado, supus...

Sua desastrada tentativa de se desculpar acabou com o pouco de controle que ainda restava em Sebastian.

– Bem, sua suposição estava errada! Se ainda não notou, ando tão ocupado em todos os minutos do dia que nem tenho *tempo* para fazer sexo. E se eu tivesse...

Ele parou abruptamente. Toda a semelhança com o elegante visconde que um dia ela havia observado de longe na sala de estar de lorde Westcliff desaparecera. Ele estava desgrenhado, machucado e furioso. E não respirava nada bem. Ele parou de novo, com um rubor se espalhando das bochechas para a ponte do nariz. Alarmada, tentou ir na direção da porta fechada. Antes mesmo de poder dar um passo, o corpo e as mãos do marido a imprensaram contra a parede. O cheiro de linho impregnado de suor misturado com o de homem saudável e excitado encheu suas narinas.

Então Sebastian lhe beijou a pele fina da testa. Estava ofegante. Outro momento de quietude. Ela sentiu o choque eletrizante da língua do marido. A respiração quente dele lhe causou arrepios em todo o corpo. Pouco a pouco, Sebastian levou a boca à sua orelha. O sussurro dele pareceu vir dos recônditos da própria mente de Evie.

– Se eu tivesse, Evie... a esta altura já teria rasgado suas roupas com as mãos e os dentes e a deixado nua. Eu a teria deitado no carpete, posto as mãos sob seus seios e os erguido para minha boca. Eu os estaria beijando, lambendo, até os mamilos parecerem pequenos frutos silvestres. Depois os mordiscaria com muita suavidade.

Evie se sentiu desfalecendo aos poucos enquanto ele continuava a murmurar roucamente:

– Eu beijaria seu corpo até as coxas... centímetro a centímetro. Quando chegasse àqueles cachos ruivos e macios, os lamberia cada vez mais fundo até encontrar a pequena pérola de seu clitóris... onde deixaria minha língua até senti-lo pulsar. Eu o circundaria e acariciaria, lamberia até você começar a implorar. E então a sugaria. Mas não com força. Não seria tão gentil. Eu o faria tão suave e lentamente que você começaria a gritar suplicando pelo clímax. Poria minha língua dentro de você e a saborearia. Não pararia até todo o seu corpo ficar molhado e tremendo. Quando a tivesse torturado o suficiente, abriria suas pernas e atingiria meu clímax dentro de você.

Quando Sebastian parou de falar, ela estava encostada na parede e os dois estavam paralisados, excitados e ofegantes. Finalmente, perguntou em uma voz quase inaudível:

– Você está molhada, não está?

Se fosse fisicamente possível enrubescer mais, Evie o teria feito. Envergonhada, sentiu a pele arder ao entender o que ele estava perguntando. Então assentiu abaixando levemente o queixo.

– Eu a quero mais do que já quis qualquer coisa neste mundo – disse Sebastian tremulamente. – Diga-me o que posso fazer para tê-la. O que será preciso para que me deixe dormir com você?

Evie o empurrou, sem conseguir desalojar o peso excitante do corpo dele.

– Nã-não há nada que você possa fazer. Porque o que eu ia que-querer é a única coisa que você não poderia me dar. Eu ia querer que fosse fi-fiel a mim, e você nunca poderia ser.

– Eu poderia.

Mas a resposta veio rápido demais. Cheirava a falsidade.

– Eu acho que não – sussurrou ela.

As longas mãos de Sebastian seguraram o rosto de Evie, os polegares percorrendo as curvas das bochechas. Ele falou com a boca logo acima da dela:

– Evie, não posso cumprir nosso acordo. Não posso viver com você, vê-la todos os dias sem possuí-la. Não posso...

Sentindo os pequenos tremores no corpo da esposa, baixou a cabeça e lhe beijou o pescoço. Todos os sentidos da jovem reagiram ao calor persuasivo da boca do marido, tão erótica e macia... aos dedos exploradores que deslizavam sobre a curva de seu seio.

Ouvindo seu gemido, Sebastian lhe deu um ávido beijo. Ela virou levemente o rosto, seus lábios formigando da deliciosa fricção.

– Não, Sebastian.

Ele esfregou o rosto nos cabelos e no alto da cabeça de Evie. Devia ter achado graça em algo na situação ou em sua própria reação a ela, porque deu uma risada sarcástica.

– Você terá de pensar em um modo de resolver isso, Evie. Pense em algo rápido. – Ele se interrompeu para lhe mordiscar avidamente a orelha. – Caso contrário, vou fodê-la até que perca os sentidos.

Ela arregalou os olhos.

– Essa palavra! – começou indignada, e ele a silenciou com um forte beijo.

Recuando, Sebastian a olhou com divertida exasperação, ainda bastante corado.

– Você não gosta da palavra em si ou do sentimento que transmite?

Aliviada ao ver que ele havia recuperado pelo menos um mínimo de sanidade, Evie se contorceu e conseguiu sair de sua posição encurralada.

– Não gosto do fato de você me desejar só porque não estou disponível e, por isso, sou uma novidade...

– Esse não é o motivo – interrompeu-a Sebastian rapidamente.

Evie o olhou com ceticismo.

– Além do ma-mais, não farei parte do harém que você visita quando bem entende.

Subitamente ele se calou, desviando o olhar. Quase sufocando de impaciência, Evie esperou que admitisse que tinha razão. Esperou até o marido erguer lentamente seus olhos azuis.

– Está bem – disse Sebastian roucamente. – Concordo com seus termos. Serei... monogâmico.

Ele pareceu ter um pouco de dificuldade em pronunciar

essa última palavra, como se estivesse tentando falar uma língua estrangeira.

– Não acredito em você.

– Meu Deus, Evie! Sabe quantas mulheres tentaram obter essa promessa de mim? E agora que pela primeira vez estou disposto a fazê-la, você atira isso na minha cara. Admito que tive uma história prolífica com as mulheres...

– Promíscua – corrigiu-o Evie.

Ele bufou impacientemente.

– Promíscua, depravada, como quiser chamá-la. Eu me diverti muito e não vou pedir perdão por isso. Nunca dormi com uma mulher contra a vontade dela. E nunca deixei nenhuma insatisfeita.

– Esse não é o ponto. – Evie franziu a testa. – Não o culpo por seu passado nem estou tentando puni-lo por ele. – Ignorando o bufar cético de Sebastian, continuou: – Mas isso não o torna um bom candidato à fidelidade, não é?

Ele respondeu em um tom mal-humorado:

– O que quer de mim? Que me desculpe por ser homem? Um voto de castidade até você decidir que sou digno de seus favores?

Perplexa com a pergunta, Evie o encarou.

Sempre havia sido muito fácil para Sebastian conquistar mulheres. Se o fizesse esperar, ele perderia o interesse? Ou isso lhes permitiria conhecerem um ao outro, se entenderem de um modo totalmente novo? Ela ansiou por descobrir se o marido poderia passar a valorizá-la de outros modos além do físico. Quis ter a chance de ser algo mais do que uma mera parceira de cama.

– Sebastian, você já fez algum sacrifício por uma mulher?

Ele pareceu um anjo caído ao virar o rosto para ela, apoiando seus ombros largos na parede e flexionando levemente um dos joelhos.

– Que tipo de sacrifício?

Isso a fez olhá-lo de esguelha.

– Qualquer um.

– Não.

– Quanto tempo você já ficou sem... – Ela procurou um modo aceitável de dizer aquilo. – Sem fazer amor?

– Eu nunca uso essa expressão – disse ele. – O amor não tem nada a ver com isso.

– Quanto tempo? – insistiu Evie.

– Um mês, talvez.

Ela pensou por um instante.

– Então, se você abstiver de todas as mulheres durante seis meses... dormiremos juntos.

– *Seis meses?* – Sebastian arregalou os olhos de um modo zombeteiro. – Querida, o que a faz pensar que você vale meio ano de castidade?

– Talvez eu não valha. Você é a única pessoa que pode responder a isso.

Era óbvio que Sebastian teria adorado informá-la de que não valia a pena esperar por ela. Contudo, Evie viu o brilho inconfundível da luxúria em seus olhos. Ele a queria loucamente.

– Isso é impossível – disparou Sebastian.

– Por quê?

– Porque eu sou Sebastian, lorde St. Vincent. Não posso ser casto. Todos sabem disso.

Ele era tão arrogante e estava tão indignado que Evie subitamente teve de morder os lábios para não rir.

– Com certeza não lhe faria mal tentar.

– Ah, sim, faria! – Ele enrijeceu o maxilar enquanto tentava explicar. – Você é muito inexperiente para entender, mas alguns homens possuem um instinto sexual muito mais forte do que outros. Acontece que eu sou um deles. Não posso ficar muito tempo sem... – Ele se interrompeu impacientemente ao ver a expressão dela. – Inferno, Evie, não é saudável para um homem não se aliviar regularmente.

– Três meses. Essa é minha oferta final.

– Não!

– Então vá procurar outra mulher – disse Evie categoricamente.

– Eu quero *você*. Apenas você. Só Deus sabe por quê. – Sebastian estreitou os olhos para ela até fazê-los parecer fendas brilhantes. – Eu deveria forçá-la. Você não tem nenhum direito legal de se recusar a dormir comigo.

Subitamente foi como se o coração de Evie tivesse parado e ela empalideceu. Mas não voltaria atrás. Algo em seu íntimo exigia que o enfrentasse de igual para igual.

– Então vá em frente! Force-me.

Evie viu o brilho de surpresa nos olhos de Sebastian. Ele pigarreou, mas permaneceu calado. E então... ela entendeu.

– Você não seria capaz. Nunca teria violentado Lillian. Só estava blefando. Nunca forçaria uma mulher. – Evie esboçou um sorriso. – Ela nunca esteve em risco, não é? Você não é nem de longe o vilão que finge ser.

– Sim, eu sou!

Sebastian a agarrou e beijou furiosamente, enfiando a língua dentro dela, invadindo-lhe a boca. Evie não lhe resistiu. Fechou os olhos e o deixou fazer o que queria, e logo ele estava gemendo e a beijando com uma paixão e ternura que arrancavam prazer de todo o corpo dela. Quando ergueu a cabeça, ambos estavam tremendo.

– Evie... – disse ele roucamente. – Não me peça isso.

– Três meses de castidade. Se for bem-sucedido, irei para a cama com você quantas vezes quiser.

– Por quanto tempo?

– Por todo o nosso tempo de vida. Mas se falhar... – Evie

fez uma pausa para pensar nas piores consequências possíveis. – Terá de procurar seu amigo lorde Westcliff e lhe pedir desculpas por ter raptado Lillian Bowman.

– Inferno!

– Esse é o meu preço.

– Seu preço é alto demais. Nunca pedirei desculpas.

– Então é melhor não aceitar meu desafio. Ou aceitá-lo e não falhar.

– Você não terá como saber se eu trapaceei.

– Eu saberei.

Um longo momento de silêncio se passou.

– Onde está sua aliança? – perguntou Sebastian subitamente.

No mesmo instante o sorriso de Evie desapareceu. Com vergonha de admitir que a tirara em um acesso de ressentimento, murmurou:

– Eu a tirei.

– Por que fez isso?

Ela procurou desajeitadamente em seu bolso.

– Está aqui. Eu a colocarei de volta se você quiser...

– Entregue-a para mim.

Presumindo que ele pretendia tirá-la dela para sempre, Evie fechou os dedos com força sobre a aliança. Descobriu que havia se tornado bastante ligada ao maldito anel. Contudo o orgulho a impedia de lhe pedir para deixá-la ficar com ele. Com relutância, tirou a aliança de ouro de seu bolso, passando a ponta do dedo disfarçadamente uma última vez sobre a superfície gravada. *Meu amor é seu...*

Sebastian tirou a aliança dela e tentou enfiá-la no próprio dedo. Sua mão era tão maior que só coube no dedo mindinho. Segurando com firmeza o queixo de Evie, olhou-a nos olhos.

– Aceitarei sua aposta e a vencerei. Daqui a três meses colocarei isto de volta em seu dedo, a levarei para a cama e farei coisas com você que são proibidas no mundo civilizado.

A determinação de Evie não impediu que seu coração se alarmasse como o de qualquer mulher ao ouvir uma afirmação tão ameaçadora. Tampouco impediu que seus joelhos fraquejassem quando Sebastian a puxou e beijou. Ela ergueu as mãos e as desceu tremulamente para a cabeça do marido. A textura dos cabelos dele, os cachos muito densos eram irresistíveis. Deslizou os dedos para as camadas douradas brilhantes e o puxou para mais perto, deleitando-se com a pressão urgente da boca de Sebastian.

Suas línguas se encontraram e ela sentiu um calor na barriga... não, mais fundo que isso... no centro úmido que um dia ele invadira. Chocou-a perceber quanto o queria lá de novo, dentro dela.

Evie gemeu quando ele se afastou, ambos dominados pela frustração.

– Você não disse que eu não podia beijá-la – disse Sebastian, seus olhos brilhantes como o fogo do inferno. – Eu a beijarei quando e quanto quiser e você não murmurará nenhuma palavra de protesto. Essa é a concessão que fará em troca da minha castidade. Maldita seja.

Sem lhe dar tempo para concordar ou discordar, ele a soltou e andou a passos largos para a porta.

– E agora, se me der licença, vou matar Joss Bullard.

Capítulo 13

Sebastian encontrou Cam no corredor, do lado de fora da sala de leitura.

– Onde ele está? – perguntou sem preâmbulos.

Cam parou diante dele com um rosto inexpressivo e disse sucintamente:

– Foi embora.

– Por que você não o perseguiu?

Os olhos de Sebastian brilharam de fúria. Essa notícia, junto com a frustração de seu voto de castidade, foi a gota d'água. Cam, que fora exposto ao temperamento vulcânico de Ivo Jenner durante anos, não se abalou.

– A meu ver era desnecessário – disse. – Ele não voltará.

– Eu não lhe pago para agir segundo seu próprio julgamento, mas para agir segundo o meu! Você deveria tê-lo arrastado pelo pescoço para cá e me deixado decidir o que fazer com o canalha.

Cam continuou em silêncio, lançando um rápido e sutil olhar para Evie, que ficou aliviada com a mudança no rumo dos acontecimentos. Ambos sabiam muito bem que Sebastian poderia realmente matar Bullard. A última coisa que Evie desejaria era ver seu marido acusado de assassinato.

– Quero que o encontrem – disse Sebastian veementemente, andando de um lado para outro da sala de leitura. – Quero que sejam contratados pelo menos dois homens para procurar por ele dia e noite até que seja trazido para mim. Juro que ele servirá de exemplo para todos que ao menos pensarem em levantar um dedo contra minha esposa. – Ele ergueu o braço e apontou para a porta. – Traga-me uma lista de nomes dentro de uma hora. Os melhores detetives disponíveis. *Particulares. Vá.*

– Sim, milorde.

Ele saiu imediatamente da sala enquanto Sebastian o observava. Tentando acalmá-lo, Evie se aventurou a dizer:

– Não precisa descarregar sua raiva em Cam. Ele...

– Não tente desculpá-lo – retrucou Sebastian. – Ele poderia ter pegado aquele rato de esgoto se quisesse. Não tolerarei que o chame pelo primeiro nome. Ele não é seu irmão nem um amigo. É um empregado e de agora em diante você o chamará de Sr. Rohan.

– Ele *é* meu amigo – respondeu Evie indignada. – Há anos!

– Mulheres casadas não têm amizades com homens jovens solteiros.

– Não ouse ofender minha honra insinuando que... que... – Evie teve dificuldade em expressar seus muitos protestos. – Não fiz nada para merecer tanta falta de co--confiança!

Achando que Sebastian poderia estar zombando dela, Evie o olhou de um jeito reprovador.

– Está falando como se eu fosse perseguida por muitos homens, quando obviamente esse não é o caso. Em Stony Cross Park os homens fa-faziam o que podiam para evitar minha companhia, e você era um deles!

A acusação, embora verdadeira, pareceu surpreender Sebastian. Seu rosto se tornou rígido enquanto a olhava em pétreo silêncio.

– Você não facilitava a aproximação de ninguém – disse após um momento. – A vaidade de um homem é mais frágil do que poderia pensar. É fácil para nós confundir timidez com frieza e silêncio com indiferença. Sabe, devia ter se esforçado um pouco. Um breve encontro entre nós e um sorriso seu seriam suficientes para eu saltar sobre você e devorá-la.

Evie arregalou os olhos, nunca tendo pensado naquilo dessa forma. Era possível que ela fosse em parte responsável por sua solteirice?

– Eu acho... – disse reflexivamente – que deveria me esforçar mais para superar minha timidez.

– Faça como quiser. Mas tenha sempre em mente que você é minha, principalmente quando estiver com Rohan ou qualquer outro homem.

Atônita, Evie o encarou.

– Você está... com ciúme?

As feições de Sebastian refletiram seu súbito embaraço.

– Sim – disse rispidamente. – Parece que sim.

E, lançando um olhar para Evie de perplexidade e irritação, saiu do aposento.

~

O funeral foi na manhã seguinte. Sebastian tinha feito um excelente trabalho de planejamento, de algum modo conseguindo atingir o equilíbrio perfeito entre a sóbria dignidade e a pompa teatral. Era o tipo de cortejo que Ivo Jenner teria adorado, tão grande que ocupou toda a extensão de St. James.

Havia uma carruagem fúnebre preta e dourada e duas carruagens para os enlutados, ambas puxadas por quatro cavalos, todos com as cabeças adornadas com grandes plumas de avestruz. O belo caixão de carvalho, enfeitado com pegadores de metal e uma placa brilhante com uma inscrição, fora forrado de chumbo e soldado a fim de evitar a intrusão de ladrões, um problema comum nos cemitérios de Londres. Antes de a tampa ser fechada sobre o corpo de seu pai, Evie viu um dos anéis de ouro de Cam no dedo dele, um presente de despedida que a comoveu. Também a comoveu ver Sebastian penteando os cabelos ruivos desbotados de Ivo Jenner quando pensava que ninguém estava olhando.

Fazia muito frio. O vento cortante penetrava no pesado manto de lã de Evie, que estava sentada sobre um cavalo enquanto Sebastian andava ao seu lado segurando as rédeas. Doze homens atuando como pajens e os cocheiros caminhavam no fim do cortejo, sua respiração formando nuvens brancas no ar do início do inverno. Eram seguidos por uma multidão de enlutados, uma curiosa mistura de gente rica, comerciantes, vistosos aristocratas e rematados criminosos. Amigos e inimigos estavam lá. Independentemente da ocupação ou do estado de espírito, a tradição do luto tinha de ser seguida.

Esperava-se que Evie não fosse ao funeral porque a natureza feminina era considerada delicada demais para suportar essa tão dura realidade. Contudo, ela insistira em participar. Encontrava conforto no ritual, como se a ajudasse a se despedir do pai. Sebastian estivera inclinado a se opor, até Cam intervir:

– Jenner deve ser livrado dos grilhões da dor da filha – dissera o cigano para Sebastian quando a discussão começara a se tornar acalorada. – Os ciganos acreditam que, se alguém chorar demais a morte de um ente querido, o falecido será forçado a voltar através do véu para tentar confortá-lo. Se participar do funeral a ajudará a deixá-lo ir...

Ele havia se interrompido e encolhido os ombros. Sebastian lhe lançara um olhar contundente.

– Fantasmas de novo!

Mas havia deixado aquilo para lá e cedido aos desejos de Evie.

Evie conseguiu acompanhar estoicamente todo o funeral, mesmo quando a terra começou a ser jogada sobre o caixão. Contudo não conseguiu impedir que algumas lágrimas salgadas deslizassem pelos cantos de seus olhos quando o caixão foi totalmente coberto. Cam se aproximou com um pequeno cantil de prata. Segundo a tradição cigana, despejou solenemente um pouco de conhaque na sepultura.

Furioso com o gesto, o clérigo idoso deu um passo para a frente, repreendendo-o:

– Pare com isso! Não queremos nenhuma de suas práticas pagãs! Macular um lugar sagrado com bebida barata...

– Senhor – interrompeu-o Sebastian, indo para a frente e pondo sua grande mão no ombro do clérigo. – Não acho que nosso amigo Jenner se importaria. – Ele esboçou um sorriso conspirador ao acrescentar: – É conhaque francês, e de uma excelente safra. Talvez me permita enviar algumas garrafas para a sua residência para prová-lo.

Aplacado pelo grande charme do visconde, o clérigo sorriu de volta.

– Isso é muito gentil, milorde. Obrigado.

Quando a maioria das pessoas foi embora, Evie deixou seu olhar perambular para as vitrines das lojas, as casas e a fábrica de graxa ao redor da praça. Subitamente o rosto de um homem em pé ao lado de um poste de luz no outro lado da praça chamou sua atenção. Ele usava um casaco escuro e um gorro cinza sujo. Ela só o reconheceu quando um lento sorriso surgiu em seu rosto.

Era Joss Bullard, percebeu sobressaltada, prestando suas homenagens a Ivo Jenner, ainda que apenas a distância. Contudo, ele não tinha a expressão de um homem enlutado. Parecia diabólico, o rosto contorcido com uma malícia que causou um arrepio em Evie. Sem parar de observá-la, ele passou um dedo pela garganta em um gesto inconfundível que a fez dar um passo involuntário para trás.

Notando o movimento, Sebastian se virou para ela, segurando seus ombros com as mãos calçadas com luvas pretas.

– Evie – murmurou, olhando para o rosto pálido da esposa com um toque de preocupação. – Você está bem?

Evie assentiu, voltando a olhar para o poste. Bullard se fora.

– Só estou com um pouco de frio – respondeu, batendo os dentes quando uma rajada de vento tirou o capuz de seu rosto.

Sebastian o recolocou imediatamente no lugar e puxou o manto para mais perto do pescoço dela.

– Eu a levarei de volta para o clube. Darei algumas moedas para os cocheiros e depois iremos embora.

Ele tirou de seu sobretudo uma pequena sacola de couro e foi até o grupo de homens que esperava respeitosamente perto da sepultura. Vendo o olhar ansioso de Evie, Cam se aproximou com a marca de uma lágrima seca em seu rosto magro. Ela o pegou pela manga e disse baixinho:

– Acabei de ver o Sr. Bullard. Ali, no poste de luz.

Os olhos de Cam revelaram espanto e ele assentiu com a cabeça. Eles não tiveram a oportunidade de dizer mais nada. Sebastian voltou e pôs um braço ao redor dos ombros de Evie.

– A carruagem está esperando.

– Não havia nenhuma necessidade de ter providenciado uma – protestou ela. – Eu poderia ir a pé.

– Ordenei que preparassem o aquecedor de pés – disse Sebastian, esboçando um sorriso ao ver o brilho de antecipação no rosto dela. Ele olhou para Cam. – Venha conosco.

– Obrigado – foi a resposta precavida do rapaz –, mas prefiro caminhar.

– Então eu o verei no clube.

– Sim, milorde.

Enquanto acompanhava Sebastian até a carruagem, Evie tentou não se virar para trás e olhar para Cam. Perguntou a si mesma se ele conseguiria encontrar Bullard e o que poderia acontecer se o fizesse. Ela entrou no veículo e rapidamente arrumou sua saia sobre o aquecedor de pés, estremecendo de prazer ao sentir o calor subir até seus joelhos. Sebastian se sentou ao seu lado, com um leve sorriso nos lábios.

Para Evie, a louca viagem para Gretna Green parecia ter sido há uma eternidade. Ela se aconchegou em Sebastian, satisfeita por ele não tentar afastá-la.

– Considerando-se tudo, você se saiu muito bem – disse ele enquanto a carruagem começava a se mover.

– Foi o cortejo fúnebre mais elaborado que já vi – respondeu ela. – Meu pai teria adorado.

Sebastian deixou escapar um bufo de divertimento.

– Na dúvida preferi pecar pelo excesso. Amanhã vou mandar esvaziar os aposentos do seu pai. Caso contrário, nunca me livrarei do cheiro de doença.

– Acho que essa é uma ótima ideia.

– O clube reabrirá daqui a duas semanas. Vou deixar que fique por lá durante esse meio-tempo, para se acostumar com a morte de seu pai. Mas quando as portas se abrirem de novo, quero-a confortavelmente instalada em minha casa na cidade.

– O quê? A sua casa em Mayfair?

– É bem equipada e tem um corpo completo de empregados. Se isso não a agradar, encontraremos outra coisa.

– Você está planejando... morar em Mayfair comigo?

– Não. Continuarei a morar no clube. É muito mais conveniente para a administração do negócio.

Evie tentou lidar com a indiferença do marido. Qual era o motivo dessa súbita frieza? Ela não o incomodava. Pedira-lhe muito pouco, mesmo em sua dor. Confusa e zangada, olhou para as mãos e cruzou os dedos enluvados.

– Eu quero ficar – disse em voz baixa.

Sebastian balançou a cabeça.

– Não há nenhum motivo para você continuar lá. Você

não é necessária. Será melhor para todos os envolvidos morar em uma casa adequada, onde poderá receber suas amigas e não ser acordada o tempo todo à noite pelo movimento no andar de baixo.

– Eu tenho sono pesado. Isso não me incomoda. E posso receber minhas amigas no clube...

– Não abertamente.

Não fazia nenhuma diferença se ele tinha razão. Evie ficou calada, enquanto a frase "você não é necessária" ecoava desagradavelmente em sua cabeça.

– Quero que viva em um ambiente seguro e respeitável – continuou Sebastian. – O clube não é um lugar para uma dama.

– Eu não sou uma dama – retrucou Evie, tentando adotar um tom levemente sarcástico. – Sou filha de um jogador e a mulher de um patife.

– Mais um motivo para mantê-la longe da minha influência.

– Mesmo assim, não quero. Talvez possamos discutir isso na primavera, mas até lá...

– Evie – disse Sebastian em voz baixa. – Não estou dando uma escolha.

Ela se afastou dele. Um quarto inteiro cheio de aquecedores de pés não poderia ter afastado o frio em suas veias. Sua mente procurou freneticamente argumentos para dissuadi-lo, mas ele tinha razão. Não havia motivo para sua permanência no clube.

Desesperada, sentiu um aperto na garganta ao pensar que a essa altura já deveria estar acostumada com o fato de ser indesejada e a solidão. Por que em nome de Deus isso ainda doía? Ah, como gostaria de ser como Sebastian, ter uma barreira de gelo ao redor do coração.

– E quanto ao nosso acordo? – perguntou. – Pretende ignorá-lo ou...

– Ah, não. Viverei casto como um monge até chegar a hora de receber minha recompensa. Mas será mais fácil resistir à tentação com você fora de alcance.

– Talvez *eu* não resista à tentação – Evie se ouviu murmurar. – Posso encontrar um cavalheiro obsequioso para me fazer companhia. Você não se importaria, não é?

Até as palavras saírem de seus lábios, ela nunca teria se imaginado capaz de dizer uma coisa dessas. Contudo, foi dominada por uma necessidade desesperada de feri-lo, enfurecê-lo, provocar-lhe emoções. Após um curto silêncio, ouviu a resposta suave de Sebastian:

– De jeito nenhum, querida. Seria egoísmo da minha parte negar essa diversão em suas horas particulares. Faça o que quiser, desde que esteja disponível quando eu precisar.

~

Atrás das ruas da moda e das praças respeitáveis das áreas ricas de Londres havia um mundo oculto de becos escuros e cortiços decadentes onde as pessoas viviam em indizível miséria. Nesses lugares, crime e prostituição eram os únicos meios de sobrevivência. O ar cheirava a lixo e esgoto e os prédios eram tão próximos uns dos outros que era preciso andar de lado para passar entre eles.

Cam se aventurou pelo labirinto de ruas com grande cuidado, atento às infinitas armadilhas e aos perigos à espera de um visitante descuidado. Passou por uma arcada de uns 40 metros de comprimento por 3 de largura e entrou em um pátio. Era margeado por altas estruturas de madeira, suas vigas superiores escondendo o céu invernal. Os prédios eram morada de ladrões ou alojamentos comuns onde sem-tetos dormiam empilhados como cadáveres em uma cova coletiva. Matéria pútrida escorria das vigas. Ratos corriam pelas paredes e desapareciam em fendas nas fundações dos prédios. O pátio estava vazio, exceto por duas garotas sentadas em uma escada na frente de uma porta e algumas crianças esqueléticas procurando ossos ou farrapos descartados. Lançando olhares desconfiados para Cam, as crianças desapareceram na outra extremidade do pátio.

Uma jovem prostituta de cabelos crespos sorriu para ele, deixando à mostra alguns dentes quebrados.

– O que um rapaz bonito como você veio fazer em Hangman's Court?

– Estou procurando um homem, desta altura. – Cam fez um gesto com a mão indicando 1,70 metro. – Com cabelos pretos. Ele passou por aqui no último minuto?

As garotas riram.

– Venha, querido – disse uma delas. – Você não precisa de um *homem* quando pode se deitar com Lousing Lou. – Ela abaixou a blusa e mostrou os seios pequenos e caídos. – Deite-se comigo. Aposto que faz isso muito bem, não é?

Cam tirou uma moeda de prata do bolso, que ela acompanhou avidamente com o olhar.

– Diga-me onde ele está.

– Eu lhe direi por 6 pences – respondeu ela. – Você tem olhos bonitos. Nunca estive com um rapaz com olhos tão bonitos...

Uma risada rouca e áspera ecoou no pátio e depois veio a voz zombeteira de Joss Bullard.

– Você nunca me encontrará, seu cigano imundo!

Cam se virou, examinando os prédios onde rostos sujos de fuligem espiavam por portas, janelas e buracos nos telhados. Nenhum deles era reconhecível.

– Bullard – disse cautelosamente, virando-se devagar enquanto seu olhar varria o local. – O que quer com a filha de Jenner?

Outra risada desagradável, dessa vez parecendo vir de outra direção. Sem conseguir identificar a localização de Bullard, Cam se aventurou a ir mais para dentro do pátio.

– Quero que ela sofra.

– Por quê?

– Porque a maldita sanguessuga tirou tudo de mim. Quero que ela morra. Quero atirá-la para os ratos até que não reste nada dela além dos ossos.

– Por quê? – perguntou Cam, perplexo. – Ela me pediu para ajudá-lo, Joss, mesmo depois que você a traiu. Ela quer honrar o pedido de seu pai, deixar-lhe o suficiente para...

– Que a filha da mãe vá para o diabo que a carregue!

Cam balançou levemente a cabeça, sem conseguir entender de onde vinha tanta hostilidade nem por que Bullard tinha tanta raiva de Evie.

Ouvindo um som atrás dele, Cam se abaixou e se esquivou de uma tábua. O agressor não era Bullard, mas um homem que decidira impulsivamente tentar a sorte como ladrão de becos. Ele tinha o aspecto envelhecido de quem havia morado nas ruas desde o nascimento. Cam o despachou com alguns golpes eficientes, fazendo-o cair no chão com um gemido. Mais alguns agressores surgiram na outra extremidade do pátio, aparentemente decidindo que era melhor atacar em grupo. Percebendo que logo seria vencido, Cam se retirou para a arcada, onde a voz de Bullard o seguiu.

– Vou pegá-la!

– Você nunca tocará nela – retrucou Cam com uma raiva impotente enquanto dava uma última olhada para Hangman's Court. – Eu o mandarei para o inferno antes que encoste um dedo nela!

– Então eu o levarei comigo – foi a reposta malévola de Bullard, e ele riu de novo enquanto Cam se afastava do pátio a passos largos.

Mais tarde naquele dia, Cam procurou Evie. Sebastian estava ocupado com um grupo de carpinteiros que consertava o intricado piso de madeira da sala de jantar principal. Encontrou-a na sala de jogos vazia, revirando distraidamente cestos de fichas de jogos e as separando em pilhas. Aproximou-se silenciosamente.

Evie se assustou um pouco ao sentir o toque leve em seu braço e sorriu aliviada ao ver o rosto de Cam. Era raro ele parecer preocupado. Um jovem com sua natureza prática não era dado a preocupações ou ansiedade. Ele aceitava todos os momentos como se apresentavam, vivendo o máximo possível no presente. Contudo, os acontecimentos do dia tinham deixado sua marca, dando-lhe um aspecto tenso que temporariamente o fazia parecer mais velho.

– Eu não consegui pegá-lo – disse Cam em voz baixa. – Bullard desapareceu em um cortiço e falou comigo das sombras. Nada do que disse fez sentido. Ele nutre um sentimento de ódio por você, *gadji*, embora eu não entenda por quê. Bullard nunca foi do tipo que alguém chamaria de alegre, mas isso é diferente. Uma espécie de loucura. Tenho de contar para St. Vincent.

– Ah, não – respondeu Evie imediatamente. – Isso só o deixaria preocupado e com raiva. E ele já tem muito com que lidar.

– Mas se Bullard tentar lhe fazer mal...

– Eu estou segura aqui, não estou? Bullard não ousaria vir ao clube com o preço que meu marido está disposto a pagar pela cabeça dele.

– Há entradas secretas para o prédio.

– Pode fechá-las? Trancá-las?

Com o cenho franzido, Cam pensou nas perguntas.

– A maioria, sim. Mas isso não é uma questão de andar de um lado para outro com meu conjunto de chaves...
– Eu entendo. Faça o que puder. – Ela passou o dedo por uma pilha de fichas descartadas e acrescentou devagar: – Isso realmente não importa, porque logo irei embora. St. Vincent quer que eu parta daqui a duas semanas. Acha que eu não deveria morar no clube, agora que meu pai...

Ela caiu em um desconsolado silêncio.

– Talvez ele tenha razão – disse Cam em um tom habilmente desprovido de pena. – Este não é o lugar mais seguro para você.

– Ele não está fazendo isso por motivos de segurança. – Evie pegou uma ficha preta e a fez girar na mesa de jogo. – Está fazendo isso para mantermos distância um do outro.

O leve sorriso no rosto de Cam a fez se sentir ao mesmo tempo frustrada e animada.

– Paciência – aconselhou ele em voz baixa, e a deixou vendo a ficha girar até perder o impulso e parar.

Capítulo 14

Nas duas semanas seguintes, Evie ficou feliz com a atividade constante no clube. Isso a ajudava a não se concentrar em sua dor. Quando disse a Sebastian que queria ser útil, foi prontamente enviada para o escritório, onde cartas e livros contábeis estavam em grandes pilhas desorganizadas. Também lhe foi pedido que supervisionasse os pintores, decoradores, carpinteiros e pedreiros, uma responsabilidade que a teria apavorado muito tempo atrás. No início, lutou contra a gagueira e se sentiu nervosa por ser obrigada a falar com tantos estranhos.

Contudo, quanto mais fazia isso, mais fácil se tornava. Ajudou-a o fato de todos os operários a ouvirem com uma mistura de paciência e respeito com que nunca fora tratada.

A primeira coisa que Sebastian fez após o funeral de Ivo Jenner foi ter uma reunião com o oficial de polícia a respeito do recente endurecimento das leis do jogo. Com persuasivo encanto, argumentou que o Jenner's era um clube social, não especificamente de jogos. Portanto, não era o tipo de lugar que deveria estar sujeito a batidas policiais, porque seus membros eram, como afirmou solenemente, "homens da maior integridade". Convencido pelo hábil raciocínio de Sebastian, o oficial prometeu que não haveria batidas policiais no clube, desde que mantivesse uma aparência de respeitabilidade.

Ao saber do sucesso de Sebastian com o oficial de polícia, Cam Rohan comentou com admiração:

– Essa foi uma jogada de mestre, milorde. Estou começando a acreditar que pode persuadir qualquer pessoa.

Sebastian sorriu e olhou para Evie, que estava sentada perto.

– Acho que lady St. Vincent será uma prova disso.

Sebastian e Cam tinham decidido formar uma aliança com o objetivo de reerguer o clube. Suas interações não eram exatamente amigáveis, mas também não eram hostis. Cam havia notado a capacidade de liderança do outro, fundamental nos dias que se seguiram à morte de Ivo Jenner. O visconde tinha abandonado seu ar de aristocrática indolência e assumido a direção do clube com determinação e autoridade.

Como se poderia esperar, ele era o tipo de homem de que os funcionários do clube não gostavam, e no início o consideravam apenas um tolo ou inútil. Um aristocrata comodista e mimado que não sabia o que era trabalhar.

Todos presumiram, como Evie, que ele logo se cansaria das responsabilidades de dirigir o clube. Contudo, ninguém ousou desafiá-lo quando ficou claro que estava disposto a despedir quem desobedecesse às suas ordens. Não havia nenhum exemplo melhor disso do que a demissão sumária de Clive Egan.

Além do mais, a paixão sincera de Sebastian pelo clube não podia ser ignorada. Ele se interessava muito por tudo, da cozinha aos custos específicos da sala de jogos. Reconhecendo que tinha muito a aprender sobre o funcionamento dos jogos, dedicou-se a entender sua matemática. Uma noite, Evie entrou na sala de jogos e o encontrou com Cam à mesa central, que lhe explicava seu sistema de probabilidades.

– Só há 36 combinações possíveis com dois dados, pois, obviamente, cada um tem seis lados. Quando você joga dois dados ao mesmo tempo, qualquer combinação resultante é chamada de "probabilidade acumulada" e as chances de obtê-la são de 1 em 35.

Cam parou, examinando Sebastian com um olhar.

Sebastian assentiu com a cabeça.

– Continue.

– Como todo jogador sabe, a soma de dois lados virados para cima é chamada de ponto. Um mais um é igual a dois pontos, seis mais seis é igual a doze. Mas as chances de obter qualquer número particular variam, já que só há um modo de obter dois pontos, mas seis modos de obter sete.

– Sendo sete um número natural – murmurou Sebastian, a concentração o fazendo franzir as sobrancelhas. – Como o maior número de combinações resultará em um natural, as chances de obter sete com uma jogada são de...

– Dezesseis por cento – respondeu Cam, pegando o

dado. Os anéis de ouro em seus dedos morenos captaram a luz quando ele jogou os dados de marfim sobre a mesa. Os dados quicaram e pararam sobre o tecido verde. Os dois lados para cima tinham o número seis. – Porém, as chances de obter doze são de apenas 2,7%. Obviamente, quanto mais você joga, mais as chances aumentam. Quando você joga os dados 166 vezes, as chances de obter doze pelo menos uma vez são de 99%. É claro que com outros pontos as chances são diferentes. Posso lhe mostrar no papel. Assim é mais fácil entender. Você terá uma grande vantagem quando aprender a calcular as probabilidades. Poucos jogadores calculam, e isso é o que diferencia os vencedores dos perdedores. Os jogos de azar são desiguais, mesmo quando jogados com honestidade, e na maioria das vezes quem leva vantagem é a banca...

Cam parou respeitosamente quando Evie foi até a mesa. Seus olhos escuros se tornaram sorridentes.

– Boa noite, milady.

Sebastian fechou o cenho ao ver o clima de amizade entre eles.

– Boa noite – murmurou Evie, ocupando um lugar à mesa ao lado de Sebastian. Ela sorriu ao olhar para o marido. – É bom em matemática, milorde?

– Sempre pensei que fosse – respondeu Sebastian pesarosamente. – Até agora. Rohan, os outros crupiês sabem calcular probabilidades?

– O suficiente, milorde. São bem treinados. Todos sabem como tentar um jogador a fazer apostas em benefício da casa, como identificar os bons e maus jogadores...

– Treinados por quem? – perguntou Evie.

O sorriso de Cam produziu um brilho branco em seu rosto cor de mel.

– Por mim, é claro. Ninguém entende tanto de jogo quanto eu.

Sorrindo, Evie olhou para o marido.

— Tudo que lhe falta é confiança — observou laconicamente.

Contudo, Sebastian não reagiu à pilhéria. Em vez disso, disse abruptamente para Cam:

— Quero uma lista, em ordem descendente, de todos os empréstimos pendentes e suas devidas datas. O livro contábil está na prateleira de cima, no escritório. Por que não começa agora?

— Sim, milorde.

Fazendo uma pequena mesura para Evie, Cam saiu.

Com o marido na penumbra da sala de jogos, Evie sentiu uma pontada de nervosismo. Nos últimos dias as interações deles tinham sido frequentes, mas impessoais. Ela se inclinou sobre a mesa, estendeu a mão para os dados e os guardou em uma pequena caixa de couro. Quando esticou as costas de novo, sentiu a mão de Sebastian lhe acariciar a parte de trás do corpete e os pelos de sua nuca se arrepiarem.

— Está tarde — disse ele, seu tom mais suave do que o usado com Cam. — Você deveria ir para a cama. Deve estar exausta depois de tudo que fez hoje.

— Não fiz muito.

Ela encolheu os ombros e ele lhe acariciou as costas.

— Fez, sim. Tem trabalhado demais, querida. Precisa descansar.

Evie balançou a cabeça, achando difícil pensar com ele a tocando.

— Estou feliz pela chance de trabalhar um pouco. Isso me impede de ficar pensando em... em...

— Sim, eu sei. Foi por isso que permiti.

Seus longos dedos se curvaram ao redor da nuca de Evie. Ao sentir o calor da mão do marido, sua respiração se tornou entrecortada.

– Você precisa ir para a cama – continuou Sebastian, a própria respiração não muito estável enquanto a puxava para mais perto.

Ele olhou lentamente do rosto para a curva dos seios de Evie e depois para o rosto de novo. Então deu uma risada sem graça.

– E preciso acompanhá-la. Como não posso... venha cá.

– Por quê? – perguntou Evie, enquanto ele a segurava contra a beirada da mesa e punha as pernas entre as dobras de suas saias.

– Quero torturá-la um pouco.

Evie arregalou os olhos enquanto seu coração bombeava fogo líquido em suas veias.

– Quando você... – Ela teve de pigarrear e tentar de novo. – Quando você usa a palavra "torturar", certamente é em um sentido figurado.

Ele balançou a cabeça.

– Temo que seja em um sentido literal.

– O quê?

– Meu amor – disse Sebastian gentilmente. – Espero que não tenha achado que nos próximos três meses eu seria o único a sofrer. Ponha suas mãos em mim.

– O-onde?

– Em qualquer lugar.

Sebastian esperou até ela pôr as mãos nos ombros dele, sobre a fina lã do casaco, hesitando. Sustentando seu olhar, disse:

– O mesmo fogo que me queima a queimará.

– Sebastian...

Ela se retesou um pouco e ele a segurou mais firme contra a mesa.

– Tenho o direito de beijá-la – lembrou-a. – Eu a beijarei quando e quanto quiser. Esse foi o nosso acordo.

Evie olhou ao redor da sala com aflição. Sebastian leu facilmente seus pensamentos.

– Não ligo a mínima se alguém nos vir. Você é minha esposa. – Ele sorriu. – Com certeza minha melhor metade.

Inclinando-se, beijou os finos cachos na testa de Evie. Ela sentiu na pele a respiração quente e suave do marido.

– Meu prêmio... meu prazer e sofrimento... meu infinito desejo. Nunca conheci ninguém como você, Evie. – Ele roçou os lábios na ponte do nariz dela e os deslizou até a ponta. – Você ousa me fazer exigências que nenhuma outra mulher pensaria em fazer. Agora sou eu a pagar o preço. Mas mais tarde você pagará o meu... repetidamente...

Ele pôs a mão na parte de trás da cabeça de Evie e beijou seus lábios trêmulos.

Era um homem que adorava beijar, quase tanto quanto adorava o ato sexual. O beijo começou com um roçar de lábios fechados e secos... a pressão aumentando até Evie abrir a boca... e então ela sentiu a sutil intrusão da língua do marido. Inclinou a cabeça para trás impotente, apoiada nas mãos dele, os súbitos batimentos do coração bombeando sangue para suas veias e a fazendo se sentir fraca e quente. Ele tirou mais dela, beijando-a em todos os ângulos possíveis, profundamente.

Sebastian passou uma das mãos de leve sobre os seios de Evie, o polegar procurando em vão o mamilo através do grosso espartilho acolchoado. Ansiando por sentir a pele nua da esposa, deslizou a boca até encontrar o pescoço de Evie. Ela firmou as pernas e agarrou os ombros de Sebastian para recuperar o equilíbrio. Com um murmúrio, ele a puxou mais fortemente contra o corpo e a beijou de novo. Evie não conseguiu mais conter os sons suplicantes em sua garganta, sua boca tentando freneticamente absorver mais do gosto dele, mais do calor e da maciez da boca masculina, mais...

O som estranho de alguém pigarreando fez Evie se sobressaltar e interromper o beijo. Percebendo que alguém entrara na sala, Sebastian puxou a cabeça de Evie contra o peito, seu polegar lhe acariciando a bochecha corada. Ele falou com o intruso friamente, enquanto seu coração batia com força contra o rosto da esposa.

– O que é, Gully?

Jim Gully, um dos empregados da sala de jogos, respondeu ofegante:

– Desculpe-me, milorde. Problemas no andar de baixo. Os carpinteiros pegaram uma garrafa de rum em algum lugar e todos os três estão bêbados. Começaram uma briga na sala de café. Dois já estão trocando socos enquanto o outro está quebrando os pratos no aparador.

Sebastian fechou a cara.

– Diga a Rohan para cuidar disso.

– O Sr. Rohan disse que está ocupado.

– Há uma briga de bêbados lá embaixo e ele está ocupado demais para fazer algo a respeito? – perguntou Sebastian incrédulo.

– Sim, milorde.

– Então cuide você disso.

– Não posso, milorde. – Ele ergueu um dedo enfaixado. – Quebrei meu dedo numa briga no beco na noite passada.

– Onde está Hayes?

– Não sei, milorde.

– Está me dizendo – começou Sebastian com perigosa suavidade – que, dos trinta empregados que trabalham aqui, *nenhum* está disponível para impedir que três bêbados destruam a sala de café que deveriam estar reformando?

– Sim, milorde.

Na pausa irritada depois da resposta de Gully, o ruído

de porcelana se estilhaçando e móveis batendo nas paredes causou uma vibração que fez os candelabros de teto tilintarem. Gritos incompreensíveis se seguiram enquanto a briga se intensificava.

– Maldição – disse Sebastian por entre dentes cerrados. – O que diabo estão fazendo com o clube?

Evie balançou a cabeça, confusa, olhando do rosto irado do marido para o cuidadosamente inexpressivo de Gully.

– Eu não entendo...

– Chame isso de um rito de passagem – disparou Sebastian, e saiu a passos largos que logo se transformaram em uma corrida.

Evie ergueu as saias e correu atrás dele. Rito de passagem? O que ele quisera dizer? E por que Cam não estava disposto a fazer nada em relação à briga? Sem conseguir acompanhar o ritmo do marido, ela ficou para trás, tomando cuidado para não tropeçar nas saias ao descer o lance de escada. O barulho aumentou quando ela se aproximou do pequeno grupo reunido na sala, tomado por gritos e exclamações. Viu Sebastian tirar o casaco e o atirar para alguém, e depois abrir caminho com os ombros até os brigões. Em um pequeno espaço aberto, três homens se esmurravam e tentavam se empurrar enquanto espectadores rugiam de animação.

Sebastian atacou estrategicamente o homem que parecia com menos firmeza nos pés, girando-o e lhe aplicando alguns golpes certeiros até o homem cambalear para trás e cair no chão atapetado. Os outros dois se precipitaram ao mesmo tempo para Sebastian, um deles tentando prender os braços do visconde enquanto o outro se preparava para lhe desferir socos.

Evie deu um grito de alarme, que de algum modo chegou aos ouvidos de Sebastian em meio ao rugido da multidão. Distraído, ele olhou na direção dela e imediatamente recebeu uma gravata de seu adversário enquanto sua cabeça era atingida por fortes socos.

– Não! – exclamou Evie, começando a ir para a frente, mas foi contida por um braço duro como aço que a segurou pela cintura.

Ela ouviu uma voz familiar.

– Espere. Dê-lhe uma chance.

– Cam! – Em pânico, Evie se virou rapidamente e viu o rosto exótico e familiar com maçãs do rosto proeminentes, olhos dourados e cílios espessos. – Vão machucá-lo – disse, agarrando as lapelas do casaco dele. – Vá ajudá-lo. Cam, você tem de...

– Ele já se soltou – observou Cam brandamente, virando-a com mãos inexoráveis. – Olhe... ele não está se saindo mal.

Um dos adversários de Sebastian tentou atingi-lo, mas o visconde se desviou e reagiu com um rápido golpe.

– Cam, por que di-diabo você não está fazendo nada para ajudá-lo?

– Eu não posso.

– Sim, pode! Está acostumado a lu-lutar, muito mais do que ele...

– Ele também está – disse Cam com uma voz calma e firme. – Se eu o ajudar, ele perderá toda a autoridade. Os homens que trabalham no clube têm uma ideia de liderança que exige ação além de palavras. St. Vincent não pode lhes pedir para fazer nada que ele próprio não esteja disposto a fazer. E ele sabe disso. Caso contrário, não estaria fazendo isso agora.

Evie cobriu os olhos quando um adversário se aproximou de seu marido por trás enquanto o outro lhe desferia vários golpes.

– Só lhe serão leais se ele estiver di-disposto a usar os punhos em uma exibição desnecessária de força bruta?

– Basicamente, sim. Querem ver do que ele é capaz. Olhe – insistiu, um súbito riso fazendo sua voz tremer. – Ele vai ficar bem.

Evie não conseguia olhar. Virou-se para Cam, estremecendo e se encolhendo a cada som de punhos batendo em carne, cada gemido masculino de dor.

– Isso é i-insuportável – gemeu. – Cam, por favor...

– Ninguém o forçou a despedir Egan e comandar o clube sozinho – salientou ele inexoravelmente. – Isso é parte do trabalho, querida.

Ela o entendia. Sabia muito bem que seu próprio pai se metera em brigas durante a maior parte da vida. Mas Sebastian não nascera para isso. Ele não tinha a brutalidade essencial ou o gosto pela violência que distinguira Ivo Jenner.

Mas quando outro homem foi derrubado e Sebastian circundou cuidadosamente seu último adversário, ficou claro que, sendo ou não da sua natureza, estava disposto a fazer o que fosse preciso para provar sua coragem. O bêbado correu em sua direção e Sebastian o derrubou com uma rápida combinação de dois ganchos de esquerda e um de direita. Seu adversário caiu no chão com um gemido e os empregados comemoraram a vitória de Sebastian com vivas e aplausos. Ele os aceitou assentindo seriamente com a cabeça. Então viu Evie em pé no semicírculo do braço protetor de Cam e fechou a cara.

Espectadores entusiasmados levaram os brigões para fora. Vassouras e baldes foram trazidos para remover o entulho, enquanto alguns dos empregados lançavam olhares mais amigáveis do que de costume para Sebastian. Usando a manga da camisa para enxugar um pequeno filete de sangue no canto da boca, ele se inclinou para pegar uma cadeira virada e a pôs em seu devido lugar em um canto.

Quando a sala ficou vazia, Cam soltou Evie e se aproximou de Sebastian.

– Luta como um cavalheiro, milorde – comentou ele.

Sebastian o olhou com sarcasmo.

– Por que isso não parece um elogio?

Cam enfiou as mãos nos bolsos e o observou indulgentemente.

– Saiu-se muito bem contra dois bêbados.

– *Três* – grunhiu Sebastian.

– Então *três*. Mas da próxima vez talvez não tenha tanta sorte.

– Próxima vez? Se está pensando que vou tornar isso um hábito...

– Jenner tornou – retrucou Cam com suavidade. – Egan também. Quase todas as noites havia uma confusão no beco, no pátio do estábulo ou nas salas de carteado, depois de os clientes serem estimulados durante horas por jogos, bebida e mulheres. Todos nós nos revezamos lidando com isso. E a menos que queira apanhar toda semana, terá de aprender alguns truques para pôr fim a uma briga rapidamente. Isso lhe causará menos danos, bem como aos clientes, e manterá a polícia longe.

– Está se referindo ao tipo de tática usada em brigas em espeluncas e becos...

– Não se trata de meia hora de exercícios leves no clube de pugilismo – disse Cam acidamente.

Sebastian abriu a boca para discutir, mas algo mudou em seu rosto ao ver Evie se aproximando. Era uma reação à ansiedade que ela não conseguia esconder. Por algum motivo a preocupação da esposa diminuiu sua hostilidade, o abrandou. Olhando de um para o outro, Cam observou a sutil interação com astuto interesse.

– Você se machucou? – perguntou Evie, olhando-o atentamente.

Para seu alívio, Sebastian estava desgrenhado e irritado, mas parecia não ter sofrido nenhum grande ferimento.

Ele balançou a cabeça, ficando parado enquanto ela afastava alguns cachos cor de âmbar úmidos que lhe cobriam os olhos.

– Estou bem – murmurou Sebastian. – Em comparação com a surra que levei de Westcliff, isso não foi nada.

Cam o interrompeu firmemente.

– Outras surras o aguardam, milorde, se não aceitar algumas sugestões sobre como lutar.

Sem esperar o consentimento de Sebastian, foi até a porta e chamou:

– Dawson! Venha aqui por um minuto. Não, não para trabalhar. Precisamos que venha aplicar um golpe em St. Vincent. – Ele olhou para Sebastian e observou inocentemente: – Bem, isso o convenceu. Virá correndo para cá.

Evie conteve um súbito sorriso e se retirou para um canto, entendendo que a intenção de Cam era ajudar seu marido. Se Sebastian insistisse em lutar segundo as regras cavalheirescas, não saberia enfrentar os ataques brutais com que poderia se deparar.

Dawson, um jovem robusto, entrou na sala.

– Dawson é o melhor lutador que temos – observou Cam. – Ele lhe ensinará algumas manobras básicas para derrubar um homem rapidamente. Dawson, aplique aquele golpe cruzado em lorde St. Vincent. Mas gentilmente, não queremos que ele frature a coluna.

Parecendo mais do que feliz em aplicar o golpe em Sebastian, Dawson o alcançou com alguns passos rápidos, pôs um braço carnudo ao redor do pescoço dele, agarrou-lhe o braço solto e o pôs sobre seu ombro, fazendo-o se virar violentamente. Ele caiu de costas com um gemido de dor. Dawson estava prestes a pular sobre o abdômen de Sebastian quando Cam se apressou a intervir, agarrando o entusiasmado jovem pelo ombro.

– Bom, Dawson. Muito bom. Basta por agora. Afaste-se, por favor.

Evie observou os procedimentos com a mão fechada sobre a boca.

Cam estendeu a dele para ajudar o outro a se levantar. Recusando a oferta, Sebastian girou e se levantou, olhando-o com uma expressão tão ameaçadora que teria feito a maioria dos homens parar. Contudo, Cam falou em um tom instrutivo:

– Na verdade, é um movimento simples. Ponha seu braço ao redor do pescoço do outro homem, agarre o braço, mova seu corpo assim... e ele cairá facilmente. Dependendo da força com que o derrubar, ele não conseguirá se mover por vários segundos. Aqui, experimente comigo.

Sebastian teve o cuidado de se conter ao praticar o procedimento em Cam. Ele aprendeu rapidamente, derrubando o cigano com uma estranha mistura de eficiência e relutância.

– Não posso lutar assim – murmurou.

Cam ignorou o comentário.

– Se o segurarem pelas costas, na maioria das vezes conseguirá se soltar dando uma cabeçada para trás. Comece abaixando a cabeça e encostando o queixo no peito. Cerre os dentes, mantenha a boca fechada e jogue a cabeça para trás, rápido e com força, para o rosto do adversário. Não precisa apontar para ele. E no caso da cabeçada para a frente... Já fez isso? Não? Bem, o truque é manter os olhos em seu adversário. Aponte para uma parte macia do rosto dele, nunca para a testa ou o crânio. Use o peso do seu corpo e tente atingi-lo com a área uns 2 centímetros acima das suas sobrancelhas.

Sebastian suportou a lição com grande relutância enquanto os dois homens mais jovens demonstravam golpes no pescoço, pisadas e outras técnicas para atacar as partes vulneráveis do corpo humano. Participou quando chamado, exibindo uma aptidão física que pareceu agradar a Cam. Contudo, quando o rapaz começou a falar sobre vários métodos para dar chutes na virilha, achou que já aguentara o suficiente.

– Basta – grunhiu. – Pare, Rohan.
– Mas ainda faltam algumas coisas.
– Não importa.

Cam trocou um olhar com Evie, que deu de ombros e balançou levemente a cabeça, nenhum dos dois entendendo o motivo da irritação de Sebastian. Um momento depois, Cam dispensou Dawson com algumas palavras elogiosas.

Virando-se para Sebastian, que puxava seu casaco com uma mal contida violência, Cam perguntou calmamente:

– Qual é o problema, milorde?

Sebastian emitiu um som de desdém.

– Nunca pretendi ser um modelo de virtude. E fiz coisas no passado que meteriam medo ao diabo. Mas há certas coisas que nem mesmo eu posso me rebaixar a fazer. Homens da minha posição não dão pisadas, chutes na virilha ou cabeçadas quando lutam. Nem dão golpes no pescoço, rasteiras ou, valha-me Deus, puxam cabelos.

Embora Evie tivesse achado que seria impossível Cam manter seus olhos frios, subitamente eles se tornaram duros como pedaços de âmbar gelado.

– Qual é exatamente sua posição, se não se importa que eu pergunte? – disse o cigano em um tom levemente mordaz. – É um nobre? Não está vivendo como tal. Está dormindo em um clube de jogos, em um quarto recentemente desocupado por duas prostitutas. É um homem indolente?

Acabou de terminar a noite brigando com bêbados idiotas. Está um pouco tarde para ser distinto, não é?

– Você me culpa por ter princípios? – contra-atacou Sebastian.

– De forma nenhuma. Culpo-o por ter dois pesos e duas medidas. Os ciganos têm um ditado: "Com um só traseiro não se pode montar em dois cavalos." Se quiser sobreviver aqui, terá de mudar. Não poderá bancar o aristocrata ocioso que está acima desse tipo de coisa. Está tentando assumir uma posição que nem mesmo eu poderia ocupar. Terá de lidar com jogadores, bêbados, ladrões, mentirosos, chefes do crime, advogados, policiais e mais de trinta empregados que acham que vai desistir e ir embora em menos de um mês. Agora que Jenner está morto, ocupou o lugar dele como um dos figurões de Londres. Todos vão querer favores, tentar se aproveitar de sua posição ou provar que são superiores. E ninguém dirá toda a verdade. Sobre nada. Terá de aguçar seus instintos. Terá de fazer as pessoas temerem atravessar seu caminho. Caso contrário, as chances de ser bem-sucedido serão tão poucas quanto de ser...

A voz dele foi sumindo. Estava claro que Cam teria gostado de dizer mais, mas um olhar para o rosto de Sebastian pareceu indicar que outras palavras seriam inúteis. Passando a mão magra por seus cabelos pretos desgrenhados, Cam saiu a passos largos da sala.

Um longo minuto se passou antes de Evie ousar se aproximar do marido. Ele estava olhando fixamente para a parede vazia, perdido em seus pensamentos. Ela notou que, enquanto a maioria das pessoas tendia a parecer mais velha em momentos de cansaço e tensão, Sebastian parecia mais jovem.

– Por que você está fazendo isso? Não é só por dinheiro. O que espera encontrar neste lugar?

Inesperadamente, as perguntas produziram um brilho de divertimento nos olhos dele.

– Eu direi quando descobrir...

CAPÍTULO 15

Na tarde seguinte, Sebastian encontrou Evie no escritório, somando recibos e anotando números em um livro contábil.

– Você tem uma visita – disse ele sem preâmbulos. Ela o olhou por cima da pilha de papéis. – A Sra. Hunt.

Evie o olhou atônita, seu coração dando saltos. Andara pensando se deveria escrever para Annabelle. Ansiava por ver a amiga, mas tinha dúvidas sobre a recepção que teria. Levantou-se devagar de sua cadeira.

– Tem certeza de que não é outro truque?

– Sim – disse Sebastian sarcasticamente. – Ainda ecoam em meus ouvidos críticas e acusações. A Sra. Hunt e a Srta. Bowman não acreditam que você foi raptada, violada e obrigada a se casar.

– A Srta. Bowman? – repetiu Evie, concluindo em um instante que não poderia ser Lillian. Ela não era mais solteira e ainda estava em sua lua de mel com lorde Westcliff. – Daisy também está aqui?

– Irritada como uma vespa – confirmou Sebastian. – Você deveria lhes assegurar que agiu por conta própria, porque acho que pretendem chamar a polícia para me prender.

A agitação fez o coração de Evie se acelerar e ela apertou o braço do marido.

– Não posso acreditar que elas ousaram vir aqui. Estou certa de que o Sr. Hunt não sabe disso.

– Nesse ponto estamos de acordo – disse Sebastian. – Hunt não permitiria que sua esposa ficasse em um raio de 10 quilômetros de mim. E os Bowmans nunca aprovariam a ida da filha mais nova a um clube de jogos. Mas, conhecendo suas amigas, não tenho nenhuma dúvida de que elas traçaram um plano elaborado para escapulir.

– Onde elas estão? Não me diga que as deixou em pé na porta dos fundos.

– Foram levadas para a sala de leitura.

Evie estava tão ansiosa por ver suas amigas que teve de se conter para não desatar em uma corrida. Dirigindo-se apressadamente à sala de leitura, seguida por Sebastian, precipitou-se pela porta e parou, insegura.

Lá estava Annabelle, com seus cabelos cor de mel presos no alto da cabeça e sua pele perfeita, como a das vendedoras de leite pintadas em latas de doces. Quando a conheceu, sua beleza a havia intimidado tanto que Evie temera falar com ela, certa de que seria rechaçada. Contudo, acabou descobrindo que Annabelle era gentil, afetuosa e capaz de rir de si mesma.

Daisy Bowman, a irmã mais nova de Lillian, tinha uma personalidade exuberante que contrastava com sua figura pequena e frágil. Idealista e com uma tendência a fantasiar, devorava romances repletos de malandros e vilões. Entretanto, sua fachada travessa escondia uma grande inteligência que a maioria das pessoas tendia a ignorar. Ela tinha pele clara, cabelos escuros e olhos castanhos.

Ao ver Evie, suas amigas correram para ela com gritinhos impróprios de damas. Evie sorriu e deu seu próprio gritinho quando elas colidiram em um círculo de abraços apertados e beijos. As três jovens continuaram a manifestar sua alegria até alguém entrar na sala.

Era Cam, ofegante e com os olhos arregalados, como se tivesse corrido. Seu olhar alerta percorreu a sala, avaliando a situação. Aos poucos, seu corpo magro começou a relaxar.

– Maldição – murmurou. – Pensei que havia acontecido algo de errado.

– Está tudo bem, Cam – disse Evie sorrindo enquanto Annabelle mantinha um braço ao redor de seus ombros. – Minhas amigas estão aqui. É só isso.

Cam olhou de relance para Sebastian e comentou acidamente:

– Os porcos no matadouro fazem menos barulho.

Houve uma tensão suspeita no maxilar de Sebastian, como se ele estivesse tentando conter o riso.

– Sra. Hunt, Srta. Bowman, este é o Sr. Rohan. Perdoem--lhe a falta de tato, porque ele é um...

– Rufião? – sugeriu Daisy inocentemente.

Dessa vez, Sebastian não conseguiu evitar um sorriso.

– Eu ia dizer "homem desacostumado com a presença de damas no clube".

– É isso que elas são? – perguntou Cam, lançando um olhar dúbio para as visitantes e se detendo por um momento no rosto pequeno de Daisy.

Ignorando-o propositadamente, Daisy falou para Annabelle:

– Sempre ouvi dizer que os ciganos eram famosos por seu encanto. Ao que parece, é uma crença infundada.

Cam estreitou seus olhos dourados até se tornarem pequenos traços tigrinos.

– Também somos famosos por raptar donzelas *gadji*.

Antes que a conversa fosse adiante, Evie se apressou a interrompê-la.

– Milorde – disse para Sebastian. – Se não fizer nenhuma objeção, eu gostaria de falar em particular com minhas amigas.

– É claro – respondeu ele com impecável cortesia. –

Quer que eu peça que tragam uma bandeja com chá, minha querida?

– Sim, obrigada.

Quando os homens foram embora e as portas se fecharam atrás deles, Daisy explodiu:

– Como pode ser cordial com St. Vincent depois do que ele fez?

– Daisy – começou Evie, desculpando-se. – La-lamento muito o que aconteceu com Lillian e eu...

– Não, não me refiro apenas a isso – interrompeu-a Daisy acaloradamente. – Quero dizer, depois do que ele fez com *você*! Aproveitando-se de você, forçando-a a se casar com ele e depois...

– Ele não me forçou. – Evie olhou do rosto indignado de Daisy para o preocupado de Annabelle. – É verdade, ele não fe-fez isso! Eu é que o procurei. Aqui, sentem-se e eu lhes co-contarei tudo... Como vocês duas conseguiram vir para o clube?

– O Sr. Hunt viajou a negócios – disse Annabelle com um sorriso ardiloso. – E eu disse para os Bowmans que ia levar Daisy para fazer compras comigo na St. James Street. Como pode ver, sou a acompanhante dela.

– E nós realmente fomos fazer compras – completou Daisy astutamente. – Só que fizemos um pequeno desvio para cá depois...

Nos minutos seguintes, elas conversaram, Annabelle no sofá e Daisy em uma cadeira próxima. Gaguejando um pouco, Evie contou o que acontecera depois que ela saiu da casa dos Maybricks. Para seu alívio, suas amigas não condenaram seus atos. Em vez disso, demonstraram interesse e solidariedade, embora estivesse claro que não concordavam com as escolhas que ela fizera.

– Sinto muito – disse Evie em determinado ponto, ao ver a testa lisa cor de marfim de Annabelle se franzir. –

Sei que você não aprova meu casamento com lorde St. Vincent.

– Não importa se eu aprovo – disse Annabelle gentilmente. – Serei sua amiga independentemente do que você faça. Eu não me importaria se você tivesse se casado com o próprio demônio.

– Que, sem dúvida, é um parente próximo de St. Vincent – observou Daisy de cara fechada.

– Agora que já está feito, queremos saber como podemos ajudá-la – comentou Annabelle, lançando um rápido olhar de advertência para Daisy.

Evie sorriu com gratidão.

– Tudo de que eu preciso é da amizade de vocês. Temia perdê-la.

– Nunca perderá. – Annabelle olhou por cima dela e estendeu a mão para lhe acariciar os cachos ruivos. – Querida, espero que isto não pareça presunçoso, mas, como você deixou a casa de sua família às pressas, trouxe alguns vestidos para você. Sei que está de luto, por isso só trouxe nas cores marrom, preto e cinza, e também, é claro, algumas camisolas, luvas, etc. Eu pedirei que as peguem na carruagem, se você concordar. Temos quase a mesma altura e acho que pequenas alterações...

– Ah, Annabelle! – exclamou Evie abraçando a amiga. – Como você é gentil! Mas não quero que sa-sacrifique parte de seu enxoval por mim...

– Isso não é nenhum sacrifício – disse Annabelle, afastando-a e sorrindo. – Daqui a pouco não poderei usar mais nada disso.

Evie imediatamente se lembrou de que no mês anterior Annabelle lhe falara sobre suas suspeitas de estar grávida.

– É claro, eu... Ah, Annabelle, eu estava tão pre-preocupada com meus próprios problemas que nem mesmo pensei em perguntar como você estava se sentindo! Então é verdade? O médico confirmou?

– Sim – interrompeu-a Daisy, levantando-se e executando uma pequena dança da vitória, como se fosse impossível para ela continuar parada.

As duas pularam em uma alegria infantil, enquanto Annabelle continuava sentada e as observava, divertindo-se.

– Céus, olhem para vocês! Queria que Lillian estivesse aqui. Sem dúvida teria algum comentário a fazer sobre essa louca comemoração.

A menção ao nome de Lillian foi o suficiente para diminuir a alegria de Evie. Ela se sentou de novo no sofá, olhando para Annabelle com preocupação.

– Será que Lillian vai me pe-perdoar por eu ter me casado com St. Vincent depois do que ele fez com ela?

– Claro – disse Annabelle gentilmente. – Você sabe quanto Lillian é leal... Ela lhe perdoaria tudo, exceto assassinato. Talvez até mesmo isso. Perdoar St. Vincent é algo totalmente diferente.

Daisy franziu as sobrancelhas e esticou suas saias.

– Com certeza St. Vincent fez de lorde Westcliff um inimigo. O que torna as coisas difíceis para o resto de nós.

A conversa foi interrompida quando o chá foi trazido por uma criada. Evie serviu um pouco da delicada infusão cor de âmbar para si mesma e para Annabelle. Daisy não quis tomar chá, preferindo andar pela sala e examinar as prateleiras de livros. Olhou atentamente para os títulos gravados nas lombadas.

– Há uma camada de poeira na maioria desses livros! – exclamou. – Parece que não são lidos há anos!

Annabelle ergueu seu olhar do chá com um estranho sorriso.

– Aposto que poucos os leram, se é que alguém os leu, querida. É improvável que os cavalheiros que frequentam este clube escolham se ocupar com livros quando há tantas coisas mais estimulantes para fazer.

– Por que ter uma sala de leitura se ninguém lê nela? – perguntou Daisy, parecendo indignada. – Não posso imaginar *nenhuma* atividade mais estimulante do que ler. Porque, às vezes, quando a história é particularmente envolvente, sinto meu coração disparar!

– Há uma... – murmurou Annabelle com um sorriso travesso.

Mas Daisy, que se afastara mais examinando as fileiras de livros, não a ouviu. Olhando no rosto de Evie, Annabelle disse em voz baixa:

– Já que estamos falando *nesse* assunto, Evie... preocupa-me você não ter tido ninguém com quem conversar antes de sua noite de núpcias. St. Vincent foi atencioso?

Evie sentiu as bochechas arderem ao assentir rapidamente:

– Como era de esperar, ele foi muito hábil.

– Mas foi gentil?

– Sim... acho que sim.

Annabelle sorriu.

– Esse é um assunto delicado, não é? – perguntou suavemente. – Mas se você tiver alguma dúvida sobre essas coisas, espero que me pergunte. Sabe, sinto-me como se fosse sua irmã mais velha.

– Também sinto isso – respondeu Evie, estendendo o braço para apertar a mão da amiga. – Acho que realmente há algumas coisas que eu gostaria de perguntar, mas elas são tão...

– Caramba! – exclamou Daisy do outro lado da sala.

Ambas ergueram os olhos e a viram puxando uma das estantes de mogno.

– Quando eu me apoiei nesta estante, ouvi um clique e a coisa toda começou a se abrir.

– É uma porta secreta – explicou Evie. – Há várias portas e passagens secretas no clube, para esconder coisas se houver uma batida policial ou alguém precisar sair rapidamente...

– Aonde leva?

Temendo que explicar mais encorajasse a aventureira Daisy a entrar, Evie murmurou vagamente:

– Ah, a nenhum lugar para onde você queira ir. Certamente a um depósito. É melhor fechá-la, querida.

– Hummm.

Enquanto Daisy continuava a examinar as estantes, Evie e Annabelle retomaram sua conversa em voz baixa.

– A verdade é que lo-lorde St. Vincent concordou em passar por um período de castidade, por mim. E se ele for bem-sucedido, nós re-recomeçaremos nossas relações conjugais.

– Ele *o quê*? – sussurrou Annabelle, arregalando seus belos olhos azuis. – Meu Deus! Não creio que as palavras "castidade" e "St. Vincent" já tenham sido mencionadas na mesma frase. Como conseguiu convencê-lo?

– Ele disse... que me deseja o suficiente para tentar.

Annabelle balançou a cabeça e sorriu, perplexa.

– Isso não parece típico dele. Nem um pouco. Ele trapaceará, é claro.

– Sim, mas acho que suas intenções são sinceras.

– St. Vincent nunca é sincero – disse Annabelle ironicamente.

Evie se lembrou da urgência desesperada do abraço de Sebastian naquela mesma sala. Da respiração dele saindo sofregamente. Da ternura da boca do marido em sua pele. E da paixão na voz dele ao murmurar: *eu a quero mais do que já quis qualquer coisa neste mundo.*

Como poderia explicar isso para Annabelle? Como meras palavras poderiam justificar seu instinto de confiar nele? Era ridículo acreditar que ela, a estranha Evie Jenner, subitamente se tornara o maior desejo de um homem como Sebastian, que já estivera com as mulheres mais bonitas e perfeitas da Inglaterra.

Contudo, ele não era o mesmo homem que perambulara tão arrogantemente pela mansão de Westcliff, em Hampshire. Algo nele havia mudado, e ainda estava mudando. O motivo fora sua fracassada tentativa de raptar Lillian? Ou isso havia começado depois, durante a deprimente viagem para Gretna Green? Talvez tivesse algo a ver com o clube. Ele havia se comportado de um modo estranho desde o momento em que pisaram lá.

– Ah, não – disse Annabelle, aflita, olhando por cima do ombro de Evie.

– O que foi? – Evie se virou para seguir o olhar da amiga.

Não houve nenhuma necessidade de Annabelle explicar. A sala estava vazia, exceto por elas duas. Uma das estantes fora deixada desalinhada com as outras. Ao que tudo indicava, Daisy tinha seguido os impulsos de sua curiosidade insaciável e passado pela porta secreta.

– Aonde isso leva? – perguntou Annabelle com um suspiro, pondo relutantemente de lado sua xícara de chá pela metade.

– Depende do caminho que ela seguiu – respondeu Evie com o cenho franzido. – É um labirinto. Uma passagem se abre em duas direções e há escadas secretas que levam a outro andar. Graças a Deus o clube não está aberto. Isso minimiza as encrencas em que ela poderia se meter.

~

– Lembre-se de que estamos falando de Daisy Bowman – retrucou Annabelle secamente. – Se existir a mínima chance de se meter em encrencas, se meterá.

Percorrendo a passagem escura, Daisy experimentou a mesma emoção que sempre sentira na infância, quando Lillian e ela brincavam de pirata na mansão na Quinta Avenida. Depois de suas lições diárias, elas corriam para o jardim, duas meninas travessas com tranças compridas e vestidos rasgados, e cavavam buracos nos canteiros de flores.

Um dia, enfiaram na cabeça que iam construir uma caverna secreta. Assim, passaram todo o verão cavando um túnel na sebe que margeava a frente e os lados da mansão. Cortaram e apararam diligentemente até criarem um longo canal atrás da sebe, do qual entravam e saíam como ratos. Tinham reuniões secretas em sua "caverna de pirata", é claro, e mantinham uma caixa de madeira com tesouros em um buraco escondido. Quando seus atos foram descobertos pelo irado jardineiro, horrorizado com a profanação de sua sebe, Daisy e Lillian ficaram de castigo durante semanas.

Sorrindo nostalgicamente ao pensar em sua amada irmã mais velha, Daisy foi varrida por uma onda de solidão. Lillian e ela sempre tinham estado juntas, debatendo, rindo, se metendo em encrencas e salvando uma à outra sempre que possível.

Naturalmente, ela estava feliz por Lillian ter encontrado seu par perfeito no voluntarioso Westcliff, mas isso não impedia que sentisse muita falta dela. E agora que as outras, inclusive Evie, tinham encontrado um marido, eram parte do misterioso mundo das casadas, do qual ela ainda estava excluída. Teria de encontrar um marido logo. Um cavalheiro bom e sincero que partilhasse de seu amor por livros. Um homem que usasse óculos e gostasse de cães e crianças.

Daisy continuou a andar e quase caiu em um inesperado pequeno lance de escada. Um brilho fraco no degrau de baixo a fez prosseguir. Ao se aproximar da luz, viu que delineava a forma retangular de uma pequena porta. Perguntando-se o que poderia haver do outro lado, parou e ouviu batidas estranhas e repetitivas. Uma pausa, e depois mais batidas.

Foi vencida pela curiosidade e abriu a porta. A luz invadiu a passagem quando ela entrou em uma sala que continha algumas mesas, cadeiras vazias e um aparador com duas gigantescas urnas de prata. Olhando ao redor, viu a fonte das batidas. Um homem estava consertando uma moldura da parede, martelando habilmente pregos na fina tira de madeira. Assim que ele viu a porta se abrir, se levantou com agilidade, segurando o martelo como se pudesse usá-lo como arma.

Era o cigano, o rapaz com olhos de pantera faminta. Ele havia tirado seu casaco e colete... a gravata também... de modo que seu tronco só estava coberto por uma fina camisa branca frouxamente enfiada para dentro de calças justas. A visão dele provocou em Daisy a mesma reação que ela tivera no andar de cima: uma pontada no peito seguida de uma aceleração de sua frequência cardíaca. Paralisada ao se dar conta de que estava sozinha na sala com ele, Daisy o observou sem pestanejar enquanto Rohan se aproximava lentamente.

Ela nunca tinha visto um ser vivo com aquela beleza morena exótica: pele cor de mel e olhos avelã emoldurados por cílios pretos espessos, com cabelos pretos caindo sobre a testa.

– O que está fazendo aqui? – perguntou Rohan sem parar até chegar tão perto que Daisy recuou instintivamente.

Suas escápulas encontraram a parede. Nenhum homem, na experiência limitada de Daisy, já se aproximara dela de um modo tão direto. Claramente, ele não sabia nada sobre modos refinados.

– Explorando – disse ela ofegante.

– Alguém lhe mostrou a passagem?

Daisy se sobressaltou quando Rohan pôs suas mãos na parede, uma de cada lado dela. Ele era um pouco mais alto do que o comum, mas não enorme, seu pescoço moreno ficando no nível dos olhos dela. Tentando não demonstrar nervosismo, Daisy tomou fôlego e disse:

– Não, eu a encontrei sozinha. Seu sotaque é estranho.

– O seu também. É americana?

Daisy assentiu com a cabeça, perdendo a fala ao ver o brilho de um pequeno diamante no lóbulo da orelha dele. Isso lhe provocou uma estranha sensação no estômago, quase de repulsa, mas fez sua pele ficar muito quente. Para seu desgosto, ela percebeu que estava enrubescendo. Ele estava tão perto que Daisy sentiu o cheiro dele: sabonete misturado com o de cavalo e couro. Era um cheiro agradável, masculino, muito diferente do de seu pai, que sempre cheirava a colônia, graxa de sapatos e papel-moeda novo.

Olhou desconfortavelmente para os longos braços dele, expostos pelas mangas da camisa enroladas... e parou à visão surpreendente de um desenho no antebraço direito. Era de um pequeno cavalo preto alado.

Notando o olhar fascinado da jovem, Rohan abaixou seu braço para que o visse melhor.

– Um símbolo irlandês – murmurou. – Um cavalo que habita os pesadelos, chamado *pooka*.

O som absurdo da palavra fez Daisy esboçar um sorriso.

– Isso sai com água? – perguntou.

Ele balançou a cabeça, seus cílios quase encobrindo os belos olhos.

– É como Pégaso, da mitologia grega? – perguntou Daisy se encostando o máximo que pôde na parede.

Rohan olhou para o corpo dela em uma espécie de lenta avaliação que nenhum homem fizera antes.

– Não. Ele é muito mais perigoso. Tem olhos que são como fogo amarelo, vaga pelas montanhas e fala com uma voz profunda como uma caverna. À meia-noite, pode parar na frente da sua casa e chamar seu nome se quiser levá-la para uma cavalgada. Se for com ele, voará com você através da terra e dos oceanos... e, se algum dia você voltar, sua vida nunca será a mesma.

Daisy sentiu a pele de seu corpo se arrepiar. Todos os seus sentidos lhe disseram que era melhor encerrar essa conversa perturbadora e se afastar dele o mais rápido possível.

– Que interessante – murmurou, virando-se cegamente perto dos braços de Rohan à procura da porta secreta.

Para sua consternação, ele a fechara e agora a porta estava muito bem escondida no painel de parede. Entrando em pânico, empurrou vários pontos tentando descobrir o mecanismo que a abriria.

Daisy estava com as mãos espalmadas sobre o painel quando sentiu Rohan se inclinar em sua direção por trás, com a boca perto de seu ouvido.

– Não a encontrará. Só há um ponto que a abre.

Ela sentiu a respiração quente de Rohan no pescoço, o corpo dele aquecendo-a onde a tocava.

– Por que não me mostra qual é? – sugeriu Daisy, tentando imitar a voz arrastada e sarcástica de Lillian, mas soando apenas confusa e insegura.

– O que me dará em troca?

Daisy tentou parecer indignada, mesmo com seu coração batendo violentamente como um pássaro selvagem em uma gaiola. Virou-se de frente para ele, lançando-lhe um ataque verbal que esperou que o fizesse recuar.

– Sr. Rohan, se está insinuando que eu deveria... Está sendo o homem mais *descortês* que já conheci.

Ele não se moveu um centímetro. Quando sorriu, seus dentes muito brancos brilharam.

– Mas eu sei onde fica a porta.
– Quer dinheiro? – perguntou ela com desprezo.
– Não.
Daisy engoliu em seco.
– Uma liberdade, então? – Vendo que ele não estava entendendo, explicou com as bochechas ficando coradas: – Tomar uma liberdade é... dar um abraço ou um beijo.
Algo perigoso brilhou nos olhos dourados de Rohan.
– Sim – murmurou ele. – Tomarei uma liberdade.
Daisy mal pôde acreditar nisso. Seu primeiro beijo. Sempre o havia imaginado como um momento romântico em um jardim inglês... Haveria luar, é claro, e um cavalheiro louro com um rosto infantil lhe recitaria um belo trecho de um poema logo antes de beijá-la. Não deveria acontecer em uma das salas do porão de um clube de jogos com um crupiê cigano. Por outro lado, ela tinha 20 anos e talvez estivesse na hora de começar a acumular um pouco de experiência.
Engolindo em seco de novo, tentou controlar o ritmo acelerado de sua respiração e olhou para a parte do pescoço e do peito de Rohan revelada pela camisa parcialmente aberta. A pele dele brilhava como cetim âmbar. Quando Rohan se aproximou, seu cheiro lhe invadiu as narinas com um luxurioso e picante traço masculino. Ele ergueu a mão gentilmente para o rosto de Daisy, roçando os nós dos dedos acidentalmente na ponta de seu pequeno seio. Aquilo tinha de ser acidental, pensou ela aturdida, seu mamilo se intumescendo sob o corpete de veludo. Os dedos longos de Rohan deslizaram para a lateral do rosto dela e o ergueram.
Olhando para as pupilas escuras e dilatadas de Daisy, ele levou os dedos aos lábios da jovem e os acariciou até ela os afastar tremulamente. Deslizou a outra mão para a nuca, no início a acariciando e depois a segurando de leve

para lhe sustentar a cabeça... o que foi bom, porque toda a estabilidade do corpo de Daisy parecia ter se dissolvido. Ele a beijou de um jeito terno, explorando os lábios suave e repetidamente. Daisy sentiu um calor nas veias fluindo através dela até não conseguir mais resistir a apertar seu corpo contra o dele. Ficando nas pontas dos pés, agarrou os ombros fortes de Rohan e suspirou ao ser abraçada.

Quando Rohan finalmente ergueu a cabeça, Daisy ficou mortificada ao descobrir que estava agarrada a ele como se fosse uma vítima de afogamento. Afastou as mãos e recuou o máximo que a parede permitiu. Confusa e envergonhada de sua reação, olhou para aqueles olhos pagãos.

– Eu não senti nada – disse friamente. – Embora ache que você merece crédito por tentar. Agora me mostre onde...

Ela se interrompeu com um gritinho de surpresa quando Rohan se aproximou de novo, percebendo tarde demais que ele havia interpretado seu comentário desdenhoso como um desafio. Desta vez a boca de Rohan foi mais exigente. Com inocente surpresa, ela sentiu o toque sedoso da língua dele, uma doce sensação que se irradiou para todo o seu corpo. Estremeceu quando ele aprofundou o beijo... como se o gosto dela fosse delicioso.

Terminando o beijo com um último e sedutor roçar de lábios, Rohan se afastou para encará-la, desafiando-a silenciosamente a negar sua atração por ele.

Daisy reuniu o pouco orgulho que lhe restava.

– Ainda nada – disse fracamente.

Ele a puxou totalmente contra seu corpo. Daisy nunca havia pensado que um beijo pudesse ser tão profundo, a boca de Rohan devorando-a lentamente enquanto as mãos dele a puxavam para cima. Ela o sentiu pondo os pés entre os seus, o peito duro contra seus seios pequenos, os beijos a provocando e acariciando até ela tremer como uma criatura selvagem presa nos braços dele. Quando o beijo terminou, estava fraca e passiva, concentrada exclusivamente nas sensações que a levavam para um fim desconhecido.

Abrindo os olhos, olhou-o envolta em uma névoa de sensualidade.

– Isso... isso foi bem melhor – conseguiu dizer com dignidade. – Estou feliz por ter lhe ensinado algo.

Então se afastou de Rohan, não sem antes vê-lo esboçar um sorriso. Ele estendeu a mão, acionou o mecanismo escondido na porta e a abriu. Para o embaraço de Daisy, Rohan entrou com ela na passagem e subiu a estreita escada, guiando-a como se pudesse enxergar no escuro, como um gato. Quando chegaram ao topo, onde o contorno da sala de leitura era visível, pararam.

Sentindo que devia dizer alguma coisa, Daisy murmurou:

– Adeus, Sr. Rohan. Provavelmente nunca nos encontraremos de novo.

Ela só podia esperar que fosse assim, porque nunca conseguiria encará-lo. Ele se inclinou por cima do ombro de Daisy e lhe sussurrou ao ouvido:

– Talvez eu apareça em sua janela uma noite dessas, para tentá-la a voar comigo através da terra e dos oceanos.

Dito isso, ele abriu a porta, empurrou Daisy gentilmente para a sala de leitura e a fechou de novo. Piscando e confusa, ela viu Annabelle e Evie.

– Eu devia saber que você não conseguiria resistir a uma porta secreta – comentou Annabelle ironicamente. – Aonde a passagem leva?

– Evie tinha razão – respondeu Daisy, ficando com as bochechas muito coradas. – A nenhum lugar aonde eu quisesse ir.

Capítulo 16

As roupas que Annabelle Hunt trouxera eram mais adequadas para um meio luto do que para um luto total. Mesmo assim, Evie decidiu usá-las. Já contrariara as convenções sociais usando outros tecidos que não o crepe. Como dificilmente alguém no clube fosse ousar criticá-la, não fazia muita diferença usar preto, marrom ou cinza. Além disso, tinha certeza de que seu pai não teria se importado.

Evie leu mais uma vez o bilhete que Annabelle pusera junto com as roupas, esboçando um sorriso. *Mandei fazer estes em Paris sem levar em consideração as consequências da virilidade do Sr. Hunt*, escrevera Annabelle maliciosamente. *Quando puder usá-los de novo, estarão fora de moda. São um presente meu para você, querida amiga.*

Evie experimentou o vestido de lã cinza macia forrado de seda e descobriu que lhe caía muito bem. Contudo, seu prazer com o vestido novo foi sufocado por uma onda de melancolia ao pensar em seu pai. Andando desconsoladamente pela sala de jogos principal, viu Sebastian conversando com dois pedreiros cobertos de pó. Era muito mais alto do que eles e inclinou a cabeça enquanto respondiam. Depois disse algo que os fez rir.

Ainda havia um brilho de divertimento nos olhos de Sebastian quando se virou para Evie. Seu olhar se suavizou e ele se afastou dos pedreiros, indo na direção dela. Evie tentou conter a ansiedade, temendo parecer tolamente apaixonada por ele. Mas, por mais que tentasse esconder seus sentimentos, eles pareceram se espalhar, como se brilhassem no ar ao seu redor. O estranho era que Sebastian parecia igualmente feliz em estar na sua presença, perdendo o ar de libertino enfastiado e lhe sorrindo com genuína ternura.

– Evie... – Sua cabeça se inclinou para o rosto da esposa. – Você está bem?

– Sim, eu... não. – Ela esfregou nervosamente suas têmporas. – Estou cansada, entediada e com fome.

A risadinha dele afastou a melancolia de Evie.

– Posso fazer algo a esse respeito.

– Não quero que interrompa seu trabalho – disse ela timidamente.

– Rohan cuidará das coisas por um momento. Venha, vamos ver se a sala de bilhar está vazia.

– Sala de bilhar? – repetiu Evie relutantemente. – Por que deveríamos ir para lá?

Ele lhe lançou um olhar provocador.

– Para jogar, é claro.

– Mas as mulheres não jogam bilhar.

– Na França jogam.

– Pelo que Annabelle diz – observou Evie –, as mulheres na França fazem muitas coisas que não fazem aqui.

– Sim. Os franceses têm ideias muito avançadas. Enquanto nós, ingleses, tendemos a ver o prazer com muita suspeita.

A sala de bilhar realmente estava vazia. Sebastian pediu que lhes trouxessem uma bandeja com uma refeição leve, sentou-se a uma pequena mesa no canto e distraiu Evie conversando enquanto ela comia. Evie não entendeu por que ele perdia tempo entretendo-a quando havia tantas responsabilidades que exigiam sua atenção. E anos vendo o olhar de tédio no rosto dos homens com quem conversara reduzira sua autoconfiança a migalhas. Contudo, Sebastian prestou atenção a tudo que ela disse, como se a achasse infinitamente interessante. Encorajou-a a dizer coisas ousadas e pareceu encantado com suas tentativas de discutir com ele.

Quando Evie terminou de comer, Sebastian a puxou

para a mesa de bilhar e lhe entregou um taco com uma ponta de couro. Ignorando suas tentativas de se esquivar, começou a lhe ensinar as regras básicas do jogo.

– Não me diga que isso é escandaloso demais para você – disse ele com zombeteira severidade. – Depois de fugir comigo para Gretna Green, pode fazer qualquer coisa. E certamente pode jogar um pouco de bilhar. Incline-se sobre a mesa.

Evie obedeceu desajeitadamente, corando ao senti-lo se inclinar sobre ela, o corpo do marido a prendendo de um modo masculino excitante enquanto ele posicionava as mãos dela no taco.

– Agora curve seu dedo indicador ao redor da ponta do taco – ouviu-o dizer. – Assim. Não com tanta força, querida... deixe sua mão relaxar. Perfeito.

Ele estava com a cabeça perto da de Evie, a pele exalando um leve cheiro de colônia de sândalo.

– Tente imaginar um caminho entre a bola branca e a colorida. Deve dar a tacada bem ali para enfiar a bola desejada na caçapa. – Ele apontou para um lugar logo acima do centro da bola branca. – É uma tacada direta, está vendo? Abaixe um pouco a cabeça. Traga o taco para trás e tente atingir a bola branca com um movimento suave.

Ao tentar fazer isso, Evie não conseguiu atingir o ponto certo da bola branca, fazendo-a girar pesadamente para o lado da mesa.

– Errou – observou Sebastian, pegando habilmente a bola e a reposicionando. – Sempre que isso acontecer, passe mais giz na ponta do taco com um olhar pensativo, fazendo parecer que a culpa é de seu equipamento e não de suas habilidades.

Evie esboçou um sorriso e se inclinou novamente sobre a mesa. Talvez aquilo fosse errado, sendo a morte de seu pai tão recente, mas pela primeira vez em muito tempo estava se divertindo.

Sebastian veio novamente por trás, pondo as mãos sobre as dela.

– Deixe-me lhe mostrar o movimento certo do taco. Mantenha-o reto... assim.

Juntos, eles se concentraram em deslizar o taco firme e corretamente pelo pequeno círculo que Evie fizera com os dedos. Ela não pôde deixar de notar a conotação sexual daquele movimento e sentiu um rubor subir de seu pescoço para o rosto.

– Você deveria se envergonhar – ouviu-o murmurar. – Nenhuma mulher jovem direita teria esses pensamentos.

Evie não conteve uma risadinha e Sebastian foi para o seu lado, observando-a com um lento sorriso.

– Tente de novo.

Evie se concentrou na bola branca, recuou o taco e a atingiu firmemente. Dessa vez a bola colorida caiu na caçapa.

– Eu consegui! – gritou ela.

Sebastian sorriu ao triunfo de Evie e começou a lhe ensinar várias tacadas, posicionando, ajustando as mãos da esposa e usando todas as desculpas possíveis para pôr os braços ao seu redor. Divertindo-se imensamente, Evie fingiu não notar as carícias audaciosas. Quando ele a fez errar uma tacada pela quarta vez, entretanto, virou-se para ele em tom acusador.

– Como *alguém* pode acertar quando você põe as mãos *aí*?

– Eu só estava tentando corrigir sua postura – disse ele, prestativo. Ao ver o olhar acusador de Evie, sorriu e se sentou de lado na mesa de bilhar. – A culpa é sua por eu ter esse comportamento. Garanto-lhe que acho péssimo meu único prazer hoje em dia ser correr atrás de você como um adolescente atrás de uma criada.

– Você corria atrás das criadas quando era adolescente?

– Meu Deus, é claro que não. Como pode perguntar uma coisa dessas?

Sebastian pareceu indignado. Justamente quando ela sentiu uma pontada de culpa e ia começar a se desculpar, ele disse presunçosamente:

– *Elas* é que correm atrás de *mim*.

Evie ergueu um taco como se fosse golpeá-lo. Sebastian segurou seu pulso facilmente com uma das mãos e lhe tirou o taco dos dedos.

– Calma, nervosinha. Vai acabar com o pouco de sanidade que me resta. Que utilidade eu teria para você depois?

– Decorativa – respondeu Evie, rindo.

– Ah, bem. Acho que há algum valor nisso. Deus me livre de um dia eu perder minha boa aparência.

– Eu não me importaria.

– O quê?

– Se... – Evie fez uma pausa, subitamente constrangida. – Se você perdesse sua boa aparência. Se você se tornasse menos bonito. Eu não me importaria com sua aparência. Eu ainda... ia querê-lo como marido.

O sorriso de Sebastian se desvaneceu. Ele a olhou longa e atentamente, ainda lhe segurando o pulso. Algo estranho se revelou em sua expressão... uma emoção indefinível, uma mistura de paixão e vulnerabilidade. Quando respondeu, sua voz saiu tensa pelo esforço de parecer indiferente.

– Sem dúvida, você é a primeira pessoa que me diz isso. Espero que não seja tola a ponto de me dotar de características que não possuo.

– Você já é bem dotado o suficiente – respondeu Evie, antes de lhe ocorrer o duplo significado da frase. Ela ficou muito vermelha. – I-isto é... Eu não quis dizer...

Mas Sebastian estava rindo baixinho, sua estranha tensão desaparecendo, e a puxou para si. Quando Evie lhe correspondeu ansiosamente, seu divertimento se dissolveu como açúcar em líquido quente. Beijou-a mais longa e fortemente, sua respiração lhe atingindo o rosto em rápidas ondas.

– Evie – sussurrou. – Você é tão quente, tão adorável... Ah, inferno. Faltam dois meses, treze dias e seis horas para eu poder levá-la para a cama. Diabinha. Isso vai me matar.

Um pouco arrependida do acordo que fizera com ele, Evie o apertou com mais força e procurou seus lábios. Sebastian deu um gemido gutural, a beijou e estendeu a mão para fechar a porta da sala de bilhar. Lutando com a fechadura, girou a chave e se ajoelhou diante dela. As escápulas de Evie bateram com força na porta fechada e ela se apoiou pesadamente no painel, confusa e excitada. Sebastian lhe ergueu as saias, pondo as mãos sob as camadas de tecido e puxando as fitas das roupas de baixo.

– Sebastian, não – sussurrou Evie tremulamente, consciente de que estavam em uma das salas públicas. – Por favor, você não pode...

Sebastian ignorou os protestos, investigando debaixo das saias e puxando as calçolas até os joelhos.

– Vou ficar louco se não puder tê-la pelo menos desta maneira.

– Não – disse ela fracamente, mas Sebastian não lhe deu ouvidos.

Estava com a mão no tornozelo e a boca no joelho de Evie, mordiscando e lambendo através da meia de seda. Ela sentiu um súbito e chocante desejo, seu coração batendo violentamente com uma ânsia irresistível. Sebastian ergueu-lhe a frente das saias até a cintura e pôs as mãos de Evie sobre as camadas de tecido.

– Segure-as, por favor – murmurou ele.

Ela não deveria ter obedecido, mas suas mãos pareciam ter vontade própria, segurando a profusão de veludo junto à barriga. Sebastian puxou as calçolas dela até os tornozelos e deslizou a boca para cima, a respiração dele como nuvens de vapor contra a pele macia da perna de Evie. Os dois dedos que lhe introduziu foram imediatamente apertados e acariciados, como se seus músculos internos quisessem atraí-lo para mais fundo. Ruborizada e com os olhos semicerrados, ela murmurou:

– *Sebastian*.

– Shhh...

Ele introduziu os dedos mais fundo e lambeu o sexo excitado de Evie. Provocou o pequeno pico túrgido em um ritmo que complementava a gentil investida dos dedos. Evie se arqueou contra a porta, sua garganta ardendo com o esforço de não gritar. Ele não parou nem diminuiu o ritmo, não lhe deu um segundo para tomar fôlego, somente atormentou seu sexo quente e vibrante, intensificando cada vez mais a sensação até Evie conter um grito e estremecer de êxtase. Não afastou a boca, extraindo cada último resquício de prazer até ela finalmente ficar imóvel, seu corpo exausto esvaziado de sensações.

Por fim Sebastian se levantou, encostando seu corpo excitado no dela e com a testa pressionada contra a porta atrás de Evie. Ela lhe rodeou a cintura magra com os braços, mantendo os olhos fechados e a bochecha apoiada no ombro dele.

– O acordo... – murmurou.

– Você disse que eu podia beijá-la – sussurrou Sebastian maliciosamente ao pé do ouvido. – Mas, meu amor, não especificou onde.

Capítulo 17

— Mandou me chamar, milorde?

Evie foi para a frente da escrivaninha no pequeno escritório onde Sebastian continuava sentado. Um dos criados a trouxera para baixo a pedido dele, acompanhando-a através do caos relativamente controlado do clube superlotado.

Na noite de reabertura, parecia que todos que eram ou desejavam ser sócios estavam determinados a entrar. Havia uma pilha de solicitações diante de Sebastian, enquanto pelo menos doze homens esperavam impacientemente no hall de entrada para serem aprovados. O ambiente estava cheio de sons de conversas, tilintar de copos e música da orquestra que tocava na galeria do segundo andar. Para honrar a memória de Ivo Jenner, champanhe era servido incessantemente, contribuindo para o clima de descontração. O clube reabrira e tudo estava ótimo para os cavalheiros de Londres.

– Sim – disse Sebastian em resposta à pergunta de Evie. – Por que diabo você ainda está aqui? Deveria ter partido umas oito horas atrás.

Ela olhou para o rosto inexpressivo do marido sem se intimidar.

– Ainda estou arrumando minha bagagem.

– Está fazendo isso há três dias. Você não tem mais que seis vestidos. Seus poucos pertences caberiam em uma pequena valise. Está embromando, Evie.

– Que diferença isso faz para você? – disparou ela de volta. – Nos últimos dois dias me tratou como se eu não existisse. É difícil acreditar que notou minha presença.

Sebastian a fulminou com um olhar enquanto tentava controlar sua irritação. Não notá-la? Maldição. Teria dado uma fortuna para que isso fosse verdade. Estivera torturantemente consciente de cada palavra e gesto de Evie, ansiando por vislumbrá-la. Vê-la agora, com seu belo corpo curvilíneo coberto de veludo preto era suficiente para deixá-lo louco. O preto deveria fazer uma mulher parecer simples e insípida, mas em vez disso a pele dela ficava alva, como creme fresco, e seus cabelos brilhavam como fogo.

Queria levá-la para a cama, amá-la até essa paixão diabólica se consumir naquele fogo. Sentia-se dominado por uma espécie de inquietação ardente que parecia uma doença, algo que o fazia andar de uma sala para outra e depois se esquecer do que queria. Ele nunca fora assim: distraído, impaciente, atormentado pelo desejo.

Tinha de se livrar de Evie. Ela precisava ficar protegida dos perigos e da depravação do clube, assim como dele próprio. Se pudesse mantê-la segura e vê-la de uma forma limitada... Era a única solução.

– Quero que vá – disse ele. – Está tudo pronto para você em casa. Ficará muito mais confortável lá. Eu não terei de me preocupar com o tipo de problema em que poderia se meter. – Sebastian se levantou e se dirigiu à porta, tomando o cuidado de manter uma distância cautelosa entre eles. – Vou pedir uma carruagem. Daqui a um quarto de hora, quero que esteja nela.

– Ainda não jantei. É demais lhe pedir para fazer uma última refeição?

Embora Sebastian não estivesse olhando para ela, pôde ouvir o tom de desafio infantil em sua voz e isso lhe causou um aperto no coração.

Ele nunca lembraria se lhe permitira ficar para o jantar ou não, porque naquele momento viu Cam se aproximando do escritório... acompanhado pela figura inconfundível do conde de Westcliff.

– Maldição – murmurou.

Evie perguntou imediatamente:

– O que foi?

Sebastian manteve o rosto inexpressivo.

– É melhor você ir – disse de cara fechada. – Westcliff está aqui.

– Eu não vou a lugar nenhum – rebateu ela de pronto. – Westcliff é cavalheiro demais para brigar na frente de uma dama.

Sebastian deu uma risada de deboche.

– Não preciso me esconder atrás de suas saias, querida. E duvido que ele esteja aqui para brigar. Acertamos as contas na noite em que raptei a Srta. Bowman.

– Então o que ele quer?

– Dar um aviso ou ver se você precisa ser resgatada. Ou ambas as coisas.

Evie continuou ao lado dele enquanto Westcliff entrava no escritório. Cam foi o primeiro a falar:

– Milorde, eu disse para o conde esperar, mas ele...

– Ninguém diz ao conde o que fazer – observou Sebastian secamente. – Está tudo bem, Cam. Volte para as mesas de jogos ou aquilo lá vai virar um caos. E leve lady St. Vincent com você.

– Não – disse Evie imediatamente, olhando com preocupação do rosto zombeteiro de Sebastian para o pétreo de Westcliff. – Vou ficar. – Ela se virou para lorde Westcliff e lhe ofereceu a mão. – Milorde, tenho pensado muito em Lillian... Espero que ela esteja bem.

Westcliff se inclinou sobre a mão de Evie e falou em sua voz grave:

– Muito bem. Ela deseja que venha ficar conosco, se assim o desejar.

Sebastian se encheu de uma súbita fúria, embora tivesse insistido para Evie deixar o clube havia apenas alguns minutos. O desgraçado arrogante. Se estava pensando em arrebatá-la de lá bem debaixo do seu nariz...

– Obrigada, milorde – respondeu Evie suavemente, olhando para o rosto marcante de Westcliff.

Ele tinha cabelos pretos e olhos tão escuros que era impossível distinguir as íris das pupilas.

– É muita gentileza – disse ela. – Espero visitá-los em breve, mas não preciso de sua hospitalidade.

– Muito bem. A oferta está de pé. Permita-me lhe oferecer minhas condolências por sua perda recente.

– Obrigada.

Ela sorriu para Westcliff e Sebastian sentiu uma pontada de ciúme. Como possuidor de um dos mais antigos e poderosos títulos da Inglaterra, Marcus, lorde Westcliff, possuía a aura de um homem acostumado a ter suas opiniões ouvidas e acatadas. Embora não fosse dono de uma beleza clássica, tinha uma vitalidade misteriosa e um vigor masculino que o faziam se destacar em qualquer reunião. Era um esportista e exímio cavaleiro, conhecido por superar seus próprios limites físicos. Westcliff era assim em tudo na vida, não se permitindo nada menos do que excelência em tudo que se dispunha a fazer.

Westcliff e Sebastian eram amigos desde que tinham 10 anos. Haviam passado a maioria de seus anos de formação juntos no internato. Mesmo na infância, aquela era uma amizade improvável, porque Westcliff por natureza acreditava em valores morais absolutos e não tinha nenhuma dificuldade em distinguir o certo do errado. Sebastian adorava tornar as questões mais simples exasperantemente complexas, apenas para exercitar sua própria inteligência. Westcliff sempre escolhia o caminho mais eficiente e direto, enquanto Sebastian escolhia o sinuoso e mal mapeado que levava a todos os tipos de problemas antes de finalmente conduzir ao seu destino.

Contudo, crescendo sob a influência de pais manipuladores e negligentes, os dois amigos sabiam muito um sobre o outro. Ambos tinham uma visão romântica do mundo e sabiam que podiam confiar em poucas pessoas. Agora, refletiu Sebastian tristemente, traíra a confiança de Westcliff além de qualquer esperança de reparação. Pela primeira vez na vida sentia uma nauseante pontada que só podia identificar como remorso.

Por que diabo concentrara suas atenções em Lillian Bowman? Quando havia percebido que Westcliff estava apaixonado por ela, por que não se dera o trabalho de procurar outra herdeira com quem se casar? Fora um tolo ao ignorar Evie. Pensando bem, Lillian não valera a sabotagem de uma amizade. No fundo, era forçado a admitir que a ausência de Westcliff em sua vida era como uma ferida aberta e que nunca sararia.

Sebastian esperou a porta se fechar atrás de Cam. Então pôs um braço possessivamente ao redor dos ombros estreitos de Evie e perguntou de um modo irônico:

– Como foi sua lua de mel?

Westcliff ignorou a pergunta.

– Dadas as circunstâncias – disse ele para Evie –, acho necessário perguntar: foi forçada a se casar?

– *Não* – respondeu Evie veementemente, chegando mais para o lado de Sebastian como se para protegê-lo. – Na verdade, milorde, isso foi ideia minha. Fui à casa de lorde St. Vincent pedir ajuda e ele me ajudou.

Sem parecer convencido, Westcliff disse bruscamente:

– Certamente havia outros modos de obtê-la.

– Nenhum que eu pudesse ver naquele momento. – Ela passou seu braço magro ao redor do tronco de Sebastian, fazendo-o prender a respiração, surpreso. – E não me arrependo da minha decisão. Faria isso de novo sem hesitar. Lorde St. Vincent tem sido muito bom comigo.

– Ela está mentindo, é claro – disse Sebastian com uma áspera risada, enquanto seu coração começava a se acelerar freneticamente.

Com o corpo macio de Evie ao seu lado, podia sentir o calor e cheiro da pele dela. Não entendia por que estava tentando defendê-lo.

– Tenho sido um canalha com ela. Felizmente para mim, lady St. Vincent sofreu agressões de sua família por tanto tempo que não tem a menor ideia do que é ser bem tratada.

– Isso não é verdade – retrucou Evie.

Nenhum deles olhou para Sebastian, o que lhe deu a exasperante sensação de ter sido excluído da conversa.

– Como pode imaginar, passei por um período difícil. Não teria sobrevivido sem o apoio de meu marido. Ele cuidou de minha saúde e me protegeu o máximo possível. Trabalhou muito para preservar o clube do meu pai. Defendeu-me quando meus tios tentaram me levar com eles contra a minha vontade...

– Não exagere, querida – disse-lhe Sebastian com perversa satisfação. – Westcliff me conhece bem o suficiente para saber que eu nunca trabalharia ou defenderia alguém. Só me preocupo com meus próprios interesses.

Para a sua irritação, mais uma vez ninguém pareceu ouvi-lo.

– Pelo que agora conheço do meu marido, não acredito que ele teria agido como agiu se soubesse de seu amor por Lillian, milorde. Isso não é uma desculpa para o comportamento dele, mas...

– Ele não a ama – rosnou Sebastian, afastando Evie.

Subitamente pareceu que a sala estava encolhendo, as paredes se fechando até ameaçar esmagá-lo. Maldita fosse ela por se desculpar por ele! E maldita fosse por fingir que havia afeição entre eles.

– Ele não acredita no amor mais do que eu. Quantas vezes você me disse que o amor é uma ilusão dos homens que querem tornar a necessidade de casamento mais suportável?

– Eu estava errado – disse Westcliff. – Por que está tão enraivecido?

– Não estou...

Sebastian parou ao perceber que estava se explicando. Olhou para Evie e viu a surpreendente inversão de papéis. A gaga agora se encontrava firme e serena. Ele, sempre tão frio e controlado, fora reduzido a um idiota apaixonado. E tudo na frente de Westcliff, que observava o casal com grande interesse.

– O que é preciso para eu me livrar de você? – perguntou Sebastian a Evie abruptamente. – Vá com Westcliff se não quiser ir para a casa na cidade. Não me importo, desde que saia da minha vista.

Evie arregalou os olhos e se encolheu, como se tivesse sido atingida por um dardo. Mas manteve a compostura, inspirando profundamente e deixando o ar sair em um fluxo controlado. Ao observá-la, Sebastian esteve perto de cair de joelhos e implorar seu perdão. Em vez disso, continuou parado enquanto ela se dirigia à porta.

– Evie... – murmurou.

Ela o ignorou e saiu, aprumando os ombros ao se afastar do escritório.

Sebastian fechou as mãos e a seguiu com o olhar. Depois de vários segundos, forçou-se a encarar Westcliff. Seu velho amigo o observava não com ódio, mas com algo como relutante compaixão.

– Não era isso que eu esperava encontrar – disse Westcliff em voz baixa. – Você não é mais o mesmo, Sebastian.

Fazia anos que Westcliff não o chamava pelo primeiro nome. Os homens, até mesmo irmãos ou amigos íntimos, quase sempre se chamavam por seus sobrenomes ou títulos.

– Vá para o inferno – murmurou Sebastian. – Sem dúvida foi isso que veio me dizer esta noite. Nesse caso, está um mês atrasado.

– Essa era a minha intenção – admitiu Westcliff. – Mas agora decidi ficar e tomar uma taça de conhaque enquanto você me conta o que em nome de Deus está fazendo. Para começar, pode me explicar por que tomou para si a responsabilidade de dirigir um clube de jogos.

Com o clube lotado, aquela era a pior hora possível para se sentar e conversar, mas Sebastian não deu a mínima. Fazia uma eternidade que não conversava com alguém que o conhecia de verdade. Embora não tivesse nenhuma ilusão de que a velha amizade deles se mantivesse, a perspectiva de discutir coisas com Westcliff, até mesmo um impiedoso Westcliff, pareceu um indescritível alívio.

– Está bem – murmurou. – Sim, vamos conversar. Voltarei em um instante. Não posso deixar minha esposa passar pelo clube desacompanhada.

Ele saiu do escritório a passos largos e foi para o hall de entrada. Sem ver nenhum sinal das roupas pretas que Evie usava, deduziu que ela seguira uma rota alternativa, talvez passando pela sala central. Parou diante de uma das entradas arqueadas e olhou para o mar de gente. Os cabelos brilhantes de Evie a tornavam fácil de localizar. Dirigia-se ao canto onde Cam estava sentado. Vários sócios do clube se afastaram para lhe abrir caminho.

No início, Sebastian a seguiu devagar, depois com crescente urgência. Ele se encontrava em um estado peculiar, tentando entender a si mesmo. Sempre havia lidado bem com as mulheres. Então por que se tornara impossível continuar indiferente em relação a Evie? Estava separado do que mais queria, não por uma verdadeira distância, mas por um passado manchado pela libertinagem. Permitir-se um relacionamento com ela... Não, isso era impossível. Sua própria iniquidade a saturaria, como tinta derramada em pergaminho branco. Ela se tornaria pessimista, amarga, e o desprezaria quando o conhecesse melhor.

Cam, sentado em um banco alto de onde via as mesas de jogos, notou a aproximação de Evie. Virou-se para ela e pôs um dos pés no chão. Ergueu a cabeça e deu uma rápida olhada para a sala, sempre atento ao que se passava ao redor. Avistando Sebastian, fez-lhe um pequeno sinal com a cabeça indicando que a manteria com ele até o lorde alcançá-los.

Cam examinou a sala mais uma vez, franzindo as sobrancelhas. Encolheu ligeiramente os ombros, como se sentisse um desconfortável arrepio na nuca e olhou para trás. Não vendo ninguém, começou a se acomodar novamente no banco. Contudo, era como se um instinto perturbador insistisse em fazê-lo examinar a multidão, como se seu olhar estivesse sendo atraído por um ímã. Olhou para a galeria do segundo andar e Sebastian o viu se concentrar com súbita intensidade.

Abstraindo-se da multidão, Sebastian seguiu o olhar perplexo de Cam e viu um homem moreno atarracado em pé no lado leste da galeria. Ele estava sujo e desgrenhado, com os cabelos pretos grudados em seu inconfundível crânio em forma de bala: *Joss Bullard*. Como ele havia entrado no clube sem ser notado? Devia ter usado alguma entrada secreta. O clube tinha mais entradas e passagens do que a toca de um coelho. E ninguém conhecia o lugar melhor do que Bullard ou Cam.

Houve uma explosão de pensamentos em Sebastian quando ele viu o cano da pistola na mão de Bullard. Mesmo naquele ângulo, o alvo era claro: Evie, que ainda estava a uns 5 metros de Cam.

Movido por puro instinto e dominado pelo pânico, Sebastian se precipitou para a frente com a velocidade de um raio. A figura de Evie lhe pareceu tão nítida e detalhada que até mesmo a fibra do veludo era visível. Todos os seus nervos e músculos se retesaram para alcançá-la, seu coração batendo com força na tentativa de bombear sangue para os membros em rápido movimento. Agarrando-a freneticamente, ele virou seu próprio corpo para protegê-la e usou o impulso da corrida para derrubar os dois no chão.

Um tiro ecoou na sala. Sebastian sentiu um impacto e uma dor ardente, como se alguém tivesse lhe dado um soco. O projétil de chumbo lhe rasgou o músculo e rompeu uma rede de artérias no caminho. A forte queda no chão o deixou momentaneamente aturdido. Ficou parcialmente em cima de Evie, tentando lhe cobrir a cabeça com os braços, enquanto ela se debatia sob ele.

– Não se mexa – disse, ofegante, segurando-a no chão, temendo que Bullard atirasse de novo. – *Espere*, Evie.

Ela obedeceu enquanto o local se enchia de sons de gritos, lamentos e passos. Erguendo-se sobre o corpo de bruços de Evie, Sebastian se arriscou a olhar para a galeria do segundo andar. Bullard se fora. Com um gemido de dor, rolou para o lado e examinou a esposa em busca de ferimentos, apavorado com a possibilidade de a bala também tê-la atingido.

– Evie, querida, você está ferida?

– Por que você me empurrou? – perguntou ela em uma voz abafada. – Não, eu não estou ferida. O que foi aquele barulho?

Ele passou a mão trêmula no rosto de Evie, afastando uma mecha de cabelo que lhe caíra sobre os olhos. Confusa, ela se contorceu para sair de debaixo do marido e se sentou. Sebastian continuou de lado, ofegando e sentindo o sangue quente escorrer por seu peito.

As pessoas estavam se amontoando para fugir do prédio, ameaçando pisotear o casal. Subitamente um homem se agachou na direção dele depois de abrir caminho pela multidão. Ele usou seu corpo para protegê-los e impedir que fossem pisoteados. Sebastian pestanejou e percebeu que era Westcliff. Zonzo, ergueu a mão para agarrar o casaco dele.

– O alvo dele era Evie – disse Sebastian roucamente. Seus lábios tinham ficado dormentes. – Mantenha-a segura... mantenha...

Evie estremeceu e gritou ao ver o vermelho vivo espalhando-se pela frente da camisa de Sebastian e perceber que ele fora ferido. Arrancou-lhe os botões do casaco e do colete, em seu súbito frenesi. Sem dizer uma palavra, Westcliff tirou seu próprio casaco e colete e fez com eles uma trouxa. Evie rasgou a camisa ensanguentada de Sebastian e encontrou o ferimento no lado. Ficou muito pálida e começou a lacrimejar, mas conseguiu controlar seu medo enquanto tirava a trouxa de Westcliff e a apertava firmemente contra o ferimento para reduzir a hemorragia.

A pressão causou tanta dor que Sebastian não conseguiu evitar um gemido. Sua mão continuou suspensa, com os dedos meio curvados. O cheiro de sangue fresco saturava o ar. Westcliff se inclinou sobre ele e examinou o ferimento de saída da bala.

– Entrou por um lado e saiu pelo outro – Sebastian o ouviu dizer para Evie. – Ao que parece, não causou danos graves a nenhum vaso.

Enquanto Westcliff mantinha a pressão sobre o ferimento, Evie acomodou a cabeça de Sebastian em seu colo sobre um monte de veludo preto macio. Ela segurou com força as mãos do marido. Isso pareceu firmá-lo, contrabalançando a dor persistente na parte inferior do tronco.

Sebastian olhou para o rosto inclinado da esposa, incapaz de interpretar sua expressão. Havia um brilho estranho e profundo nos olhos de Evie, algo como ternura ou tristeza... algo raro e infinito. Ele não sabia o que era. Ninguém jamais o olhara daquela maneira.

Sebastian tentou dizer algo para afastar a emoção perturbadora dos olhos dela.

– É nisso que dá... tentar bancar o herói. – Foi forçado a parar quando a dor lhe tirou o fôlego. – Acho que, a partir de agora, continuarei a ser um vilão. É muito... mais seguro.

Os olhos pretos de Westcliff brilharam brevemente àquela tentativa de fazer piada.

– O tiro veio da galeria superior – informou ele.
– Um ex-empregado, Bullard, demitido recentemente.
– Tem certeza de que o alvo era lady St. Vincent?
– Sim.
– Talvez ele achasse que esse era o melhor modo de se vingar de você.

Sebastian estava zonzo, o que tornava difícil pensar claramente.

– Não – murmurou. – Isso só poderia ser verdade se... ele pensasse que eu gosto dela. Todos sabem... que não foi um casamento por amor.

Westcliff lhe lançou um olhar estranho, mas se absteve de responder. Sebastian não tinha como saber qual era a cara dos dois naquele momento, ele agarrando a mão de Evie e a deixando sustentá-lo com a ternura de uma mãe com uma criança machucada. Tudo que sabia era que o ferimento doía insuportavelmente. Tremores incessantes o percorreram até seus dentes começarem a bater. Ele teve uma vaga consciência de Westcliff os deixando por um momento, gritando ordens e voltando com uma braçada de casacos, embora não tivesse ficado claro se seus donos os tinham doado voluntariamente ou não. Os casacos foram postos sobre ele e Westcliff continuou a fazer pressão sobre o ferimento.

Sebastian perdeu a consciência por um momento. Quando voltou a si, sentiu a mão quente de Evie acariciando seu rosto frio e suado.

– O médico está vindo – murmurou ela. – Quando a hemorragia diminuir, nós o levaremos para o andar de cima.

Ele respirou tremulamente por entre dentes cerrados.

– Onde está Rohan?

– Eu o vi perseguindo Bullard logo após o tiro – respondeu Westcliff. – Ele subiu por uma coluna até o segundo andar.

– Se ele não pegar o canalha, eu o pegarei – murmurou Sebastian. – E então...

– Shhh... – disse Evie, deslizando sua mão livre por sob o monte de casacos para lhe tocar o peito nu.

Ela pôs a palma da mão sobre o coração que batia fracamente e passou os dedos pela fina corrente de ouro ao redor do pescoço de Sebastian. Seguindo a corrente, descobriu a aliança de casamento de ouro escocês pendurada nela.

Sebastian não queria que ela descobrisse que ele usava a aliança sob as roupas. Agitado, sussurrou:

– Isso não significa nada. Só queria mantê-la segura...

– Eu entendo – murmurou Evie, pondo a palma da mão mais uma vez sobre o peito do marido. Ele a sentiu roçar os lábios em sua testa, a carícia suave da respiração. Evie sorriu. – Sabe, você me deu a desculpa perfeita para ficar. Vou cuidar até você ficar bem o suficiente para me pôr para fora sozinho.

Sebastian não conseguiu retribuir o sorriso. Foi dominado pela ansiedade ao perceber que Evie não estaria segura ali e em nenhum outro lugar até que Bullard fosse capturado.

– Westcliff – disse roucamente Sebastian –, alguém tem de... proteger minha esposa.

– Não acontecerá nada com ela – garantiu ele.

Quando Sebastian olhou para o velho amigo, o único homem honrado que já conhecera, viu que o rosto de Westcliff estava cuidadosamente impassível. Ambos sabiam que Evie era inexperiente demais para saber. Embora a bala não tivesse atingido nenhum órgão vital, o ferimento poderia supurar. Sebastian não morreria de hemorragia, mas era provável que sucumbisse a uma febre fatal. Nesse caso, ela ficaria sozinha e indefesa em um mundo cheio de predadores. Homens como ele mesmo.

Tremendo de frio e choque, Sebastian tentou desesperadamente falar, descobrindo que precisava tomar fôlego várias vezes para pronunciar as palavras.

– Westcliff, o que eu fiz antes... sinto muito. Perdoe--me... perdoe-me... – Ele sentiu seus olhos começarem a se revirar e tentou permanecer consciente. – Mantenha Evie em segurança, por favor.

Então afundou cada vez mais no oceano da inconsciência, até ficar perdido na escuridão.

– Sebastian – sussurrou Evie, levando a mão inerte do marido à sua bochecha.

Ela lhe beijou os nós dos dedos enquanto lágrimas escorriam pelo seu rosto.

– Está tudo bem – tranquilizou-a Westcliff. – Ele só desmaiou. Voltará a si em um instante.

Evie soltou um arquejo antes de recuperar o controle.

– Ele se jogou na minha frente. Levou o tiro por mim.

– É o que parece.

Westcliff a observou com curiosidade, avaliando as interessantes mudanças em Sebastian e na sua improvável noiva desde a fuga deles. Quando Lillian soube do casamento de St. Vincent e Evangeline Jenner, ficara furiosa, apavorada com a possibilidade de ele ter feito algum mal à amiga.

– Aquele monstro! – gritara quando voltaram da Itália. – Fazer isso com Evie, dentre todas as pessoas... Ah, você não sabe quanto ela é frágil. Deve ter sido cruel! Ela é indefesa e tão inocente... Meu Deus, vou matá-lo.

– Sua irmã disse que Evie não parecia ter sido maltratada – salientara Westcliff racionalmente, embora também estivesse muito preocupado com a ideia de uma pessoa indefesa como Evangeline Jenner ficar à mercê de St. Vincent.

– Ela provavelmente estava com medo demais para admitir alguma coisa – dissera Lillian, seus olhos escuros inquietos enquanto andava de um lado para outro. – Provavelmente a violentou. Ameaçou-a. Talvez até mesmo tenha batido nela...

– Não, não – tranquilizara-a Westcliff, tomando nos braços o corpo rígido da esposa. – Segundo Daisy e Annabelle, houve muitas oportunidades de ela lhes contar, caso tivesse sofrido algum abuso. Mas ela não disse nada. Se isso a tranquilizar, irei ao clube lhe oferecer refúgio. Ela pode ficar conosco em Hampshire, se quiser.

– Por quanto tempo? – murmurara Lillian, aninhando-se mais nos braços do marido.

– Indefinidamente, é claro.

– Ah, Marcus... – Seus olhos castanhos brilharam, subitamente úmidos. – Você faria isso por mim?

– Qualquer coisa, amor – dissera ele gentilmente. – Qualquer coisa para fazê-la feliz.

E então Westcliff tinha ido ao Jenner's naquela noite para descobrir se Evangeline estava sendo mantida lá contra a sua vontade. Ao contrário do que esperava, encontrara uma mulher que parecia ansiosa por ficar e obviamente nutria afeto por St. Vincent.

Quanto ao visconde, sempre tão indiferente, era difícil acreditar que o homem que tratava as mulheres com tanta arrogância e crueldade pudesse ser o mesmo que acabara de arriscar a própria vida. Receber um pedido de perdão de alguém que nunca expressara arrependimento de nada e depois ouvi-lo praticamente implorar pela proteção da esposa levava a uma inevitável conclusão. Contra todas as probabilidades, St. Vincent aprendera a se importar mais com outra pessoa do que com ele mesmo.

A situação era extraordinária. Era difícil entender como alguém como Evangeline Jenner podia ter produzido tamanha mudança em St. Vincent, o mais mundano dos homens. Contudo, Westcliff aprendera que os mistérios da atração nem sempre podiam ser explicados pela lógica. Às vezes, a distância entre duas almas acabava por uni-las.

– Milady... – disse ele gentilmente.

– Evie – corrigiu-o ela, ainda segurando a mão do marido junto a seu rosto.

– Evie, por que procurou St. Vincent, dentre todos os homens, com uma proposta de casamento?

Abaixando a mão de St. Vincent devagar, Evie sorriu tristemente:

– Eu precisava de um modo de escapar da minha família, legal e permanentemente. O casamento era a única solução. E, como certamente sabe, eu não tinha nenhuma fila de pretendentes em Hampshire. Quando soube o que St. Vincent havia feito com Lillian, fiquei chocada, mas também me ocorreu que ele era o único homem que eu conhecia que parecia tão desesperado quanto eu. Desesperado o suficiente para concordar com qualquer coisa.

– Era parte de seu plano ele dirigir o clube?

– Não, isso foi uma decisão dele, que me surpreendeu muito. Na verdade, ele vem me surpreendendo desde que nos casamos.

– Como assim?

– Ele fez todo o possível para cuidar de mim, ao mesmo tempo proclamando sua indiferença. – Ela olhou para o rosto inconsciente do marido. – Não é um homem sem coração, por mais que tente fingir o contrário.

– Não, não é – concordou Westcliff. – Embora eu tivesse minhas dúvidas até hoje à noite.

CAPÍTULO 18

Embora Cam e Westcliff tomassem o maior cuidado possível, o processo de carregar Sebastian escada acima o enfraqueceu muito. Evie os seguia logo atrás, muito aflita com a palidez do marido. Cam estava perturbado, embora mantivesse as emoções sob controle enquanto se concentrava em fazer o que era preciso.

– Eu não sei como entrou – murmurou o rapaz.

Evie percebeu que Cam se referia a Bullard.

– Conheço todas as entradas e saídas deste lugar. Pensei que houvesse cuidado de...

– A culpa não é sua, Cam – interrompeu-o Evie em voz baixa.

– Alguém deve tê-lo deixado entrar, embora eu tivesse dito aos empregados...

– A culpa não é sua – repetiu ela, e o rapaz se calou, embora estivesse claro que não concordava.

Westcliff se manteve calado exceto por algumas instruções murmuradas quando eles fizeram uma curva. Carregava a parte superior do corpo de Sebastian enquanto Cam lhe segurava as pernas. Embora Sebastian fosse um homem grande, ambos tinham bom preparo físico e o levaram até o quarto principal sem dificuldade. O quarto acabara de ser reformado, as paredes tendo sido cobertas com uma camada de tinta cor de creme. A velha cama havia sido descartada e substituída por uma nova, grande e bonita, que Sebastian mandara trazer de sua casa na cidade. Ninguém havia pensado que aquele quarto se tornaria outra vez o de um doente, tão pouco tempo após a morte de Ivo Jenner.

Instruídas por Evie, duas camareiras corriam de um lado para outro trazendo toalhas e água e rasgando lençóis em tiras largas. O corpo mole de Sebastian foi posto na cama e Evie lhe tirou as botas enquanto Cam e Westcliff removiam as roupas manchadas de sangue. Por uma questão de pudor, o deixaram com suas roupas de baixo de linho branco.

Evie mergulhou um pano limpo na água morna e limpou o sangue do corpo do marido. Havia manchas cor de ferrugem onde ele secara, entre os pelos macios do peito. Como Sebastian parecia forte e indefeso ao mesmo tempo, com seu corpo mais magro e seus músculos desenvolvidos por atividades físicas constantes e várias brigas recentes no beco.

Westcliff pegou um pano e enxugou suavemente o ferimento para examiná-lo melhor.

– A julgar pelo tamanho do orifício, eu diria que Bullard usou uma pistola calibre 50.

– Estou com a arma – disse Cam sucintamente. – Bullard a deixou cair da galeria do segundo andar depois que atirou.

Westcliff estreitou os olhos, interessado.

– Deixe-me vê-la.

O rapaz tirou a pistola do bolso do casaco e a entregou para ele, segurando-a pelo cano. O conde a examinou com o olhar de um perito.

– Uma pistola de duelo – observou. – Cano octogonal de nove polegadas com mira... escapes de segurança, culatra e placas de fixação gravadas. É uma arma cara, e parte de um par. Fabricante: Manton and Son of Dover Street. – Ele a olhou mais atentamente. – Há uma placa de prata gravada com o nome do dono, eu acho. Embora esteja suja demais para distinguir as letras.

Ele olhou para Cam e arqueou uma sobrancelha enquanto punha a arma no bolso.

– Com sua permissão, ficarei com ela.

Parecendo entender que sua permissão não era realmente necessária, Cam respondeu secamente:

– Sem dúvida, milorde.

A conversa foi interrompida pela chegada do Dr. Hammond, um homem bondoso e com ótima reputação, que já atendera o pai de Evie. Cam e Westcliff saíram do quarto enquanto Hammond examinava o paciente, limpava o ferimento e o cobria com uma leve atadura.

– Embora nenhum órgão importante tenha sido atingido, é um ferimento grave – disse ele, seu rosto barbudo com uma expressão séria. – A recuperação dependerá da capacidade de resistência, da qualidade dos cuidados e, como sempre, da graça divina. É quase certo que ele terá febre. Nesse caso, quase sempre sou obrigado a sangrar o paciente para drenar todo o sangue doente possível. Eu o visitarei diariamente para determinar se ou quando isso será necessário. Nesse meio-tempo, mantenha-o limpo e descansado, dê-lhe água e caldo de carne, e este remédio para diminuir o desconforto.

Evie recebeu do Dr. Hammond um frasco de xarope opiado e murmurou agradecimentos. Depois que o médico foi embora, cobriu Sebastian com uma colcha, vendo os efeitos do choque e da perda do sangue em seus tremores incontroláveis.

Sebastian abriu os olhos e se concentrou com dificuldade nela.

– A menos que encontre algum anjo corrupto para subornar, terei problemas se eu precisar de graça divina.

Surpresa, Evie deu uma risada.

– Não blasfeme. – Ela abriu o xarope, o despejou em uma colher e passou um dos braços por trás do pescoço de Sebastian. – Tome isto.

Ele engoliu o remédio, fez uma careta e praguejou.

Mantendo o braço atrás de Sebastian, ela estendeu a mão livre para pegar um copo d'água e o levou aos lábios do marido até os dentes dele baterem na borda.

– Beba – murmurou.

Sebastian obedeceu e se apoiou novamente nos travesseiros.

– Bullard...

– Cam não conseguiu pegá-lo – respondeu Evie segurando um pequeno pote de unguento. Ela passou suavemente um pouco nos lábios secos de Sebastian. – Lorde Westcliff e ele estão lá embaixo, falando com o policial encarregado da investigação.

– Alguém mais se feriu? – perguntou Sebastian, tentando se sentar.

Uma pontada de dor o fez empalidecer e ele se deixou cair, sufocando um grito.

– Não se mexa ou começará a sangrar de novo – disse Evie firmemente. Ela pôs uma das mãos no peito do marido e a passou pela corrente fina e brilhante. – Ninguém mais se feriu. Assim que os sócios do clube foram informados de que o agressor fugiu, todos voltaram e pareceram bastante entretidos com os acontecimentos da noite.

Sebastian esboçou um sorriso.

– Mais entretenimento do que eu pretendia oferecer.

– Cam disse que isso não afetará em nada o negócio.

– Medidas de segurança – sussurrou Sebastian, exausto com o esforço de falar. – Diga a Cam...

– Sim, ele está contratando mais homens. Não pense em nada disso agora. Só pense em ficar bem.

– Evie... – Trêmulo, Sebastian procurou a mão da esposa e a levou ao seu peito nu. Sob as mãos de ambos, a aliança foi apertada contra seu coração, que batia irregularmente. – Vá com Westcliff quando tudo terminar.

"Tudo terminar"? Evie olhou para o rosto pálido do marido e percebeu que ele estava se referindo à própria morte. Ao senti-lo soltar sua mão, segurou mais firme a dele. A mão de Sebastian havia mudado. Não era mais lisa, com as unhas bem cuidadas, mas calosa e com as unhas cortadas muito curtas.

– Não – disse ela de modo suave e intenso. – Nada disso. Ficarei com você em todos os momentos. Eu o manterei comigo. Não o deixarei ir.

Subitamente Evie teve dificuldade de respirar e sentiu a pressão do pânico em seu peito. Continuando inclinada sobre ele, virou a mão para que as palmas de ambos se unissem, seus pulsos batendo juntos: um fraco, o outro forte.

– Se depender do meu amor, eu o manterei comigo.

~

Sebastian acordou zonzo de dor. Não era só o ferimento que doía, mas também a cabeça, os ossos e as articulações. Estava desidratado e ardente, como se houvesse fogo sob sua pele, e ele se contorceu em uma tentativa inútil de escapar do calor. Subitamente um par de mãos gentis desceu sobre ele e um pano molhado foi passado em seu rosto. Sebastian deu um suspiro de alívio e estendeu a mão para a fonte de frescor e maciez, agarrando-a desesperadamente.

– Não. Sebastian, *não*. Fique deitado quieto. Deixe-me ajudá-lo.

Era a voz de Evie, sobrepondo-se àquela dor enlouquecedora. Ofegando, Sebastian se forçou a soltá-la e desabou no colchão. O pano frio foi passado sobre ele, aliviando temporariamente seu tormento. A cada passada, Sebastian se acalmava mais até conseguir ficar deitado e quieto.

– Evie – disse roucamente.

Ela parou para pôr um pouco de gelo triturado entre os lábios rachados do marido.

– Sim, querido. Estou aqui.

Sebastian ergueu os olhos. Perplexo com tanto carinho, a viu inclinar-se sobre ele. O gelo se dissolveu rapidamente em sua boca seca. Antes de ter de pedir, ela lhe deu mais. Com um pano fresco, limpou-lhe o peito, os lados do corpo e as axilas. O quarto estava escuro, exceto pela luz do dia que vinha de uma janela parcialmente coberta pela qual entrava uma brisa fria.

Notando a direção do olhar do marido, Evie murmurou:

– O médico disse que eu deveria manter a janela fechada. Mas você parece descansar mais confortavelmente quando está aberta.

Sebastian se sentiu profundamente grato enquanto Evie continuava a banhá-lo com o pano frio. A camisola branca e a pele clara a faziam parecer um espírito puro e benevolente, exercendo sua magia sobre ele na escuridão.

– Quanto tempo? – sussurrou Sebastian.

– Este é o terceiro dia. Amor, se puder se virar um pouco para o lado bom... deixe-me pôr um travesseiro aí...

Quando Sebastian ficou com as costas parcialmente expostas, Evie lhe banhou os ombros doloridos e ele gemeu. Lembrou-se vagamente de outros momentos em que ela fizera isso... das mãos leves... do rosto sereno à luz do lampião. Em algum ponto no meio do pesadelo de confusão e dor, tivera consciência de que Evie estava cuidando dele, atendendo às suas necessidades com surpreendente intimidade. Quando tivera calafrios de febre, ela o protegera com cobertores e abraçara seu corpo trêmulo. Estava sempre ali antes mesmo de precisar chamá-la, como se lesse seus pensamentos confusos. Seu maior medo sempre fora depender de alguém dessa maneira. E a cada hora ficava mais fraco, à medida que o ferimento inflamava e a febre aumentava. Sebastian sentia a morte pairando sobre ele como um espectro impaciente, pronta para levá-lo quando tivesse perdido todas as suas defesas.

Até agora ele não se dera conta da força de Evie. Mesmo quando tinha visto o cuidado e o amor que dedicara ao pai, não havia imaginado como seria contar com ela, precisar dela. Mas nada a repugnava, nada era demais para lhe pedir. Evie era seu apoio e amparo. Ao mesmo tempo, o mimava com uma afeição e uma ternura pelas quais ele tinha começado a ansiar, ainda que isso o assustasse.

Ela o envolveu com seus braços esguios e o baixou devagar para o colchão.

– Uns goles de água – disse, sustentando-lhe a cabeça. Ele tentou protestar, porque, embora estivesse com a boca seca e pegajosa, parecia que até mesmo uma ou duas gotas lhe dariam náuseas. – Por mim – insistiu ela, levando-lhe um copo aos lábios.

Sebastian a olhou de cara feia, mas obedeceu... e ficou perturbado quando o elogio dela lhe provocou um arrepio de prazer.

– Você é um anjo – murmurou Evie, sorrindo. – Muito bem. Agora descanse e eu o refrescarei um pouco mais.

Suspirando, Sebastian relaxou enquanto o pano úmido deslizava levemente por seu rosto e pescoço. Ele mergulhou em um oceano de densa e sufocante escuridão em que os sonhos não lhe deram paz. Depois do que poderiam ter sido minutos, horas ou dias, acordou se contorcendo de dor, segurando a lateral do corpo, que ardia como se uma lança envenenada tivesse se alojado nela.

A voz calma de Evie o tirou de seu frenesi.

— Sebastian, por favor... Deite-se de novo. Dr. Hammond está aqui. Deixe-o examiná-lo.

Sebastian descobriu que estava fraco demais para se mover. Parecia que pesos de chumbo tinham sido colocados em seus braços e suas pernas.

— Ajude-me — sussurrou roucamente, tentando mudar de posição.

Entendendo imediatamente, Evie se apressou a pôr um travesseiro sob a cabeça do marido.

— Boa tarde, milorde — disse uma voz de barítono.

O corpulento médico apareceu diante dele com um leve sorriso lhe separando a barba grisalha e iluminando o rosto corado.

— Eu esperava alguma melhora — disse o médico para Evie. — A febre baixou?

Ela balançou a cabeça.

— Algum sinal de apetite ou sede?

— Às vezes ele bebe um pouco de água — murmurou Evie, entrelaçando seus dedos nos de Sebastian. — Mas não consegue segurar no estômago nenhum caldo.

— Terei que dar uma olhada no ferimento.

Sebastian sentiu as roupas de cama sendo abaixadas até a altura de seus quadris e depois a atadura foi removida. Quando tentou protestar contra a indignidade de ser exposto de um modo tão insultante, Evie pôs a mão em seu peito.

– Está tudo bem – sussurrou. – Ele está tentando ajudar.

Febril demais para erguer a própria cabeça, Sebastian se concentrou no rosto de Evie enquanto ela e o médico olhavam para o ferimento. Não houve nenhuma mudança na expressão de Evie, mas ele viu pelo rápido e duplo pestanejar dela que sua condição não havia melhorado.

– Como eu temia, está inflamando – disse Hammond em voz baixa. – Está vendo esses riscos vermelhos se estendendo na direção do coração? Terei de remover um pouco do sangue doente. Espero que isso diminua um pouco a inflamação.

– Mas ele já perdeu tanto sangue... – disse Evie, insegura.

– Não serão mais que 2 litros – respondeu Hammond de um modo firme, mas tranquilizador. – Isso não o prejudicará, milady, apenas ajudará a reduzir a constrição dos vasos causada pelo acúmulo de venenos.

Sebastian sempre vira o procedimento de sangria com desconfiança, ainda mais sendo realizado nele. Sentiu seu pulso se acelerar até bater fraca e repetidamente em suas veias, e puxou a mão de Evie.

– Não – sussurrou, respirando rápido demais.

Sentiu-se zonzo e tentou enxergar através dos pontos brilhantes que lhe ofuscavam a visão. Não percebeu que havia desmaiado, mas quando abriu os olhos de novo descobriu que seu braço esquerdo estava amarrado nas costas de uma cadeira ao lado da cama, em cujo assento havia uma tigela. A tigela não continha nenhum sangue ainda, mas Hammond se aproximava dele com um pequeno objeto que parecia uma caixa.

– O que é isso? – perguntou Evie.

Sebastian reuniu todas as suas forças para virar a cabeça no travesseiro e olhar para ela.

– Chama-se escarificador. É um método de sangrar muito mais eficiente do que a antiquada lanceta.

– Evie – sussurrou Sebastian.

Ela não pareceu ouvi-lo, seu olhar fixo no médico que continuava a explicar:

– A caixa contém doze lâminas ligadas a um mecanismo giratório movido por uma mola. Acionando-se o mecanismo, as lâminas produzem uma série de cortes rasos que fazem o sangue fluir.

– *Evie*.

Ela olhou de relance para Sebastian. Algo na expressão do marido a fez contornar a cama e ir até ele.

– Sim – disse com as sobrancelhas franzidas de preocupação. – Meu querido, isso vai ajudá-lo...

– Não.

Isso o mataria. Já era bastante difícil lutar contra a febre e a dor. Se ficasse mais enfraquecido por uma longa sangria, não conseguiria sobreviver. Desesperado, puxou o braço estendido, mas estava bem amarrado na cadeira e nem mesmo conseguia movê-lo. *Maldição*. Olhou tristemente para a esposa, lutando contra uma onda de náusea.

– Não o deixe...

– Querido – sussurrou Evie, inclinando-se para lhe beijar a boca trêmula. Lágrimas não derramadas subitamente fizeram seus olhos brilharem. – Talvez essa seja sua melhor chance...

– Vou morrer. Evie... – Um medo crescente lhe obscureceu a visão, mas ele se forçou a manter os olhos abertos. O rosto de Evie se tornou um borrão. – Vou morrer.

– Lady St. Vincent – disse o Dr. Hammond firme e gentilmente –, a ansiedade de seu marido é bastante compreensível. Contudo, ele se encontra com o julgamento prejudicado pela doença. A senhora é a única que pode tomar decisões em benefício dele. Eu não recomendaria esse procedimento se não acreditasse em sua eficácia. Deve me deixar prosseguir. Duvido que lorde St. Vincent algum dia vá se lembrar desta conversa.

Sebastian fechou os olhos e gemeu de desespero. Se ao menos Hammond fosse um maluco com uma risada maníaca, alguém de quem Evie desconfiasse instintivamente! Mas o médico era um homem respeitável, com toda a convicção de quem acreditava estar fazendo a coisa certa. Ao que parecia, um carrasco podia assumir muitos disfarces. Evie era sua única esperança, sua única defensora. Ele nunca havia pensado que chegaria a esse ponto: sua vida dependia de uma jovem ingênua que provavelmente se permitiria ser persuadida pela autoridade de Hammond. Não tinha mais ninguém a quem recorrer.

Sentiu os dedos suaves de Evie na lateral de seu rosto febril e a olhou suplicante, sem conseguir pronunciar uma só palavra. *Ah, Deus, Evie, não o deixe...*

– Está bem – disse ela com suavidade, olhando para Sebastian.

Ele teve a impressão de que seu coração havia parado ao achar que Evie estava falando com o médico, dando-lhe permissão para sangrá-lo. Mas ela foi até a cadeira, desamarrou habilmente seu punho e começou a lhe massagear a pele avermelhada.

Evie gaguejou um pouco ao falar:

– Dr. H-Hammond... lorde St. Vincent não que-quer o procedimento. Devo atender ao de-desejo dele.

Para sua eterna humilhação, Sebastian deu um gemido de alívio.

– Milady – retrucou Hammond com grave ansiedade. – Eu imploro para que reconsidere. Atender ao desejo de um homem que está *delirando de febre* pode ser fatal para ele. Deixe-me ajudá-lo. Deve confiar em meu julgamento, porque sou infinitamente mais experiente nessas questões.

Evie se sentou cuidadosamente no lado da cama e pôs a mão de Sebastian em seu colo.

– Eu respeito seu ju-ju... – Ela parou e balançou a cabeça, impaciente com a própria gagueira. – Meu marido tem o direito de decidir.

Sebastian curvou os dedos nas dobras das saias de Evie. A gagueira era um sinal claro de sua ansiedade, mas ela não cederia. Ficaria do seu lado. Sebastian suspirou tremulamente e relaxou, tendo a sensação de que sua alma impura havia sido entregue aos cuidados dela.

Hammond balançou a cabeça e começou a juntar seus instrumentos.

– Se não me permite usar minhas habilidades – disse ele com calma e dignidade – e se recusa a acatar minha opinião profissional, temo não poder ajudá-los. Se não for feito o tratamento correto, só posso prever um mau resultado para essa situação. Que Deus os ajude.

O médico saiu do quarto, deixando para trás um ar carregado de desaprovação. Aliviado, Sebastian abriu os dedos longos sobre a coxa de Evie.

– Já vai tarde – conseguiu murmurar quando a porta se fechou.

Ao olhar para Sebastian, Evie estava dividida entre rir e chorar.

– Mula teimosa – disse, com seus olhos úmidos. – Acabamos de dispensar um dos médicos mais renomados de Londres. Qualquer outro que encontrarmos vai querer sangrá-lo também. Quem eu deveria chamar agora? Um bruxo? Um xamã? Uma cartomante de Covent Garden?

Usando o resto de suas forças, Sebastian levou a mão de Evie à sua boca.

– Você – sussurrou, segurando os dedos dela junto aos lábios. – Apenas você.

CAPÍTULO 19

Evie teve muitas dúvidas sobre sua decisão de não deixar o Dr. Hammond cuidar de Sebastian. Depois da partida do médico, Sebastian piorou, o ferimento se tornando mais inchado e inflamado a cada hora e a febre continuando a subir. À meia-noite, ele não estava mais lúcido. Seus olhos brilhavam como os de um demônio em seu rosto vermelho e ele olhava para Evie sem reconhecê-la, murmurando palavras incoerentes que ela nem sempre entendia e fazendo revelações sombrias que a enchiam de compaixão.

– Shhh – sussurrava ela às vezes. – Shhh, Sebastian. Você não está...

Mas ele persistia em uma onda de terrível desespero, sua mente atormentada se agitando cada vez mais, até Evie finalmente parar de tentar acalmá-lo e lhe segurar as mãos ouvindo pacientemente a amarga ladainha. Nunca em seus momentos conscientes ele teria permitido a alguém vislumbrar seu eu interior vulnerável. Mas talvez Evie soubesse melhor do que ninguém como era viver em desesperada solidão, ansiando por conexão e plenitude. E ela também conhecia as profundezas a que a solidão o havia levado.

Depois de algum tempo, quando a voz rouca de Sebastian se transformara em sussurros entrecortados, Evie trocou o pano frio da testa e passou unguento nos lábios rachados do marido. Manteve a mão na lateral de seu rosto, a barba por fazer lhe arranhando os dedos. Em seu delírio, Sebastian virou a bochecha para a palma suave dela com um murmúrio sem palavras. Criatura linda, pecadora, atormentada. Alguns diriam que era errado gostar desse homem. Mas, ao olhar para aquele corpo indefeso, Evie soube que nenhum outro jamais significaria para ela o que ele tinha significado. Apesar de tudo, Sebastian estivera disposto a dar a vida por ela.

Deitando-se na cama, Evie encontrou a corrente entre os pelos encaracolados e macios do peito do marido, cobriu a aliança com a palma da mão e se permitiu dormir ao seu lado por algumas horas.

Quando o dia raiou, viu que ele estava totalmente imóvel, perdido em um estupor.

– Sebastian?

Sentiu-lhe o rosto e o pescoço. A febre tinha subido muito. Parecia impossível uma pele humana estar tão quente. Ela saiu da cama, foi aos tropeções até a corda do sino e a puxou violentamente. Com a ajuda de Cam e das criadas, cobriu a cama com um oleado e aplicou sacos de musselina cheios de gelo no corpo de Sebastian. Ele continuou imóvel e calado durante todo o processo. Por um momento, as esperanças de Evie aumentaram quando a febre pareceu baixar, mas logo voltou a subir implacavelmente.

Cam, que tinha assumido as responsabilidades de Sebastian no clube, além das suas próprias, olhou quase igualmente exausto para Evie. Ainda com as roupas da noite e uma gravata cinza pendurada ao redor do pescoço, foi até o lado da cama onde ela estava sentada.

Evie nunca tinha sentido tanto desespero. Mesmo nos piores momentos com os Maybricks sempre tivera esperança. Mas se Sebastian não sobrevivesse, nunca mais sentiria prazer com nada.

Ele tinha sido o primeiro homem a tirá-la de sua prisão de timidez. E havia cuidado dela como ninguém jamais o fizera. Pensando no tijolo quente que ele encostara em seus pés durante a viagem infernal para a Escócia, sorriu desolada. Falou com Cam sem tirar os olhos do rosto cor de cera do marido:

– Não sei o que fazer por ele – sussurrou. – Qualquer médico que eu chame vai querer sangrá-lo, e eu lhe prometi que não permitiria isso.

Estendendo sua mão magra, Cam afastou algumas mechas de cabelo sujo do rosto de Evie.

– Minha avó era curandeira – disse ele, pensativo. – Lembro que ela costumava inundar os ferimentos com água salgada e lhes aplicar uma compressa de musgo seco do pântano. E quando eu tinha febre, fazia-me mastigar tubérculos de maravilha.

– Maravilha? – repetiu Evie sem entender. – Nunca ouvi falar nisso.

Cam pôs uma mecha de cabelo atrás da orelha dela.

– É uma planta que cresce nos charcos.

Evie afastou a cabeça da mão dele, constrangida por estar com o cabelo sujo, ainda mais sabendo da grande importância que os ciganos davam ao asseio pessoal. Ao contrário da crença popular, eles tinham vários rituais relacionados à limpeza.

– Acha que poderia conseguir um pouco?

– Da planta?

– E do musgo.

– Acho que sim, se tiver tempo suficiente.

– Creio que não lhe resta muito tempo – disse Evie com uma voz entrecortada. Apavorada com a possibilidade de perder o controle de suas emoções, se aprumou na cadeira e se esquivou ao toque reconfortante de Cam. – Não, eu estou bem. Encontre o que achar que ajudará.

– Voltarei logo.

Exausta e indecisa, Evie continuou sentada à cabeceira da cama, ciente de que provavelmente devia ter satisfeito alguma de suas próprias necessidades de sono, alimento e cuidados. Mas tinha medo de deixar Sebastian sozinho até mesmo por alguns minutos. Não queria voltar e descobrir que ele havia morrido enquanto ela não estava lá.

Tentou afastar a sombra do cansaço por tempo suficiente para tomar uma decisão, mas seu cérebro parecia não funcionar. Curvada na cadeira, olhou para o marido moribundo. Ela sentia um peso tão grande na alma e no corpo que lhe impossibilitava agir ou pensar. Não estava atenta à entrada de ninguém no quarto ou a qualquer movimento além da mínima e quase imperceptível subida e descida do peito de Sebastian. Pouco a pouco, notou o homem em pé ao lado de sua cadeira, da presença dele emanando uma vitalidade e força surpreendentes em meio ao clima sonolento do quarto do doente: lorde Westcliff.

Sem dizer nenhuma palavra, Westcliff lhe estendeu a mão e a levantou, segurando-a quando ela cambaleou.

– Eu trouxe uma pessoa para vê-la – disse em voz baixa.

O olhar de Evie percorreu o quarto até ela conseguir focá-lo na outra visita.

Era Lillian Bowman – agora lady Westcliff –, linda e radiante em um vestido cor de vinho. Sua pele clara estava levemente bronzeada pelo sol do sul da Itália e os cabelos pretos, elegantemente presos na nuca em uma rede de seda com contas brancas. Lillian era alta e esguia, o tipo de mulher que se poderia imaginar comandando o próprio navio pirata, nascida para atividades perigosas e não convencionais. Embora não tivesse a beleza romântica de Annabelle Hunt, Lillian possuía uma atratividade natural que proclamava sua origem antes mesmo de alguém ouvir seu sotaque nova-iorquino.

De seu círculo de amigas, Lillian era a menos próxima. Ela não possuía a suavidade maternal de Annabelle ou o otimismo radiante de Daisy... e sempre a intimidara com sua língua afiada e seu pavio curto. Contudo, sempre se podia contar com ela nos momentos de dificuldade.

Depois de dar uma olhada no rosto cansado de Evie, Lillian foi até ela decidida e a envolveu em seus longos braços.

– Evie – murmurou carinhosamente –, no que você se meteu?

A surpresa e o alívio de ser abraçada por uma amiga que não esperava ver dominaram Evie totalmente. Ela sentiu uma ardência nos olhos e um aperto na garganta até não conseguir mais conter o choro. Lillian a abraçou com mais força.

– Você devia ter visto a minha reação quando Annabelle e Daisy me contaram o que tinha feito – disse ela, dando firmes tapinhas nas costas da amiga. – Quase desabei no chão e xinguei St. Vincent de tudo que possa imaginar por se aproveitar de você. Fiquei tentada a vir aqui e atirar eu mesma nele. Mas parece que alguém me poupou esse trabalho.

– Eu o amo – sussurrou Evie entre soluços.

– Não é possível – disse Lillian categoricamente.

– Sim, eu o amo, e vou perdê-lo como perdi meu pai. Não vou suportar isso. Ficarei louca.

Lillian deu um suspiro e murmurou:

– Só você poderia amar um vilão desses, orgulhoso e egoísta. Ah, tenho de admitir que ele tem seus atrativos, mas seria melhor dedicar seu amor a alguém que realmente pudesse retribuí-lo.

– Lillian – protestou Evie, chorosa.

– Ah, está bem. Acho que não é certo falar mal de um homem acamado. Por enquanto vou me calar. – Ela se afastou e olhou para o rosto molhado de Evie. – As outras queriam vir, é claro. Mas Daisy está solteira, por isso não pode nem mesmo *espirrar* sem uma acompanhante e Annabelle se cansa facilmente por causa de seu estado. Mas Westcliff e eu estamos aqui e vamos resolver tudo.

– Vocês não podem – disse Evie, fungando. – O ferimento... Ele está tão doente... Acho que entrou em coma...

Pondo seu braço ao redor de Evie, Lillian se virou para o conde e perguntou em uma voz alta totalmente inadequada para o quarto de um doente.

– Ele está em coma, Westcliff?

O conde, que estava inclinado sobre o corpo de bruços de Sebastian, a olhou com sarcasmo.

– Duvido que alguém pudesse estar, com o barulho que vocês duas estão fazendo. Não, se ele estivesse em coma, não poderia ser acordado. E definitivamente se mexeu quando você gritou.

– Eu não gritei, falei alto – corrigiu-o Lillian. – Há uma diferença.

– Há? – perguntou Westcliff brandamente, baixando as cobertas até os quadris de Sebastian. – Você levanta a voz com tanta frequência que eu não saberia dizer.

Lillian deu uma risada e soltou Evie.

– Estando casada com você, qualquer mulher... Meu Deus, isso está *horrível*! – A última afirmação foi feita quando Westcliff revelou o ferimento.

– Sim – concordou Westcliff, olhando para a carne purulenta e os riscos vermelhos se estendendo para fora.

Imediatamente Evie foi para a cabeceira, enxugando as lágrimas com a mão. Westcliff, competente como sempre, tirou um lenço de seu casaco e o entregou a ela, que enxugou os olhos e assoou o nariz enquanto olhava para o marido.

– Ele está inconsciente desde ontem à tarde – disse para Westcliff, trêmula. – Eu não deixei o Dr. Hammond fazer a sangria. Sebastian não quis. Mas agora gostaria de ter deixado. Isso poderia tê-lo feito melhorar. Só que eu não podia permitir que lhe fizessem nada contra sua vontade. O modo como ele me olhou...

– Duvido que isso o tivesse feito melhorar – interrompeu-a Westcliff. – Também podia tê-lo matado.

Lillian se aproximou mais, estremecendo ao olhar para o feio ferimento e depois para a palidez anormal de Sebastian.

– Então o que devemos fazer por ele?

– O Sr. Rohan sugeriu inundar o ferimento com uma solução de água salgada – disse Evie, cobrindo delicadamente o orifício causado pela bala e puxando as cobertas para o peito de Sebastian. – E ele conhece uma planta que pode ajudar a diminuir a febre. Neste momento está tentando encontrar um pouco.

– Poderíamos limpá-lo com suco de alho cru – sugeriu Lillian. – Minha avó usava isso em arranhões e cortes e cicatrizavam muito mais rápido.

– Minha velha governanta, a Sra. Faircloth, usava vinagre – murmurou Westcliff. – Ardia como o inferno, mas funcionava. Acho que podemos experimentar uma combinação dos três e acrescentar um pouco de terebentina.

Lillian o olhou desconfiada.

– Resina de pinheiro?

– Em uma forma destilada – respondeu Westcliff. – Já vi isso curar gangrena. – Virando Lillian de frente para ele, beijou sua testa. – Vou procurar os itens necessários e calcular as medidas. – Ele estava com uma expressão séria, mas os olhos amorosos fixos nos dela. – Nesse meio-tempo, deixarei a situação em suas mãos competentes.

Com ternura, Lillian passou a mão pela beira do colarinho do marido, deixando a ponta dos dedos tocar na pele bronzeada do pescoço.

– É melhor se apressar. Se St. Vincent acordar e se vir à minha mercê, provavelmente morrerá na hora.

Eles trocaram um breve sorriso e Westcliff saiu do quarto.

– Criatura arrogante – observou Lillian, continuando a sorrir enquanto o conde se afastava. – Meu Deus, eu o adoro.

Evie cambaleou.

– Como você...?

– Nós temos muito sobre o que conversar, querida – apressou-se Lillian. – Então vamos deixar isso para depois. Você está semimorta de exaustão. E, francamente, precisa de um banho. Vamos pedir para que lhe encham uma banheira e depois você tomará chá com torradas.

Evie balançou a cabeça e abriu a boca para protestar, mas Lillian não fez caso de suas objeções.

– Eu cuidarei de St. Vincent.

Perguntando-se como e por que sua amiga se ofereceria para cuidar de um homem que a raptara, Evie a olhou cautelosamente. Lillian não era do tipo clemente e embora Evie estivesse certa de que sua amiga nunca faria mal a um homem indefeso acamado, hesitava em deixar Sebastian aos seus cuidados.

– Não posso acreditar que você estaria disposta... Depois de tudo que ele fez...

Lillian sorriu sarcasticamente.

– Não estou fazendo isso por ele, mas por você. E por Westcliff, que por alguma razão não parece considerá-lo um caso perdido. – Diante da hesitação de Evie, revirou os olhos com impaciência. – Pelo amor de Deus, vá tomar um banho. E dê um jeito nesse cabelo. Não precisa se preocupar com St. Vincent. Serei tão gentil com ele quanto seria com meu próprio marido.

– Obrigada – sussurrou Evie, sentindo lágrimas ardendo novamente em seus olhos.

– Ah, Evie... – O rosto de Lillian se suavizou, revelando uma compaixão que Evie nunca vira nela. Abraçou Evie mais uma vez e falou por entre os cabelos emaranhados da amiga: – Ele não vai morrer. Só os bons e os santos morrem prematuramente. – Ela riu baixinho. – Canalhas como St. Vincent sobrevivem para atormentar os outros durante *décadas*.

~

Com a ajuda de uma criada, Evie se banhou e pôs um vestido diurno folgado que não exigia espartilho. Prendeu os cabelos limpos e úmidos em uma longa trança que lhe descia pelas costas e calçou chinelos tricotados. Voltando para o quarto de Sebastian, viu que Lillian o havia arrumado e abrira as cortinas. Um pano fora amarrado ao redor de sua cintura como um avental improvisado e estava respingado e manchado, assim como seu corpete.

– Eu consegui fazer com que ele tomasse um pouco de caldo – explicou Lillian. – Foi muito difícil fazê-lo engolir. Ele não estava exatamente o que se poderia chamar de consciente, mas insisti até lhe despejar mais ou menos um quarto de xícara garganta abaixo. Acho que ele cedeu na esperança de que eu fosse um pesadelo que pudesse desaparecer se me agradasse.

Evie não tinha conseguido fazer Sebastian beber nada desde a manhã anterior.

– Você é a mais maravilhosa...

– Sim, sim, eu sei. – Lillian rejeitou distraidamente as palavras com um gesto, desconfortável como sempre ficava com elogios. – Acabaram de trazer sua bandeja. Está sobre a mesa ao lado da janela. Ovos quentes e torrada. Coma tudo, querida. Eu detestaria ter de usar a força com você também.

Enquanto Evie se sentava obedientemente e mordia uma fatia de torrada coberta com uma leve camada de manteiga, Lillian trocou o pano na testa de Sebastian.

– Devo admitir que é difícil desprezá-lo quando ele está tão abatido – murmurou ela. – E conta a seu favor *ele* estar deitado aqui ferido em vez de você. – Sentando-se na cadeira à cabeceira da cama, ela olhou para Evie com franca curiosidade. – Por que será que ele fez isso? É totalmente egoísta. Não é o tipo de homem que se sacrificaria por outra pessoa.

– Ele não é totalmente egoísta – murmurou Evie, e fez a torrada descer por sua garganta com um gole de chá quente.

– Westcliff acha que St. Vincent está apaixonado por você.

Evie engasgou um pouco e não ousou erguer os olhos de seu chá.

– Po-por que ele acha isso?

– Ele conhece St. Vincent desde criança e o entende muito bem. Acha que há uma lógica estranha no fato de ter sido *você* quem finalmente conquistou o coração de St. Vincent. Disse que uma garota como você seria... O que foi mesmo que ele disse? Não consigo me lembrar das palavras exatas, mas foi algo como se você fosse a fantasia mais profunda e secreta de St. Vincent.

Evie sentiu suas bochechas corando enquanto uma mistura de aflição e esperança se alojava nos confins cansados de seu peito. Tentou responder sarcasticamente.

– Eu acho que a fantasia dele é ter o maior número possível de mulheres.

Lillian sorriu.

– Querida, essa não é a fantasia de St. Vincent. É a realidade dele. E provavelmente você é a primeira garota doce e decente com que ele se relaciona.

– Ele passou muito tempo com você e Daisy em Hampshire – contrapôs Evie.

Isso pareceu divertir Lillian ainda mais.

– Eu não sou nem um pouco doce, querida. E minha irmã também não é. Não me diga que achou que éramos durante esse tempo todo.

Justamente quando Evie terminou seu prato de ovos e torrada, lorde Westcliff e Cam entraram no quarto trazendo panelas, garrafas, poções e vários itens estranhos. Uma dupla de criadas os acompanhava com jarros de metal fumegantes e pilhas de toalhas dobradas. Embora Evie quisesse ajudar, disseram-lhe para se afastar enquanto arrumavam os objetos ao lado da cama e punham toalhas nas laterais do corpo, nas pernas e nos quadris de Sebastian, deixando à mostra apenas o ferimento.

– Seria melhor se ele pudesse tomar um pouco de morfina primeiro – disse Westcliff, enrolando linho em um longo palito de madeira. – Esse procedimento lhe causará mais dor do que o próprio tiro.

– Podemos fazê-lo engolir – disse Lillian decididamente. – Evie, devo?

– Não, eu farei isso.

Evie foi para a cabeceira da cama e despejou em um copo uma dose de xarope de morfina. Cam foi para o lado dela e lhe deu um pacote de papel dobrado cheio de algo verde-escuro.

– Maravilha – explicou. – Eu a encontrei no primeiro farmacêutico que visitei. O musgo do pântano foi um pouco mais difícil, mas consegui um pouco também.

Evie apoiou seu ombro no dele em um agradecimento silencioso.

– Quanto pó devo dar para ele?

– Para um homem do tamanho de St. Vincent, eu diria que pelo menos duas colheres de chá cheias.

Evie pôs duas colheres de chá cheias de pó no copo de remédio cor de âmbar, mexeu e o líquido ficou preto. Sem dúvida o gosto era ainda pior do que a aparência.

Só esperava que Sebastian concordasse em engoli-lo e o mantivesse no estômago. Indo para o lado dele na cama, acariciou-lhe os cabelos e o rosto pálido e ardente.

– Sebastian – sussurrou. – Acorde. Você precisa tomar um pouco de remédio...

Sebastian não acordou nem mesmo quando ela pôs o braço atrás dele e tentou lhe erguer a cabeça.

– Não, não, não – ouviu a voz de Lillian dizer às suas costas. – Você está sendo delicada demais, Evie. Eu tive de sacudi-lo bastante para que acordasse o suficiente para tomar um pouco de caldo. Deixe-me lhe mostrar.

Ela se sentou na cama ao lado de Evie e sacudiu o homem semiconsciente algumas vezes até ele gemer, entreabrir os olhos e encarar as duas sem reconhecê-las.

– Sebastian – disse Evie ternamente. – Tenho um remédio para você.

Ele tentou se virar, mas o esforço o fez pressionar seu lado ferido e a dor causou uma reação violenta. Evie e Lillian se viram atiradas para fora da cama com um movimento de seu braço forte.

– Ai! – murmurou Lillian quando elas caíram juntas no chão, com Evie mal conseguindo preservar o conteúdo do copo.

Arquejando e gemendo em delírio, Sebastian se acalmou na cama, seu grande corpo acometido de tremores. Embora Evie estivesse consternada com a resistência dele, alegrou-se com o sinal da força que lhe restava, que era preferível à quietude mortal de antes.

Contudo, Lillian não parecia partilhar seus sentimentos.

– Teremos de amarrá-lo – disse bruscamente. – Nunca conseguiremos segurá-lo para tratar o ferimento.

– Eu não quero... – começou Evie, mas Cam a surpreendeu concordando.

– Lady Westcliff está certa.

Evie se levantou em silêncio. Estendeu a mão para Lillian, a ajudou a se levantar e olhou para o corpo trêmulo de Sebastian. Ele estava com os olhos fechados de novo, torcendo os dedos convulsivamente, como se quisesse agarrar algo no ar. Era incrível que um homem com tanta vitalidade pudesse ser reduzido a essa figura pálida e magra, com olheiras e lábios rachados.

Ela faria tudo que fosse preciso para ajudá-lo. Resolutamente, pegou alguns panos limpos e os entregou para Cam por cima do corpo seminu de Sebastian.

Com uma expressão séria, o rapaz se dirigiu às laterais da cama, atando habilmente os braços e uma das pernas de Sebastian à armação de ferro.

– Devo lhe dar o remédio? – perguntou, olhando para Evie.

– Eu posso fazer isso – respondeu ela, sentando-se novamente ao lado de Sebastian.

Depois de pôr um travesseiro sob a cabeça do marido e erguê-la, tampou o nariz dele. Assim que Sebastian abriu a boca para respirar, ela despejou o denso remédio na garganta. Sebastian engasgou e pareceu que ia vomitar, mas engoliu o remédio com um mínimo de alvoroço. Cam ergueu as sobrancelhas como se impressionado com a eficiência dela enquanto Sebastian praguejava e tentava inutilmente se soltar. Inclinando-se sobre ele, Evie o acariciou e acalmou, sussurrando palavras ternas enquanto sentia o bafo quente de ópio em seu rosto.

Quando ele finalmente se aquietou, Evie ergueu a cabeça e viu Lillian observando-os com estranheza. Estava com os olhos castanhos estreitados e balançou levemente a cabeça, surpresa com a situação. Como Lillian só conhecera o Sebastian libertino e arrogante, era surpreendente vê-lo nessas circunstâncias.

Nesse meio-tempo, Westcliff tinha tirado seu casaco e

enrolado as mangas. Estava mexendo uma mistura que exalava um cheiro cáustico por todo o quarto. Lillian, especialmente sensível a cheiros, fez uma careta e estremeceu.

– Essa é a pior combinação de odores que já senti.

– Terebentina destilada, alho, vinagre e alguns outros ingredientes que o farmacêutico sugeriu, inclusive óleo de rosas – explicou Cam. – Ele também disse para aplicar um cataplasma de mel depois, porque isso impede que os ferimentos se tornem pútridos.

Evie arregalou os olhos quando Cam abriu uma caixa de madeira e tirou de dentro um funil de metal e um objeto cilíndrico com um cabo em uma extremidade e algo parecido com uma agulha na outra.

– O que-que é i-isso? – perguntou.

– Também do farmacêutico – respondeu Cam, erguendo o objeto e o examinando criticamente. – Uma seringa. Quando descrevemos o que estávamos planejando, ele disse que o único modo de irrigar um ferimento dessa profundidade era usar isto.

Ele arrumou uma série de instrumentos, recipientes de produtos químicos e uma pilha de panos dobrados e toalhas. Westcliff parou à cabeceira da cama e olhou para as duas mulheres.

– Isso vai ser bastante desagradável – disse. – Portanto, se alguém tiver estômago fraco...

Ele olhou longa e significativamente para Lillian, que fez uma careta.

– Você sabe muito bem que eu tenho – admitiu Lillian –, mas posso me controlar.

Um súbito sorriso surgiu no rosto impassível do conde.

– Por enquanto nós a pouparemos disso, amor. Gostaria de esperar no outro quarto?

– Vou me sentar perto da janela – disse Lillian, afastando-se, rápida e agradecida, da cama.

Westcliff olhou de relance para Evie em uma pergunta silenciosa.

– Onde devo ficar? – perguntou ela.

– À minha esquerda. Precisaremos de muitas toalhas e panos, por isso se estiver disposta a substituir o que estiver sujo quando necessário...

– Sim, é claro. – Ela ocupou seu lugar ao lado dele enquanto Cam ficava à direita de Westcliff. Subitamente Evie olhou para o perfil confiante e destemido do conde e achou difícil acreditar que aquele homem poderoso, que sempre achara tão intimidador, estivesse disposto a ir tão longe para ajudar um amigo que o traíra. Sentiu-se dominada pela gratidão e não pôde evitar puxar levemente a manga da camisa dele. – Milorde, antes de começarmos, devo lhe dizer...

Westcliff inclinou sua cabeça morena.

– Sim?

Como ele não era tão alto quanto Sebastian, foi relativamente fácil para Evie ficar na ponta dos pés e beijar a bochecha magra de Westcliff.

– Obrigada por ajudá-lo – disse, olhando para os olhos pretos surpresos de Westcliff. – É o homem mais honrado que já conheci.

Suas palavras fizeram surgir um rubor no rosto bronzeado de Westcliff e, pela primeira vez desde que se conheceram, o conde pareceu sem palavras. Lillian sorriu ao observá-los do outro lado do quarto.

– Os motivos dele não são totalmente heroicos – disse para Evie. – Com certeza está adorando a oportunidade de literalmente cutucar a ferida de St. Vincent.

Apesar do comentário zombeteiro, Lillian ficou mortalmente pálida e agarrou os braços da cadeira quando Westcliff pegou uma lanceta fina e brilhante e começou a abrir e drenar cuidadosamente o ferimento.

Mesmo depois de uma boa dose de morfina, a dor fez Sebastian se arquear e contorcer o rosto, murmurando protestos incoerentes. Cam ajudou a firmá-lo no colchão, impossibilitando até mesmo o mínimo movimento. Mas o mais difícil foi quando Westcliff começou a despejar água salgada no ferimento. Sebastian gritou e se debateu enquanto a seringa era inserida repetidamente até a solução salina que ensopava as toalhas sob ele ficar rosada com sangue fresco e limpo. Westcliff foi firme e preciso, trabalhando com uma rapidez e eficiência que qualquer cirurgião teria admirado.

De algum modo, Evie conseguiu controlar a própria angústia, contendo-a sob camadas de atordoamento enquanto trabalhava com a mesma impassividade de Westcliff e Cam. Metodicamente, removia as toalhas sujas e punha novas na lateral do corpo do marido. Para seu grande alívio, Sebastian logo desmaiou, perdendo a consciência em meio ao tratamento.

Quando Westcliff achou que a carne viva estava suficientemente limpa, pegou o palito envolto em linho, o mergulhou na mistura de terebentina e ensopou o ferimento. Movendo-se para o lado, observou atentamente Cam embrulhar um pouco de musgo do pântano em um quadrado limpo de musselina, embeber a trouxa em mel e aplicá-la cuidadosamente na área.

– Pronto – disse Cam com satisfação. Ele desamarrou as mãos e o pé de Sebastian enquanto falava. – A cura começará por dentro. Continuaremos a aplicar o cataplasma por alguns dias e depois dispensaremos o musgo e deixaremos a pele cicatrizar. – Todos uniram seus esforços para enrolar uma atadura de linho na cintura magra de Sebastian e trocar os lençóis molhados para a cama ficar limpa e seca.

Quando tudo terminou, Evie sentiu o autocontrole abandonar seus membros e começou a tremer da cabeça aos pés. Viu com surpresa que até mesmo Westcliff parecia cansado, dando um longo suspiro enquanto usava um pano limpo para enxugar o suor abundante do rosto. Lillian foi imediatamente até ele e o abraçou enquanto murmurava palavras ternas ao seu ouvido.

– Acho que deveríamos trocar o cataplasma e a atadura duas vezes por dia – comentou Cam para ninguém em particular, lavando as mãos com água e sabão. – Se a febre não baixar até o cair da noite, dobraremos a dose da planta. – Chamando Evie com um gesto, lavou-lhe as mãos e os braços. – Ele ficará bem, querida. O ferimento não pareceu tão ruim quanto eu achei que estivesse.

Cansada, Evie balançou a cabeça e ficou parada passivamente enquanto ele lhe enxugava as mãos.

– Não posso me permitir esperar nada. Não posso me permitir acreditar...

Sua voz foi sumindo enquanto o chão parecia estremecer sob seus pés, e ela tentou desajeitadamente manter o equilíbrio. Cam a segurou rapidamente e a apoiou em seu peito jovem e forte.

– Descanse – disse ele, levando-a para a porta.

– Mas Sebastian... – murmurou ela.

– Cuidaremos dele enquanto isso.

Evie não tinha outra escolha, porque seu corpo privado de sono se recusava a continuar funcionando. Sua última lembrança foi de Cam deitando-a em sua própria cama, puxando as cobertas para cima e as enfiando dos lados do colchão, como se ela fosse uma criança. Assim que seu calor corporal começou a voltar entre os lençóis gelados e escorregadios, ela caiu em um sono sem sonhos.

~

Evie acordou com o brilho alegre de uma pequena chama. Havia uma vela na mesa de cabeceira. Alguém estava sentado na beirada da cama... Lillian... com uma aparência amarrotada e cansada e os cabelos presos na nuca.

Evie se sentou lentamente, esfregando os olhos.

– Já está de noite? – perguntou com uma voz baixa e áspera. – Devo ter dormido a tarde toda.

Lillian sorriu zombeteiramente.

– Você dormiu um dia e meio, querida. Westcliff e eu cuidamos de St. Vincent enquanto o Sr. Rohan dirigia o clube.

Evie passou a língua por dentro da boca rançosa e se sentou mais ereta. Seu coração começou a bater forte de medo enquanto se esforçava para perguntar:

– Sebastian, ele está...?

Lillian segurou a mão seca e rachada de Evie e perguntou gentilmente:

– O que quer ouvir primeiro: a boa notícia ou a má?

Evie balançou a cabeça, sem conseguir responder. Olhou para a amiga sem pestanejar e com os lábios trêmulos.

– A boa notícia – disse Lillian – é que a febre passou e o ferimento não está mais pútrido. – Ela sorriu e acrescentou: – A má é que talvez você tenha de aguentar seu marido pelo resto de sua vida.

Evie começou a chorar. Cobriu os olhos com sua mão livre enquanto seus ombros eram abalados por soluços e sentiu os dedos de Lillian se fecharem com mais força sobre os dela.

– Sim – disse Lillian com uma voz seca. – Eu também choraria se fosse meu marido, embora por motivos totalmente diferentes.

Isso fez Evie rir em meio aos soluços abafados.

– Ele está consciente? Está falando?

– Sim, perguntou por você várias vezes e ficou bastante aborrecido quando eu me recusei a acordá-la.

Baixando a mão, Evie olhou para a amiga através das lágrimas.

– Estou certa de que ele não quis parecer in-ingrato – apressou-se a dizer. – Depois de tudo que você fez...

– Não precisa arranjar desculpas para ele – respondeu Lillian sarcasticamente. – Eu o conheço bem, motivo pelo qual ainda não acredito que ele goste de alguém além de si mesmo... e talvez um pouco, *muito* pouco, de você. Mas se a faz feliz, acho que ele deve ser tolerado. – Ela franziu o nariz e pareceu procurar um cheiro ruim antes de detectá-lo nas mangas de seu vestido. – *Argh*. Ainda bem que minha família é dona de uma fábrica de sabão. Porque precisarei de muito para tirar o cheiro daquele maldito cataplasma.

– Nunca poderei agradecer o suficiente por cuidar dele – disse Evie calorosamente.

Lillian se levantou da cama, se esticou e encolheu os ombros.

– Não precisa agradecer – respondeu animada. – Valeu a pena fazer isso, nem que seja só para St. Vincent ter uma dívida comigo. Ele nunca conseguirá olhar para mim sem a humilhante lembrança de que o vi nu e inconsciente no leito de doente.

– Você o viu nu? – perguntou Evie sentindo suas sobrancelhas se erguerem excessivamente.

– Ah – disse Lillian em tom alegre, dirigindo-se à porta. – Vi um pouco de vez em quando. Era impossível não ver, considerando-se o local do ferimento. – Ela parou à porta e lançou um olhar travesso para Evie. – Sobre aquela fofoca que de vez em quando se ouve por aí... Devo admitir que não lhe faz *nem um pouco* de justiça.

– Que fofoca? – perguntou Evie sem entender, e Lillian saiu do quarto rindo baixinho.

Capítulo 20

Antes que se passasse uma semana, Sebastian havia se tornado o pior paciente que se podia imaginar. Curava-se em um ritmo notável, mas não rápido o suficiente para sua satisfação, e frustrava a si mesmo e aos outros excedendo todos os limites possíveis. Queria usar roupas comuns, comer comida de verdade, insistia em sair da cama e percorrer os aposentos e a galeria superior, ignorando teimosamente os protestos exasperados de Evie. Mesmo sabendo que não podia forçar sua recuperação, que isso exigia tempo e paciência, não conseguia agir de outra forma.

Ele nunca havia dependido de ninguém. Agora devia a vida a Westcliff, Lillian, Cam e, acima de tudo, Evie. Ele estava mergulhado em sentimentos desconhecidos de gratidão e culpa. Não conseguia olhar para nenhum deles nos olhos, por isso seu único recurso era se refugiar em rabugenta arrogância.

Os piores momentos eram quando estava sozinho com Evie. Sempre que ela entrava no quarto, Sebastian sentia uma conexão assustadora, uma emoção estranha, e a combatia até a batalha interna deixá-lo esgotado. Teria ajudado poder provocar uma briga com ela, qualquer coisa para estabelecer uma distância necessária. Mas isso era impossível quando Evie atendia a todas as suas exigências com paciência e infinita preocupação. Não podia acusá-la de esperar gratidão quando ela nunca insinuara que lhe era devida. Não podia acusá-la de sufocá-lo quando ela cuidava dele com gentileza, eficiência e o tato de deixá-lo sozinho quando não a chamava.

Sebastian, que nunca temera nada, estava apavorado com o poder de Evie sobre ele. Não compreendia seu desejo de tê-la ao seu lado o tempo todo. Ansiava pelo toque da esposa. Sua pele parecia absorver cada carícia de Evie como se pudesse torná-la parte de seu corpo. Isso era diferente de mero desejo sexual. Era algum tipo de vício patético para o qual não parecia haver cura.

Saber que Joss Bullard tentara matar Evie o atormentava ainda mais. Sua reação provinha de algum lugar primitivo dentro dele e não podia ser controlada pela razão. Ele queria o sangue de Bullard. Queria fazer picadinho do desgraçado. O fato de estar indefeso em seu leito enquanto Bullard andava livremente por Londres era suficiente para deixá-lo louco. Não o acalmava nem um pouco o inspetor de polícia designado para o caso ter lhe garantido que estavam fazendo tudo que podiam para encontrá-lo.

Sebastian pediu para Cam ir ao seu quarto e lhe disse para contratar mais investigadores particulares, inclusive um ex-policial, para conduzir uma busca intensiva. Não havia mais nada que pudesse fazer além de fumegar de raiva em sua inatividade forçada.

Cinco dias depois de a febre ceder, Evie pediu que levassem uma banheira para o quarto do marido. Apreciando a oportunidade de se banhar, Sebastian relaxou na água fumegante enquanto Evie o barbeava e o ajudava a lavar os cabelos. Quando estava limpo e seco, voltou para a cama recém-feita e deixou Evie enfaixar seu ferimento. O orifício causado pela bala estava fechando tão rápido que eles haviam deixado de aplicar o musgo e agora apenas o cobriam com uma leve camada de linho por questões de higiene. Ainda lhe causava pontadas frequentes e um pouco de dor, mas Sebastian sabia que dali a um ou dois dias poderia retomar a maior parte de suas atividades normais. Exceto sua favorita, em virtude de seu acordo infernal com Evie.

Como toda a frente do vestido de Evie tinha sido molhada pelo banho, ela foi trocar de roupa. Por pura perversidade, Sebastian tocou a campainha de prata à sua cabeceira uns dois minutos depois de ela ter saído.

Evie voltou rapidamente de roupão.

– O que foi? – perguntou com óbvia preocupação. – Aconteceu alguma coisa?

– Não.

– É o ferimento? Está doendo?

– Não.

A expressão de Evie mudou, o alívio substituindo a preocupação. Aproximando-se da cama, ela tirou delicadamente o sino da mão de Sebastian e o pôs de volta na mesa de cabeceira.

– Se não tocar o sino com mais critério ele será retirado.

– Eu toquei porque precisava de você – disse Sebastian.

– Foi? – perguntou ela com muita paciência.

– As cortinas. Quero que as abra mais.

– Isso não podia esperar?

– Está escuro demais aqui. Preciso de mais luz.

Evie foi até a janela, afastou mais as cortinas de veludo e ficou à luz do sol pálido de inverno. Com os cabelos soltos e os cachos ruivos lhe descendo até quase a cintura, parecia uma figura em um quadro de Ticiano.

– Mais alguma coisa?

– Há um pontinho de sujeira na minha água.

Descalça, Evie foi até a cama, pegou o copo de vidro semicheio e o examinou criticamente.

– Não estou vendo nada.

– Está aí – disse Sebastian. – Temos de discutir a questão ou pode ir buscar um pouco de água limpa?

Reprimindo uma resposta grosseira, Evie foi até o lavatório e encheu o copo de novo. Levou-o de volta, o pôs sobre a mesa e olhou para Sebastian.

– Só isso?

– Não. Minha atadura está apertada demais. E a ponta solta está me incomodando. Não consigo alcançá-la.

Quanto mais ele exigia, mais irritantemente paciente Evie se tornava. Inclinando-se sobre o marido, murmurou-lhe para se virar um pouco e Sebastian a sentiu afrouxando cuidadosamente a atadura e enfiando as pontas para dentro de novo. O toque dos dedos de Evie em suas costas, tão delicados, fez seu coração se acelerar. Um cacho solto deslizou sedosamente sobre seu ombro. Deitado novamente de barriga para cima, Sebastian conteve o grande prazer que sentia com a proximidade dela.

Olhou tristemente para o rosto de Evie. A boca lindamente arqueada, a pele sedosa cor de creme e as irresistíveis sardas. Ela pôs a mão de leve sobre o peito e o coração palpitante do marido e brincou com a aliança na corrente.

– Apenas tire isso e ponha na cômoda – conseguiu dizer ele com a respiração pesada.

Evie ignorou a ordem e se sentou na beirada do colchão, inclinando-se sobre ele até as pontas de seus cabelos soltos roçarem no peito do marido. O corpo de Sebastian estava imóvel, mas ele estremeceu por dentro quando a sentiu tocar seu queixo.

– Eu o barbeei bem – observou Evie, parecendo satisfeita consigo mesma. – Posso ter deixado ficar alguns pelos, mas ao menos não cortei seu rosto em pedaços. Ajudou você ter ficado parado.

– Eu estava assustado demais para me mexer – respondeu ele e Evie riu.

Sem conseguir mais tirar os olhos dela, Sebastian contemplou seus olhos sorridentes... tão redondos e surpreendentemente azuis.

– Por que você toca o sino com tanta frequência? Sente-se sozinho? É só dizer.

– Eu nunca estou sozinho – disse ele com fria convicção.

Para seu desgosto, Evie não recuou e, embora o sorriso dela tivesse se tornado estranho, não desapareceu.

– Então devo ir? – perguntou Evie gentilmente.

Sebastian sentiu um calor interior traiçoeiro se espalhando por toda parte.

– Sim, vá – disse, fechando os olhos, assimilando avidamente o cheiro e a proximidade dela.

Contudo, Evie não foi embora e o silêncio se prolongou até parecer que os batimentos do coração de Sebastian tinham se tornado audíveis.

– Quer saber o que eu acho, Sebastian? – finalmente perguntou Evie.

Ele precisou de toda a sua força de vontade para manter a voz controlada.

– Não.

– Acho que você vai tocar o sino de novo se eu sair deste quarto. Mas não importa quantas vezes toque ou eu venha correndo, nunca conseguirá me dizer o que realmente quer.

Sebastian entreabriu os olhos. Um erro. O rosto de Evie estava muito próximo, a boca macia a apenas centímetros da dele.

– Neste momento, tudo o que quero é um pouco de paz – resmungou. – Então, se não se importa...

Os lábios de Evie tocaram os dele, quentes, doces e sedosos, e Sebastian sentiu o roçar estonteante da língua da esposa. A comporta do desejo se abriu e ele afundou em puro prazer, mais forte do que tudo o que já experimentara. Ele segurou com dedos trêmulos a cabeça de Evie e a puxou para si. Com as palmas das mãos comprimindo os cachos cor de fogo, beijou-a com uma urgência voraz.

Quando Evie se afastou, Sebastian ficou mortificado ao descobrir que ofegava como um jovem inexperiente. Ela estava com os lábios rosados e úmidos, as sardas destacando-se nas bochechas muito coradas.

– Acho que você vai perder nossa aposta – disse Evie com a voz trêmula.

A indignação o fez recuperar a sanidade.

– Acha que estou em condições de procurar outras mulheres? A menos que pretenda trazer alguém para a minha cama, não vou...

– Você não vai perder sua aposta dormindo com outra mulher.

Havia um brilho de malícia nos olhos quando estendeu a mão para a parte superior de seu roupão e começou a desabotoá-lo. Suas mãos tremiam apenas um pouco.

– Vai perdê-la comigo.

Incrédulo, Sebastian a observou tirar o roupão. Ela se despiu, ficando com as pontas dos seios intumescidas e rosadas no ar frio. Havia emagrecido, mas os seios continuavam redondos e lindos e os quadris generosos ainda realçavam as curvas da cintura. Quando ele olhou para o triângulo ruivo entre as coxas, sentiu-se dominado pelo desejo.

A voz de Sebastian pareceu trêmula até mesmo aos seus próprios ouvidos.

– Você não pode me fazer perder a aposta. Isso é trapacear.

– Eu nunca prometi não trapacear – disse Evie alegremente, estremecendo ao se deitar sob as cobertas com ele.

– Maldição. Não vou cooperar. Eu...

Sua respiração sibilou por entre os dentes quando ele sentiu o corpo macio de Evie junto ao seu, o roçar dos pelos pubianos e do quadril quando ela deslizou uma das pernas por entre as suas. Afastou a cabeça quando ela tentou beijá-lo.

– Não posso. Evie... – Sua mente procurou um modo de dissuadi-la. – Estou muito fraco.

Ardente e determinada, Evie agarrou a cabeça do marido e o fez virar o rosto para ela.

– Pobrezinho – murmurou, sorrindo. – Não se preocupe. Serei delicada.

– Evie – disse ele roucamente, excitado, furioso e suplicante. – Tenho de provar que posso ficar três meses sem... Não, não faça isso. Maldição, Evie!

Ela havia desaparecido sob as cobertas e o estava beijando desde a linha firme do peito até o abdômen, tomando o cuidado de não deslocar a atadura. Sebastian tentou se sentar, mas uma forte pontada em seu ferimento ainda não totalmente cicatrizado o fez cair para trás com um gemido de dor. E depois ele gemeu por um motivo totalmente diferente quando ela chegou ao pênis rijo e lambeu delicadamente a glande.

Era óbvio que Evie nunca tinha feito isso. Não conhecia a técnica e sabia muito pouco sobre a anatomia masculina. Mas isso não a impediu de prosseguir com um ardor inocente, dando pequenos beijos em toda a extensão sensível e se prolongando quando o ouvia gemer. Suas mãos quentes brincaram inexperientemente com os testículos enquanto ela os explorava com os lábios e a língua, seguindo por todo o caminho até a glande palpitante e depois tentando descobrir quanto dele cabia em sua boca. Sebastian agarrou os lençóis como se o estivessem torturando. O prazer percorreu sua pele, enviando mensagens frenéticas para o cérebro e tornando impossível pensar com clareza.

Todas as lembranças de outras mulheres foram banidas para sempre da mente de Sebastian. Só havia Evie, os cabelos ruivos cacheados lhe cobrindo a barriga e as coxas, os dedos brincalhões e a boca travessa lhe causando o maior prazer que já sentira. Quando Sebastian não conseguiu mais conter seus gemidos, Evie montou cuidadosamente nele, como uma leoa se aquecendo ao sol. Ele viu seu rosto corado antes de ela beijá-lo profunda e provocadoramente. Os mamilos rosados se arrastaram sobre os pelos de seu peito... ela se esfregou nele, ronronando de satisfação com o calor e a rigidez do corpo masculino.

Sebastian ficou com a respiração presa na garganta ao sentir a mão de Evie deslizar por entre os quadris deles. Estava tão excitado que ela teve de lhe afastar gentilmente o sexo para conseguir encaixá-lo entre as coxas. Os cachos ruivos lhe fizeram cócegas na pele sensível quando ela o guiou para dentro de seu corpo quente.

– Não – conseguiu dizer Sebastian, lembrando-se da aposta. – Agora não. Evie, não...

– Ah, pare de protestar. Eu não protestei nem metade disso em nossa lua de mel, e era virgem.

– Mas eu não quero... Ah, *Deus*. Meu Deus...

Evie introduziu o membro dele em sua vagina, tão suave, apertada e macia que Sebastian ficou sem fôlego. Ela se contorceu um pouco, com a mão ainda segurando o pênis enquanto tentava guiá-lo para mais fundo. Ver a dificuldade que ela estava tendo em acomodá-lo o excitou ainda mais, causando-lhe um calor e formigamento em todo o corpo. E depois veio o lento e milagroso deslizar da rigidez na suavidade.

Sebastian deixou a cabeça cair no travesseiro, contemplando com os olhos pesados de desejo o rosto de Evie. Ela deu um pequeno gemido de prazer, fechando firmemente os olhos enquanto se concentrava em levá-lo para mais fundo. Movia-se cuidadosamente, inexperiente demais para manter um ritmo. Ele sempre havia sido relativamente silencioso em sua paixão, mas enquanto Evie subia e descia, acelerando o prazer, ouviu-se murmurando súplicas, palavras de ternura, sensuais e de amor.

De algum modo, conseguiu fazê-la se inclinar mais sobre ele, encostar-se mais nele, ajustando o ângulo entre ambos. Evie resistiu brevemente, temendo machucá-lo, mas Sebastian lhe segurou a cabeça com as mãos.

– Sim – sussurrou tremulamente. – Faça assim, querida. Sim. Mova-se em mim... sim...

Quando Evie sentiu a diferença na posição deles, a maior fricção na ponta vibrante de seu sexo, arregalou os olhos.

– Ah – gemeu e depois suspirou profundamente. – Ah, assim...

Ela se interrompeu enquanto ele estabelecia um ritmo, aprofundando-se mais, preenchendo-a com firmes investidas. O mundo inteiro se reduziu àquele ato. Evie baixou seus longos cílios ruivos, escondendo seu olhar desfocado. Sebastian a viu corar. Ficou maravilhado, sentindo uma profunda ternura enquanto usava o corpo para lhe dar prazer.

– Beije-me – disse em um sussurro gutural, e guiou os lábios de Evie para os seus, explorando lentamente sua boca com a língua.

Evie arquejou e estremeceu de prazer com os quadris avidamente encostados nos do marido enquanto o recebia por inteiro. Seu sexo apertou firmemente o de Sebastian e ele se entregou à carne sedutora e pulsante, deixando Evie atingir o êxtase em grandes e voluptuosas ondas.

Quando ela relaxou sobre Sebastian, tentando recuperar o fôlego, ele lhe acariciou as costas úmidas, deslizando os dedos até a curva das nádegas. Para seu prazer, Evie reagiu se contorcendo e o apertando. Se ele estivesse com sua força costumeira... Ah, as coisas que faria com ela...

Em vez disso, caiu para trás exausto, com a cabeça girando.

Evie saiu desajeitadamente de cima dele e se aconchegou ao lado do marido. Usando o resto de suas forças, Sebastian lhe segurou uma mecha de cabelo e a levou ao rosto, esfregando os cachos brilhantes na bochecha.

– Você vai me matar – murmurou, e a sentiu beijando seu ombro.

– Agora que você perdeu a aposta – disse Evie roucamente –, teremos de pensar em outra penalidade, uma vez que já se desculpou com lorde Westcliff.

Embora o amigo quase tivesse engasgado ao ouvir aquelas palavras, Sebastian se forçara a pedir desculpas a Westcliff e Lillian antes de eles deixarem o clube. Depois descobrira que a única coisa pior do que pedir desculpas era ser perdoado. Mas fizera isso deliberadamente em um momento em que Evie não estava presente.

– Lillian me contou – explicou Evie. Ela ergueu a cabeça em um sorriso sonolento. – Que outra penalidade poderia ser?

– Sem dúvida você pensará em algo – disse ele sombriamente e, segundos depois de fechar os olhos, caiu em um sono profundo e reparador.

~

Na noite seguinte, Westcliff foi ao clube e se surpreendeu ao saber que Sebastian tinha ido à sala de jogos principal pela primeira vez desde que levara o tiro.

– Um pouco cedo, não é? – perguntou ele quando Evie se aproximou, vindo de seus aposentos particulares para a galeria do segundo andar.

Eles foram cuidadosamente observados por um empregado que Cam posicionara na galeria como uma das medidas de segurança reforçada no clube. Até Bullard ser preso, todos os hóspedes eram monitorados com discreta atenção.

– Ele está exigindo demais de si mesmo – respondeu Evie. – Não suporta a ideia de parecer inútil. E acha que nada é feito direito sem sua supervisão.

Os olhos escuros de Westcliff se tornaram sorridentes.

– O interesse de St. Vincent por este lugar parece bastante genuíno. Confesso que não esperava que ele assumisse essa responsabilidade por vontade própria. Durante anos foi um homem ocioso e sem objetivos que desperdiçava seu potencial. Mas parece que só precisava de um escape adequado para seus talentos.

Ambos apoiaram os cotovelos na balaustrada e olharam para a sala principal lotada. Evie viu o brilho de ouro velho dos cabelos de Sebastian, que estava encostado na escrivaninha do canto, conversando sorridente com vários homens ao seu redor. Sua atitude dez dias atrás de salvar a vida de Evie havia aumentado muito a admiração pública e solidariedade das pessoas, especialmente depois que um artigo no *Times* lhe ressaltara o heroísmo. Isso e a percepção de que ele e o poderoso Westcliff tinham feito as pazes foram suficientes para Sebastian se tornar imediatamente muito popular. Todos os dias chegavam muitos convites ao clube para lorde e lady St. Vincent comparecerem a bailes, *soirées* e outros eventos sociais, dos quais eles declinavam por motivos de luto.

Também chegavam cartas muito perfumadas e escritas por mãos femininas. Evie não havia se aventurado a abrir nenhuma delas e tampouco perguntara quem as enviara. As cartas se acumularam em uma pilha no escritório, permanecendo seladas e intocadas até Evie finalmente dizer para Sebastian mais cedo, quando tomavam café da manhã juntos no quarto dele:

– Você tem uma grande pilha de correspondência não lida. Está ocupando metade do espaço no escritório. O que devemos fazer com as cartas? – Um sorriso travesso surgiu em seu rosto quando acrescentou: – Devo lê-las enquanto você descansa?

– Jogue-as fora. Melhor ainda, devolva-as lacradas.

A resposta dele havia causado um arrepio de satisfação em Evie, embora ela tentasse escondê-lo.

– Eu não me oporia a você se corresponder com outras mulheres. A maioria dos homens faz isso, sem que implique em nenhuma impropriedade...

– Não eu. – Sebastian havia olhado longa e deliberadamente nos olhos dela, como se para se certificar de que entendia totalmente. – Não mais.

Lado a lado com Westcliff, Evie observou seu marido com um prazer possessivo. Sebastian ainda estava magro demais. Embora tivesse recuperado o apetite, suas elegantes roupas de noite ainda estavam um pouco folgadas. Mas seus ombros ainda eram largos, ele estava com uma cor saudável e a perda de peso só servira para salientar a estrutura óssea espetacular de seu rosto. Embora se movesse com óbvio cuidado, ainda possuía uma graça predatória que as mulheres admiravam e os homens tentavam imitar em vão.

– Obrigada por salvá-lo – Evie se ouviu dizendo para Westcliff, ainda olhando para o marido.

O conde a olhou de esguelha.

– Você é que o salvou, Evie, na noite em que lhe propôs casamento. O que prova que às vezes os momentos de loucura levam a resultados positivos. Se não se importa, quero descer e informar St. Vincent dos últimos acontecimentos ligados à busca pelo Sr. Bullard.

– Ele foi encontrado?

– Ainda não, mas logo será. Depois que eu limpei as

placas da pistola que Bullard usou, ainda foi impossível distinguir o nome gravado na arma. Então eu a levei à Manton and Son e lhes pedi informações sobre a licença original. Acontece que a pistola tem dez anos, o que exigiu uma longa busca em muitas caixas de registros antigos. Hoje eles me disseram com toda a certeza que a pistola havia sido fabricada para lorde Belworth, que, por acaso, voltará a Londres esta noite a fim de resolver assuntos parlamentares. Pretendo visitá-lo de manhã e lhe perguntar sobre isso. Se conseguirmos descobrir como o Sr. Bullard estava em posse da pistola de Belworth, isso poderá nos ajudar a encontrá-lo.

Evie franziu as sobrancelhas de preocupação.

– Parece impossível encontrar um homem escondido em uma cidade com mais de um milhão de habitantes.

– Quase dois milhões – corrigiu Westcliff. – Contudo, não tenho a menor dúvida de que ele será encontrado. Temos recursos e disposição para isso.

Apesar de sua preocupação, Evie não pôde evitar sorrir ao pensar que ele era muito parecido com Lillian, que nunca aceitava uma derrota. Vendo que Westcliff erguera levemente as sobrancelhas ao vê-la sorrir, explicou:

– Só estava pensando que é o marido perfeito para uma mulher decidida como Lillian.

A menção à sua adorada esposa fez os olhos do conde brilharem.

– Eu diria que ela não é mais determinada ou decidida do que você – respondeu ele com um breve sorriso. – Só que ela é mais ruidosa em relação a isso.

Capítulo 21

Enquanto Westcliff ia falar com Sebastian, Evie se retirou para seu quarto para um banho relaxante, acrescentando uma boa quantidade de óleo perfumado à água. Depois de ficar um longo tempo de molho, sua pele estava úmida e com um perfume de rosas. Ela pegou um dos roupões de seda forrados de veludo do marido e enrolou as mangas várias vezes. Encolhida em uma cadeira diante da lareira, escovou os cabelos enquanto as criadas retiravam a banheira. Uma delas, uma mulher de cabelos escuros chamada Frannie, permaneceu para arrumar o quarto. Ela afastou as cobertas e passou um braseiro entre os lençóis.

– Devo preparar seu quarto, milady? – perguntou a criada cautelosamente.

Evie inclinou um pouco a cabeça enquanto pensava na resposta. As criadas sabiam que Sebastian e ela dormiam em quartos separados. Nunca haviam passado uma noite juntos. Embora ela não soubesse como tocar no assunto, não queria mais brincar com ele. A vida era incerta demais para perder tempo. Não tinha nenhuma garantia de que Sebastian lhe seria fiel. Só tinha esperança e a intuição de que o homem com quem se casara não merecia confiança, enquanto o homem que ele estava se tornando talvez sim.

– Acho que não – disse ela para a criada, continuando a escovar os cabelos. – Hoje ficarei neste quarto, Frannie.

– Sim, milady. Se quiser, posso...

Frannie se interrompeu sem completar o pensamento quando ambas viram a figura alta de Sebastian entrando no quarto. Ele parou à porta e se encostou na parede, contemplando em silêncio sua esposa. Apesar do calor do fogo, Evie sentiu um arrepio percorrer seu corpo e um tremor erótico descer por suas costas.

Sebastian estava em uma posição relaxada, com o colarinho aberto e a gravata preta pendurada ao redor do pescoço. A luz da lareira dançou sobre sua forma elegante e projetou um brilho dourado em suas feições, que poderiam ter pertencido a um antigo deus pagão. Embora ainda não tivesse recuperado todo o vigor, irradiava uma perigosa potência masculina que deixou Evie com as pernas bambas. Não ajudou o fato de ele permanecer totalmente em silêncio enquanto a olhava lenta e perturbadoramente. Lembrando-se da sensação da pele sedosa do marido em seus dedos e dos músculos rijos sob as roupas elegantes, Evie corou.

Frannie se apressou a pegar o vestido descartado de Evie e sair do quarto.

Sebastian continuou a observar Evie enquanto ela colocava a escova de lado e se levantava com um murmúrio indistinto. Afastando-se da parede, foi até a esposa e lhe acariciou os antebraços por cima do grosso roupão. O coração de Evie começou a bater com força enquanto sua pele formigava sob as camadas de veludo e seda. Ela fechou os olhos quando Sebastian a puxou para mais perto e lhe beijou a sobrancelha, a testa e a bochecha. Essas carícias e a grande excitação do marido, bem como a sua própria, pareceram envolvê-los em uma névoa abrasadora. Eles ficaram em pé juntos por um longo tempo, mal se tocando, simplesmente sentindo a proximidade um do outro.

– Evie... – O sussurro dele agitou os diminutos cachos na linha dos cabelos de Evie. – Quero fazer amor com você.

O sangue de Evie se transformou em mel fervente.

– E-eu achei que você nunca se re-referiria a isso assim.

Ele ergueu o rosto dela e o acariciou com delicadeza. Evie recebeu docilmente as carícias enquanto o cheiro de Sebastian, fresco e com um toque de cravo, a deixava zonza.

Sebastian pôs a mão sob a camisa e segurou a aliança na fina corrente. Puxou-a, partindo os elos frágeis e deixando a corrente cair no chão. A respiração de Evie se tornou acelerada quando ele pegou sua mão esquerda e deslizou a aliança de ouro para o dedo anelar. Eles ficaram com as mãos juntas, as palmas e os punhos encostados, como na cerimônia de casamento. Sebastian abaixou a testa para a dela e sussurrou:

– Quero respirar o ar de seus pulmões e deixar as minhas marcas em sua alma. Quero lhe dar mais prazer do que você pode suportar. Quero fazer amor com você, Evie, como nunca fiz com ninguém.

Agora ela temia tão violentamente o prazer que mal conseguia ficar em pé.

– Se-seu ferimento... Temos de tomar cuidado...
– Não se preocupe com isso.

Ele a beijou suave e apaixonadamente. Soltou-lhe a mão e a puxou para mais perto, até moldá-la totalmente ao seu corpo. Evie o queria com um desespero quase assustador. Tentou prender a boca de Sebastian com a sua e lhe puxou as roupas com uma urgência que o fez rir baixinho.

– Devagar, a noite só está começando... e vou fazer amor com você durante um longo tempo.

Evie, que estava com as pernas bambas, puxou mais o casaco dele.

– Não vou conseguir ficar em pé por muito tempo.

Ela viu o brilho do sorriso do marido enquanto ele tirava o casaco e dizia com uma voz rouca de paixão:

– Deite-se na cama, amor.

Evie obedeceu, reclinando-se enquanto observava Sebastian tirar a roupa e subir na cama. A visão da atadura branca sobre a musculatura firme da barriga a fez se lembrar de quanto estivera perto de perdê-lo. Ela sentiu uma forte emoção a invadir. Amava-o tanto que a perspectiva de passar a noite com ele a enchia de uma felicidade que parecia angústia. Seus corpos estavam separados apenas pelo roupão. Ela estendeu a mão para tocar nos pelos louro-escuros do peito do marido, afundando os dedos nos grossos cachos até a pele firme.

Sebastian beijou seu rosto, sua respiração atingindo a pele de Evie em ondas quentes que a fizeram tremer.

– Evie, nos últimos dias não fiz nada além de ficar nesta cama e pensar em coisas que passei a vida inteira tentando evitar. Uma vez eu disse que não fui feito para ter esposa e família. Que não teria nenhum interesse em um filho, se você... – Ele hesitou por um longo momento. – Mas a verdade é que eu quero ter um filho com você. Não sabia quanto até pensar que nunca teria essa oportunidade. – Ele esboçou um sorriso autocrítico. – Maldição, não sei como ser um marido ou pai. Mas como nas duas áreas você parece se contentar com pouco, talvez eu tenha uma chance de agradá-la.

Ele riu ao ver Evie erguer as sobrancelhas sarcasticamente e depois ficou sério.

– Há muitos modos de evitar que você engravide. Mas se e quando decidir que está pronta, quero que me diga...

Evie o interrompeu com um beijo. Nos minutos ardentes que se seguiram, nenhum dos dois conseguiu dizer mais nada. Ela se sentiu atordoada de prazer, chegando a um ponto de emoção e desejo que pareceu aguçar seus sentidos até todos os sons, toques e sabores se tornarem intensos.

Sebastian afastou o roupão do corpo pálido de Evie e lhe acariciou os seios expostos com a leveza das asas de uma borboleta. Os mamilos dela se intumesceram ansiando pelo toque do marido. Quando ele finalmente tomou um em sua boca aveludada, Evie gemeu de alívio. No início, Sebastian usou apenas a ponta da língua com uma delicadeza que a fez se arquear em uma súplica. Pouco a pouco fez mais, lambendo e sugando até ela sentir seu desejo aumentar a cada toque.

Subitamente o roupão de veludo pareceu oprimir sua pele muito sensível e Evie tentou em vão se livrar dele. Murmurando docemente, Sebastian estendeu a mão para ajudá-la, puxando as mangas e afastando o roupão das costas e da cintura de Evie. Ela deu um suspiro de alívio, se arqueou para o marido e lhe abraçou os ombros nus. Ele passou as mãos suavemente pelo seu corpo, provocando-lhe arrepios. Ela não conseguia pensar ou falar, só reagir às carícias enquanto ele colocava suas mãos e pernas em posições ainda mais reveladoras e a beijava devagar.

Dedos masculinos exploradores deslizaram por entre suas coxas para encontrar o elixir de seu sexo excitado.

– Sebastian... por favor, não posso esperar mais. Eu...

Ela se interrompeu quando o sentiu virá-la de costas para si, encaixando os quadris de ambos. Ele a abraçou, fazendo-a se sentir segura e protegida mesmo quando lhe separou as coxas com suavidade.

Confusa ao perceber a pressão do sexo dele, Evie se deu conta de que ele a estava penetrando por trás. Sufocou um grito e virou o rosto para o braço musculoso sob seu pescoço.

– Calma – sussurrou Sebastian, afastando os cachos de cabelo do ouvido e do pescoço dela e lhe beijando a pele exposta. – Deixe-me amá-la assim, querida. – Ele a acariciou com os dedos, massageando-a delicadamente até ela relaxar. Provocou-a com a glande, introduzindo e retirando seu membro quando ela pensava que a penetraria totalmente. Evie começou a se contorcer, jogando os quadris para trás. Quando Sebastian a penetrou até o fim, ela estava gemendo alto. Como a posição não permitia muitos movimentos, ele investiu várias vezes, firme e profundamente, enquanto Evie se arqueava em frenético incentivo.

– Está muito impaciente, amor – comentou Sebastian, sorrindo. – Não se esforce. Deixe o prazer vir naturalmente. Apoie-se em mim...

Ele puxou a perna de Evie para cima de seu joelho, de modo que ela ficasse com as pernas bem abertas e os quadris parcialmente apoiados nos seus. Evie estremeceu ao senti-lo deslizar para ainda mais fundo, ao mesmo tempo acariciando-a em um contraponto rítmico para as investidas de seu pênis.

Levada à loucura, Evie contraiu todos os músculos, esperando enquanto Sebastian aumentava lentamente seu prazer. Levava-a à beira do orgasmo, recuava e depois a levava para cada vez mais perto, fazendo-a esperar e esperar até ela finalmente atingi-lo em uma série de espasmos que sacudiram a cama.

Sebastian ainda estava com o pênis ereto quando se afastou. Seus cabelos dourados estavam molhados de suor quando a deitou de costas e lhe beijou a barriga lisa. Quando flexionou os joelhos de Evie e os puxou para cima, ela balançou a cabeça em uma fraca negativa.

– Estou exausta – disse roucamente. – Eu... espere, Sebastian...

A língua do marido procurou o sexo úmido e salgado com lambidas suaves, insistindo até ela parar de protestar. As carícias a acalmaram, fazendo sua frequência cardíaca se normalizar. Depois de longos e pacientes minutos, ele tomou na boca o clitóris excitado e começou a sugá-lo e mordiscá-lo. Evie se esquivou à delicada provocação. Sebastian a puxou mais para cima, a língua a tocando repetidamente e girando em padrões deliberados enquanto ele abraçava as coxas dela.

Parecia que o corpo de Evie não lhe pertencia mais, que existia somente para obter esse prazer torturante. *Sebastian*. Ela não conseguiu pronunciar o nome do marido. Ainda assim, ele pareceu ouvir sua súplica silenciosa e fez algo com a boca que lhe provocou uma série de orgasmos ardentes. Sempre que ela achava que aquilo havia terminado, era varrida por outra onda de sensações até ficar tão exausta que lhe implorou que parasse.

Sebastian se ergueu sobre ela com os olhos brilhando no rosto provocador. Ela se moveu para acolhê-lo, abrindo as pernas e deslizando os braços para as costas fortes do marido. Ele se acomodou dentro do sexo excitado, preenchendo-a totalmente. Quando lhe beijou a orelha, o coração de Evie batia tão forte que ela mal pôde ouvir os sussurros de Sebastian.

– Evie, quero algo de você. Quero que atinja o orgasmo mais uma vez.

– Não – respondeu Evie fracamente.

– Sim. Preciso estar dentro de você e sentir.

Ela virou a cabeça no travesseiro em uma lenta negativa.

– Eu não posso...

– Sim, pode. Vou ajudá-la.

Ele deslizou as mãos para o ponto em que estavam unidos. Evie gemeu, impotente, ao sentir as pontas dos dedos do marido em seu sexo, manipulando-a tão habilmente. Sentia-se exaurida. Subitamente o sentiu deslizando para ainda mais fundo enquanto seu corpo excitado se abria para recebê-lo.

– Hummm... – gemeu Sebastian. – Sim, isso. Ah, amor, você é tão doce...

Ele se acomodou entre os joelhos dobrados e os quadris de Evie, penetrando-a com firmeza. Ela o envolveu com seus braços e pernas, enterrou o rosto no pescoço quente dele e gritou uma última vez, sua carne pulsando e se apertando para levá-lo a um convulsivo clímax. Sebastian estremeceu em seus braços e lhe agarrou os cabelos enquanto se entregava de corpo e alma, por completo, por amor.

~

Quando Evie acordou sozinha na cama, a primeira coisa que viu foi pedacinhos cor-de-rosa à sua volta, espalhados nos lençóis brancos como neve, como se alguém tivesse derramado vinho tinto na cama. Piscando sonolentamente, apoiou-se em um dos cotovelos e tocou em um deles. Era uma pétala de rosa, atirada sobre o colchão. Olhando ao redor, viu que uma chuva de pétalas caíra sobre ela. Então esboçou um sorriso e se deitou de novo na cama perfumada.

A noite de estonteante sensualidade parecia ter sido parte de um longo sonho erótico. Mal podia acreditar nas coisas que havia deixado Sebastian fazer, as intimidades que nunca imaginara possíveis. E, no torpor que tinha se seguido ao ato sexual, Sebastian a aninhara no peito e eles conversaram pelo que pareceram horas. Evie até mesmo lhe contara a história da noite em que ela, Annabelle e as irmãs Bowmans viraram amigas, sentadas no baile.

– Nós fizemos uma lista de possíveis pretendentes e a anotamos em cartões de dança vazios – contara Evie. – Lorde Westcliff estava no topo da lista, é claro. Você estava em último, porque obviamente não era do tipo para casar.

Sebastian rira roucamente, enroscando suas pernas nuas nas dela com intimidade.

– Eu estava esperando você me convidar.

– Você nunca olhou para mim – respondera Evie ironicamente.

Sebastian tinha lhe acariciado os cabelos e ficado calado por um instante.

– Fui um idiota por não notá-la. Se tivesse passado apenas cinco minutos em sua companhia, você nunca teria me escapado.

Lembrando-se das horas de abrasadora ternura, Evie pôs um vestido de lã debruado em seda e desceu para encontrar Sebastian, que provavelmente estaria no escritório do clube examinando os recibos da noite anterior. O clube estava vazio, exceto pelos empregados que o limpavam para a próxima noite e os empreiteiros instalando um carpete novo e pintando o madeiramento.

Entrando no escritório, Evie encontrou Sebastian e Cam em lados opostos da escrivaninha. Ambos examinavam livros contábeis, registrando algumas entradas com canetas-tinteiro e fazendo anotações ao lado de longas colunas. Eles ergueram os olhos quando ela passou pela porta. Evie sustentou brevemente o olhar de Sebastian; era difícil manter a compostura perto dele depois da intimidade da noite anterior. Sebastian parou no meio de uma frase enquanto a olhava, como se tivesse se esquecido do que estava dizendo. Parecia que nenhum dos dois estava confortável com sentimentos ainda novos e fortes demais. Murmurando um bom-dia para ambos, Evie lhes disse para não se levantarem e foi se sentar ao lado de Sebastian.

– Já tomou seu café da manhã, milorde? – perguntou.

Ele balançou a cabeça, seus olhos sorridentes.

– Ainda não.

– Vou à cozinha ver o que temos.

– Espere um pouco – pediu Sebastian. – Estamos quase terminando.

Enquanto os dois homens discutiam os últimos detalhes de uma proposta de investimento na construção de um centro comercial na St. James Street, Sebastian segurou a mão de Evie sobre a escrivaninha. Distraidamente, encostou as costas dos dedos dela em seu queixo enquanto contemplava a proposta escrita. Embora Sebastian não se desse conta do que a familiaridade do gesto revelava, Evie corou ao ver Cam olhando para a cabeça inclinada de seu marido. O rapaz lhe deu um olhar de fingida censura, como o de uma ama-seca pegando duas crianças em uma brincadeira de beijar, e sorriu enquanto ela corava ainda mais.

Alheio ao que se passava, Sebastian entregou a proposta para Cam, que imediatamente ficou sério.

– Essa ideia não me agrada – comentou Sebastian. – Tenho dúvidas se haverá movimento suficiente na área para manter todo um centro comercial, principalmente com os preços dos aluguéis. Suspeito que daqui a um ano se tornará um elefante branco.

– Elefante branco? – perguntou Evie.

Uma nova voz veio da porta. Era a de lorde Westcliff.

– Um elefante branco é um animal raro – respondeu o conde, sorrindo. – Não é só caro como também difícil de manter. Historicamente, quando um rei antigo desejava arruinar alguém, ele lhe dava um elefante branco.

Entrando no escritório, Westcliff se inclinou sobre a mão de Evie para cumprimentá-la e disse para Sebastian:

– Em minha opinião, sua avaliação do centro comercial está correta. Pouco tempo atrás, me procuraram com a mesma proposta de investimento e eu a recusei pelos mesmos motivos.

– Sem dúvida ficará provado que nós dois estamos errados – disse Sebastian sarcasticamente. – Não se deveria tentar prever nada com respeito às mulheres e suas compras.

Ele se levantou para apertar a mão do conde.

– Minha esposa e eu íamos tomar café da manhã. Espero que nos acompanhe.

– Aceito um pouco de café – disse Westcliff. – Desculpe-me ter vindo sem avisar, mas tenho algumas notícias para dar.

Sebastian, Evie e Cam olharam atentamente para o conde enquanto ele continuava:

– Esta manhã, finalmente consegui me encontrar com lorde Belworth. Ele admitiu que era o dono original da pistola usada para atirar em St. Vincent. Confidenciou-me que deu o par de pistolas de duelo para Sr. Clive Egan há uns três anos, junto com algumas joias de família e outras coisas, como suborno para ter mais tempo para acertar suas dívidas com o clube.

Evie pestanejou de surpresa à menção ao antigo gerente do clube.

– Então o Sr. Egan está escondendo o Sr. Bullard?

– Possivelmente.

– Mas por quê? Isso significa que o Sr. Egan pode ter contratado o Sr. Bullard para atentar contra minha vida?

– Vamos descobrir – disse Sebastian, com uma expressão decidida. – Pretendo fazer uma visita a Egan hoje.

– Eu o acompanharei – disse Westcliff calmamente. – Minhas fontes me forneceram o endereço. Na verdade, não é muito longe daqui.

Sebastian balançou a cabeça.

– Obrigado pela ajuda, mas não quero lhe causar inconvenientes envolvendo-o ainda mais nisso. Certamente sua esposa não gostaria que eu o colocasse em risco. Levarei Rohan comigo.

Evie começou a protestar, sabendo que Sebastian estaria mais seguro com Westcliff. Seu marido mal havia começado a se recuperar do ferimento. Não seria fácil para Cam dissuadi-lo caso ele pensasse em fazer alguma besteira. Afinal de contas, era seu empregado e oito anos mais jovem do que ele. Westcliff conhecia Sebastian muito melhor e tinha um poder infinitamente maior de influenciá-lo.

Contudo, antes de Evie poder dizer uma só palavra, Westcliff retrucou:

– Rohan é realmente muito capaz – concordou o conde calmamente. – Por esse motivo, deveria se encarregar da segurança de Evie e ficar com ela.

Sebastian estreitou os olhos, preparando-se para discutir, mas as palavras não saíram de sua boca porque Evie apertou seu braço e se apoiou nele confiantemente.

– Eu prefiro assim – disse ela.

Quando Sebastian olhou para o rosto da esposa, sua expressão se suavizou, dando a ela a agradável sensação de que ele faria o que estivesse ao seu alcance para agradá-la.

– Está bem – murmurou Sebastian relutantemente. – Se a presença de Rohan a tranquiliza, que seja assim.

~

Parte da objeção de Sebastian a Westcliff acompanhá-lo era o constrangimento que ainda havia entre eles. Não era exatamente confortável passar tempo com um homem cuja esposa você havia raptado. A surra que ele lhe dera depois desanuviara um pouco o clima entre eles, e o subsequente pedido de desculpas de Sebastian também ajudara. Era como se o casamento de Sebastian com Evie e sua disposição de se sacrificar por ela tivessem feito o conde vê-lo com uma cautelosa aprovação que, com o passar do tempo, poderia restabelecer a velha amizade. Contudo, o relacionamento deles assumira uma nova forma que talvez nunca fosse se igualar à anterior.

Para um homem antes dedicado a viver sem arrependimentos, Sebastian estava pensando muito em seus comportamentos passados. O que havia feito com Lillian Bowman fora um erro em muitos níveis. Como tinha sido idiota, disposto a sacrificar uma amizade por uma mulher que nunca realmente quisera. Se tivesse se dado o trabalho de considerar suas alternativas, podia ter descoberto Evie, que estava bem debaixo do seu nariz.

Para o alívio de Sebastian, a conversa com Westcliff foi amistosa enquanto a carruagem percorria o lado leste de Londres até os subúrbios onde estavam sendo construídas casas para a classe média em locais antes não urbanizados. O endereço de Clive Egan era o de um homem de grandes posses. Refletindo amargamente sobre quanto Egan desviara dos lucros do clube durante anos, Sebastian contou a Westcliff tudo que sabia sobre o antigo gerente. O assunto levou à situação financeira atual do clube e à necessária reestruturação dos investimentos. Era um prazer conversar com o amigo, um dos maiores gênios financeiros do país, capaz de proporcionar uma visão inteligente dos negócios. Nenhum deles deixou de notar que a conversa era uma ruptura drástica com o passado, quando Sebastian falava sobre escândalos e amantes, o que sempre resultava em sermões condescendentes de Westcliff.

A carruagem parou em uma nova praça residencial com pequenos pátios pavimentados atrás.

Todas as casas tinham três andares e eram muito estreitas, nenhuma tendo mais de 5 metros de largura. Uma cozinheira velha e de aparência cansada abriu a porta e se afastou resmungando enquanto eles entravam. A casa parecia impessoal, do tipo previamente mobiliada que costumava se destinar a profissionais solteiros.

Como toda a residência consistia em três cômodos e um cubículo, não foi difícil encontrar Egan. O antigo gerente do clube estava instalado em uma grande cadeira perto da lareira em uma sala que cheirava fortemente a bebida e urina. Havia uma coleção de garrafas enfileiradas nos peitoris das duas janelas e mais algumas perto da lareira. Com o olhar vidrado de um bêbado inveterado, Egan contemplou seus dois visitantes sem surpresa. Parecia exatamente igual a quando Sebastian o despedira, dois meses antes: inchado e desgrenhado, com dentes cariados, um grande nariz vermelho e uma pele rósea com veias aparentes. Levando um copo de bebida à boca, ele deu um grande gole e sorriu enquanto os observava com olhos cinza e úmidos.

– Eu soube que tentaram arrancar suas tripas – disse ele para Sebastian. – Mas como não parece um fantasma, acho que é mentira.

– É verdade – respondeu Sebastian com um olhar gelado. – O diabo não quis me levar.

A ideia de que Egan pudesse ser responsável pela tentativa de assassinato de sua esposa tornava difícil para ele não dar uma surra no canalha. Somente o fato de ele talvez dispor da informação de que eles precisavam o fez se conter.

Egan deu uma risadinha e apontou para a fileira de garrafas.

– Sirvam-se, se quiserem. Não é sempre que recebo visitantes tão ilustres.

Westcliff falou calmamente:

– Não, obrigado. Viemos perguntar sobre um visitante anterior, o Sr. Joss Bullard. Onde ele está?

Tomando outro grande gole de bebida, Egan o olhou friamente.

– Como vou saber?

Westcliff tirou de seu bolso a pistola feita sob encomenda e a exibiu na palma da mão. O bêbado arregalou os olhos e seu rosto subitamente assumiu um tom arroxeado.

– Onde conseguiu isso? – perguntou resfolegando.

– Bullard a usou na noite em que atirou em mim – disse Sebastian, tentando se conter, quando todo o seu corpo fervia de raiva. – Embora eu duvide de que a cabeça disforme entre seus ombros contenha algo parecido com um cérebro operante, até mesmo você deve imaginar as implicações de seu envolvimento em uma tentativa de assassinato. Quer passar um longo tempo na prisão? Isso pode ser providenciado em uma questão de...

– St. Vincent – murmurou Westcliff em um discreto aviso, enquanto Egan engasgava.

– Ele deve tê-la roubado de mim! – gritou, derramando no chão a bebida do copo. – Ladrão desgraçado! Não sei como a conseguiu. Não foi culpa minha, eu juro! Não quero nada além de ser deixado em paz. Maldito!

– Quando o viu pela última vez?

– Três semanas atrás. – Acabando de tomar sua bebida, Egan pegou a garrafa no chão e sorveu dela com a avidez de uma criança bebendo de uma mamadeira. – Ele ficava aqui de vez em quando depois que foi expulso do clube. Não tinha para onde ir. Não o deixavam nem mais dormir em um abrigo depois que as pústulas começaram a aparecer.

Sebastian e Westcliff trocaram um rápido olhar.

– Pústulas? – perguntou Sebastian desconfiado, porque havia muitas doenças diferentes que as causavam. – De que tipo?

Egan o olhou com desprezo.

– Sífilis. O mal francês que leva à loucura. Mesmo antes de ele ir embora do Jenner's, já havia sinais: fala arrastada, tremores no rosto, rachaduras nos dentes e fissuras no nariz. Deviam estar cegos para não notarem.

– Não sou dado a examinar tão de perto meus empregados – disse Sebastian, sarcástico, enquanto sua mente se enchia de pensamentos.

A sífilis era uma doença horrível transmitida por contato sexual, levando ao que os médicos chamavam de "paresia do demente". Resultava em loucura, às vezes paralisia parcial e uma repulsiva perda de partes do corpo, inclusive do tecido mole do nariz. Se Bullard de fato tivesse sífilis nesse estágio, não haveria mais esperança para ele. Mas por que, em sua loucura, tinha se concentrado em Evie?

– A esta altura ele já deve ter perdido o juízo – disse Egan, amargo, erguendo a garrafa para tomar outro gole. Ele fechou os olhos brevemente ao sentir o ardor do álcool e apoiou o queixo no peito. – O rapaz veio aqui na noite em que atirou, dizendo que o havia matado. Estava com as pernas e os braços tremendo e se queixava de barulho e dor em sua cabeça. Cheio de ideias estranhas. Fora de si. Então eu paguei a um homem para levá-lo a um hospital para doentes incuráveis, que fica na estrada que leva a Knightsbridge. Bullard está lá agora, morto ou em um estado que tornaria a morte uma bênção.

Sebastian falou com impaciência em vez de compaixão:

– Por que ele tentou matar a minha esposa? Deus sabe que ela nunca lhe faria nenhum mal.

Egan respondeu devagar:

– O pobre-diabo sempre a desprezou, desde que era criança. Depois de uma das visitas de Evangeline ao clube, quando Bullard viu como Jenner gostava dela, ficou calado e irritado durante dias. Ele zombava dela... – Egan parou, esboçando um sorriso. – Ela era uma criaturinha estranha: sardenta, tímida e rechonchuda. Eu soube que agora está muito bonita, embora não possa imaginar isso...

– Ele era filho de Jenner? – interrompeu-o Westcliff, seu rosto inexpressivo.

A súbita pergunta surpreendeu Sebastian. Ele prestou atenção enquanto Egan respondia:

– Podia ser. A mãe dele, Mary, jurava que ele era. – Egan

pôs cuidadosamente a garrafa de lado e cruzou as mãos sobre sua grande barriga. – Ela era uma prostituta. A noite em que teve mais sorte na vida foi quando prestou seus serviços a Ivo Jenner. Ele gostou dela e pagou à madame para mantê-la para seu uso exclusivo. Um dia, Mary o procurou e disse que estava grávida. Jenner, que era fácil de convencer, lhe concedeu o benefício da dúvida. Sustentou-a pelo resto da vida e deixou o garoto trabalhar no clube quando completou idade suficiente. Mary morreu muitos anos atrás. Logo antes disso, contou para Bullard que Jenner era seu pai. Quando o rapaz lhe perguntou sobre isso, Jenner lhe disse que, sendo verdade ou não, deveria ser mantido em segredo. Não queria reconhecer Bullard como filho. Por um lado, o rapaz nunca foi do tipo que se chamaria de adequado. Por outro, Jenner nunca ligou a mínima para ninguém além da filha. Queria que Evie herdasse tudo quando ele morresse. Bullard a culpava, é claro. Se não fosse por ela, Jenner o teria reconhecido como filho e lhe dado mais. Provavelmente tinha razão. – Egan franziu as sobrancelhas com tristeza. – Quando ela o levou para o clube, milorde, Bullard já estava doente. Um triste fim para uma vida melancólica.

Olhando para os dois com sombria satisfação, acrescentou:

– Se quiserem se vingar de um pobre louco, podem encontrá-lo no hospital Tottenham. Fiquem à vontade, mas, em minha singela opinião, o Criador já lhe infligiu o pior castigo que um corpo pode suportar.

Capítulo 22

Durante as horas em que Sebastian esteve ausente, Evie se ocupou com pequenas tarefas no clube: separou dinheiro e recibos, respondeu a cartas e examinou a pilha de correspondências não lidas enviadas para Sebastian. Naturalmente não conseguiu resistir a abrir algumas. Eram cheias de bobagens e insinuações amorosas, e duas até mesmo sugeriam que a esta altura Sebastian já devia ter se cansado da esposa. A intenção das mulheres era tão óbvia que Evie sentiu vergonha alheia. As cartas também serviram para lembrá-la do passado promíscuo de Sebastian, quando sua principal ocupação era se envolver em conquistas e jogos amorosos.

Não era fácil confiar em um homem como ele sem se sentir uma tola. Sebastian sempre seria admirado e cobiçado por outras mulheres. Mas Evie sentia que o marido merecia a chance de provar sua sinceridade. Estava nas mãos dela lhe proporcionar um recomeço. Se fosse bem-sucedida, as recompensas seriam infinitas para ambos. Ela podia ser forte o suficiente para correr o risco de amá-lo, fazer-lhe exigências, ter expectativas que ele às vezes poderia achar difícil satisfazer. E Sebastian parecia querer ser tratado como um homem comum – ter alguém que visse além de sua bela aparência, pedir mais dele do que habilidades sexuais. Não que ela não apreciasse a aparência e as habilidades sexuais dele.

Depois de observar – com uma pontada de satisfação – as cartas serem reduzidas a cinzas na lareira, Evie se sentiu sonolenta e resolveu tirar um cochilo. Apesar de seu cansaço, foi difícil relaxar porque estava preocupada com o marido. Pensamentos a perseguiram até seu cérebro exausto pôr fim àquela inquietação inútil e ela adormecer.

Quando acordou, cerca de uma hora depois, Sebastian estava sentado na cama ao seu lado, segurando uma mecha de seus cabelos brilhantes entre os dedos polegar e indicador. Os olhos dele, da cor do céu ao amanhecer, a observavam com atenção. Evie se sentou e sorriu timidamente.

Com delicadeza, Sebastian acariciou seus cabelos desgrenhados.

– Você parece uma criança quando dorme – murmurou. – Isso me faz querer protegê-la o tempo todo.

– Você encontrou o Sr. Bullard?

– Sim e não. Primeiro me conte o que fez na minha ausência.

– Ajudei Cam a arrumar coisas no escritório. E queimei todas as cartas das mulheres apaixonadas por você. O fogo foi tão grande que me surpreendeu ninguém enviar uma brigada de incêndio.

Ele curvou os lábios em um sorriso, mas a olhou cautelosamente.

– Leu alguma delas?

Evie encolheu os ombros com indiferença.

– Algumas. Perguntaram se você já tinha se cansado de sua esposa.

– Não. – Sebastian passou a palma da mão pela coxa de Evie. – Estou cansado das inúmeras noites de fofocas repetitivas e flertes mornos. Cansado de encontros sem sentido com mulheres entediantes. Todas são iguais para mim. Nunca me importei com nenhuma delas, só com você.

– Não as culpo por o quererem – disse Evie, passando os braços ao redor do pescoço do marido. – Mas não estou disposta a dividi-lo.

– Não terá de fazer isso. – Ele pôs as mãos no rosto de Evie e lhe deu um rápido beijo.

– Fale-me sobre o Sr. Bullard – disse ela, acariciando os punhos do marido.

Evie ficou calada enquanto Sebastian descrevia o encontro com Clive Egan e as revelações sobre Joss Bullard e a mãe dele. Ela arregalou os olhos, que estavam cheios de piedade. O pobre homem não tinha culpa de sua origem nem da criação indiferente que o tornaram tão ressentido.

– Que estranho! – murmurou ela. – Eu sempre quis e até mesmo esperei que Cam fosse meu irmão, mas nunca pensei que Joss Bullard pudesse ser.

Bullard sempre havia sido muito inacessível e beligerante. Quanto disso podia ter resultado da rejeição por parte de Ivo Jenner? Sentir-se indesejado, ser obrigado a manter um segredo vergonhoso pelo homem que podia ser seu pai... Certamente tornaria qualquer um amargo.

– Nós fomos ao hospital Tottenham – continuou Sebastian –, onde nos deixaram entrar na ala de doentes incuráveis. É um lugar imundo que precisa desesperadamente de recursos. Havia mulheres e crianças que... – Ele fez uma careta ao se lembrar. – Na verdade, prefiro não descrever. Um administrador do Tottenham disse que Bullard tinha sido admitido no último estágio de sífilis.

– Eu quero ajudá-lo – disse Evie em tom resoluto. – No mínimo, podemos mandá-lo para um hospital melhor...

– Não, querida. – Sebastian passou os dedos pelos ossos finos da mão da esposa. – Bullard morreu dois dias atrás. Mostraram-nos o local onde ele e mais dois pacientes foram enterrados na mesma sepultura.

Evie desviou seu olhar, assimilando a informação. Surpreendeu-a sentir os olhos úmidos e a garganta apertada.

– Pobre homem – disse roucamente. – Sinto muito por ele.

– Eu não – replicou Sebastian. – Se ele cresceu sem o

afeto do pai, não era diferente de inúmeras pessoas que tiveram de conquistar seu espaço no mundo sozinhas. Estava em melhor situação do que Rohan, cujo sangue cigano o torna objeto de preconceito. Não chore, Evie. Bullard não valia uma única lágrima sua.

Evie deu um suspiro, trêmula.

– Desculpe-me. Não queria ser tão emotiva. É só que as últimas semanas foram muito difíceis. Ainda estou com os sentimentos à flor da pele e não consigo controlá-los como deveria.

Sebastian a puxou junto a seu corpo quente, envolvendo-a com seus músculos fortes e sussurrando por entre os cabelos dela:

– Não se desculpe por ser emotiva, amor. Você passou por um inferno. Sou um bruto sem coração, mas sei apreciar a coragem necessária para ser sincero em relação aos próprios sentimentos.

A voz de Evie foi abafada pelo ombro de Sebastian.

– Você não é um homem sem coração – sussurrou ela tremulamente. – Talvez isso seja errado da minha parte, mas, embora eu lamente de verdade a morte do Sr. Bullard, fico aliviada por ele ter partido. Por causa do que ele fez, quase perdi você.

Sebastian passou a boca pelos cachos soltos de Evie até encontrar a frágil borda da orelha.

– Você não terá tanta sorte.

– Não diga isso – disse Evie, sem achar graça da piada. Ela afastou a cabeça para olhá-lo enquanto ele continuava a abraçá-la. – Nem de brincadeira. Eu... – Sua voz tremeu enquanto se forçava a continuar. – Eu acho que não conseguiria mais viver sem você.

Sebastian pôs delicadamente sua grande mão na nuca de Evie, puxando-a para seu ombro enquanto enterrava o rosto nos cabelos dela por um instante.

– Ah, Evie... – Ela o ouviu dizer suavemente. – Afinal de contas, eu devo ter um coração, porque neste momento ele está apertado.

– Só seu coração está ficando apertado? – perguntou ela, fazendo-o rir.

– Outras coisas também – admitiu, com um brilho malicioso nos olhos. – E, como minha esposa, é seu dever aliviar todas as minhas dores.

Evie ergueu os braços e o puxou para ela.

~

Alheios aos assuntos pessoais dos donos ou empregados do Jenner's, seus clientes continuaram a lotá-lo todas as noites, especialmente depois de ficarem sabendo que não estavam admitindo mais sócios, porque o limite fora fixado em 2.500. Quem estivesse interessado em uma vaga tinha de se inscrever em uma fila de espera.

A estranha combinação de um visconde sem nenhum centavo e um clube de jogos em decadência produzira uma química surpreendente. Os empregados eram arrastados pela energia dinâmica de Sebastian ou despedidos. O clube era dirigido com uma eficiência implacável nunca vista até então. Nem mesmo Ivo Jenner em seu auge dirigira seu pequeno império com essa mão de ferro.

No passado, o ressentimento de Ivo Jenner com a aristocracia o fizera tratar muitos dos sócios com uma aduladora subserviência que os deixava vagamente desconfortáveis. Sebastian, por outro lado, era um deles. Era descontraído e, ainda assim, tão elegante que sua presença parecia encher o ambiente de animação. Sempre que estava por perto, os sócios riam, gastavam, falavam e comiam mais.

Enquanto os outros clubes serviam os indefectíveis bifes

e tortas de maçã, o farto bufê do Jenner's era constantemente incrementado com pratos mais elaborados: salada quente de lagosta, caçarola de faisão, camarão com purê de aipo, codorna recheada com uvas e queijo de cabra servidos com molho de creme. E o favorito de Evie: bolo de amêndoas com cobertura de framboesas e uma grossa camada de merengue. A comida e o entretenimento no clube tinham melhorado tão rápido que as esposas começaram a se queixar de que os maridos estavam passando noites demais lá.

A natureza manipuladora de Sebastian encontrara um escape perfeito no Jenner's. Ele sabia como proporcionar um ambiente em que os homens podiam relaxar, se divertir e, nesse processo, gastar com facilidade. Os jogos eram conduzidos com rigorosa honestidade, já que teoricamente o jogo era ilegal, embora praticado abertamente em toda a cidade de Londres. Dirigir um clube respeitável era o melhor modo de evitar ações judiciais.

Se no início Sebastian teve de suportar alguns comentários irônicos de conhecidos, eles logo mudaram de comportamento ao se verem na posição de lhe pedir aumento de crédito ou prazo para pagar dívidas. Para um homem que nunca havia tido muito dinheiro, Sebastian possuía uma surpreendente capacidade de administrá-lo. Como Cam dissera com admiração, Sebastian demonstrava a habilidade de um terrier para farejar um saldo bancário em risco ou qualquer coisa que pudesse afetar a capacidade de pagamento de um sócio.

Uma noite, quando Evie estava sentada perto da escrivaninha de Cam na sala principal, observando Sebastian presidir um jogo com apostas particularmente altas, percebeu a presença de um idoso ao seu lado. Virou-se e viu que era lorde Haldane, um cavalheiro que Sebastian lhe apresentara na semana anterior.

– Milorde – murmurou enquanto ele se inclinava sobre sua mão. – É um prazer revê-lo.

Ele tinha olhos castanhos e uma papada sob o queixo e sorriu para Evie.

– O prazer é meu, lady St. Vincent.

Ambos voltaram seus olhos para a mesa de jogos, onde Sebastian acabara de fazer uma piada para aliviar a tensão. Ouviram-se risadas em meio à multidão e Evie se maravilhou com quanto Sebastian parecia à vontade em seu papel, como se tivesse nascido para isso. Estranhamente, parecia mais à vontade no clube do que o pai dela. Ivo Jenner, com sua natureza agitada, sempre achara difícil esconder sua preocupação quando um sócio do clube estava em uma maré de sorte extraordinária que ameaçava quebrar a banca. Sebastian, por outro lado, permanecia calmo e inabalável em todas as circunstâncias.

Lorde Haldane estava ocupado com reflexões parecidas, porque olhou para a figura distante de Sebastian e disse distraidamente:

– Nunca esperei ver outro desse tipo.

– Milorde? – disse Evie com um sorriso enquanto Sebastian notava sua presença e começava a se dirigir para ela.

Haldane pareceu perdido em uma lembrança muito antiga.

– Em todos os meus anos de vida, só vi outro homem que andava por um clube de jogos dessa maneira. Como se fosse seu território de caça e ele fosse o mais fascinante dos predadores.

– Refere-se ao meu pai? – perguntou Evie, confusa.

Haldane sorriu e balançou a cabeça.

– Por Deus, não.

– A quem...? – começou Evie, mas sua pergunta ficou no ar quando Sebastian os alcançou.

– Milady – murmurou Sebastian, pondo uma das mãos nas costas de Evie. Olhando para Haldane com um leve sorriso, continuou a falar com a esposa: – Acho que devo preveni-la, meu amor. Este cavalheiro é um lobo em pele de cordeiro.

Embora Evie achasse que o homem ficaria ofendido com aquele comentário, Haldane deu uma risada de satisfação ao ter sua vaidade adulada.

– Se eu fosse vinte anos mais jovem, seu insolente, a roubaria de você. Apesar de seu tão propagado charme, não se iguala ao meu no passado.

– A idade não o fez mudar nada – disse Sebastian com um sorriso, afastando Evie dele. – Com licença, milorde, vou levar minha esposa para um lugar mais seguro.

– É óbvio que conquistou esse cavalheiro esquivo – disse Haldane para Evie. – Então vá e aplaque o ciúme dele.

– Eu... vou tentar – disse Evie insegura.

Por algum motivo, os dois homens riram e Sebastian manteve a mão nas costas de Evie enquanto se dirigiam à sala principal. Ele inclinou a cabeça para ela e perguntou:

– Está tudo bem, querida?

– Sim. Eu... – Ela parou, sorriu e disse de um modo pouco convincente: – Só queria vê-lo.

Parando com ela atrás de uma coluna, Sebastian baixou a cabeça para lhe roubar um beijo e a fitou com olhos brilhantes.

– Vamos jogar bilhar? – sussurrou e riu roucamente quando ela corou.

A popularidade do clube aumentou ainda mais quando os jornais começaram a recomendá-lo insistentemente:

Finalmente o Jenner's se posiciona como um dos lugares frequentados pela elite londrina, distinguindo-se como um clube do qual todos os membros da aristocracia querem ser sócios. A cozinha sa-

tisfaz os paladares mais exigentes e a maior seleção de vinhos está à altura dos gostos mais refinados...

Em outro editorial:

Nunca é demais falar sobre a qualidade do ambiente recém-reformado, que oferece um belo cenário para uma clientela caracterizada pela superioridade intelectual. Não admira que o número de candidatos a sócios exceda em muito o número de vagas...

E ainda outro:

Muitos sugerem – e poucos discordam – que o renascimento do Jenner's só podia ser obra de um cavalheiro dotado de extraordinário encanto e conhecedor dos mundos da moda, política, literatura e aristocracia. Trata-se, é claro, do famoso lorde St. Vincent, agora dono de um clube perfeito que promete se tornar uma instituição importante na vida de West End...

Uma noite, sentada no escritório, Evie leu os editoriais. Não esperava que o marido e o clube recebessem tanta atenção pública. Embora estivesse feliz por Sebastian tê-lo tornado um sucesso, não podia evitar se perguntar como seria quando ela finalmente tirasse o luto e ambos tivessem de participar da sociedade londrina. Não tinha a menor dúvida de que receberiam muitos convites. Tinha de superar sua falta de jeito e timidez. Precisava aprender a arte de dar respostas inteligentes... Tinha de aprender a ser charmosa e confiante...

– Por que está com o cenho franzido, querida? – Sebastian veio se sentar à escrivaninha, olhando-a com um sorriso curioso. – Leu algo desagradável?

– Pelo contrário – respondeu Evie tristemente. – Todos estão maravilhados com o clube.

– Entendo. – Ele passou o dedo indicador pelo queixo da esposa. – E isso a preocupa por quê?

Ela explicou apressadamente:

– Porque você está se to-tornando muito famoso, isto é, por algo além de correr atrás de mulheres, e portanto será muito requisitado. E um dia te-terei de tirar o luto, o que significa que iremos a bailes e *soirées*, e não me sinto capaz de pa-parar de me esconder nos cantos. Tenho de aprender a ser espirituosa, segura e a falar com as pessoas. Caso contrário, vo-você ficará irritado comigo ou, pior ainda, envergonhado...

– Evie. Shhh. Meu Deus...

Sebastian puxou uma cadeira próxima com o pé, a encostou na dela e se sentou pondo os joelhos de Evie entre os seus. Segurou-lhe as mãos e a olhou nos olhos, sorrindo.

– Não consegue ficar nem vinte minutos sem se preocupar, não é? Você não precisa ser nada além do que é.

Sebastian lhe beijou as mãos e, quando ergueu a cabeça, seu sorriso tinha desaparecido e ele estava com um olhar apaixonado. Passou o dedo polegar sobre a aliança, roçando-o nas palavras gravadas.

– Como eu poderia ter vergonha de você? *Eu* é que fui um vilão. Você nunca fez nada vergonhoso em sua vida. E no que diz respeito às afetações e habilidades sociais, espero que nunca se torne como aquelas tolas vazias que falam sem parar sem conseguir dizer nada de interessante. – Puxando-a para mais perto, esfregou o nariz no pescoço dela, no local em que o cordão de seda do vestido repousava na pele pálida. Saboreou-a levemente com a boca e depois lhe sussurrou no ponto que umedecera, fazendo-a estremecer: – Se quiser se esconder nos cantos, minha querida, eu aceito, desde que me leve com você. Na verdade, insistirei nisso. Eu a aviso de que me comporto muito mal nessas situações. Provavelmente a possuirei em gazebos, balcões, debaixo de escadas e atrás de vasos de plantas. Se você reclamar, simplesmente a lembrarei de que não deveria ter se casado com um libertino inescrupuloso.

Evie arqueou levemente o pescoço ao sentir as carícias dele.

– Não reclamarei.

Sebastian sorriu e mordiscou ternamente o pescoço dela.

– Esposa bem comportada – sussurrou. – Serei uma péssima influência para você. Por que não me dá um beijo e depois sobe para tomar seu banho? Quando terminar, estarei lá com você.

~

Quando Evie entrou no quarto, a banheira estava cheia até a metade. Frannie e outra criada pegaram um conjunto de jarros e se preparavam para mais uma ida para o andar de baixo. Acalorada e sonhando acordada depois dos beijos de Sebastian, Evie começou a desabotoar as mangas do vestido.

– Eu a ajudarei quando voltar com o resto da água, milady – disse Frannie.

Evie sorriu.

– Obrigada.

Ela se dirigiu à penteadeira e pegou um frasco de perfume, um presente que Lillian recentemente lhe enviara. Com seu nariz especialmente sensível, Lillian adorava perfumes. Pouco tempo atrás, havia experimentado fazer suas próprias combinações. Esse perfume era suntuoso e equilibrado, uma mistura de rosas e especiarias picantes fixada com âmbar. Evie despejou cuidadosamente algumas gotas douradas na água do banho e inalou com prazer o vapor com aroma de rosas.

Voltando para a penteadeira, sentou-se em uma pequena cadeira e se curvou para tirar os sapatos e as meias, pondo as mãos debaixo das saias para soltar as ligas. Com a cabeça virada para baixo, não podia ver muito, mas um súbito calafrio na nuca e passos suaves no chão acarpetado fizeram todos os pelos de seu corpo se eriçarem.

Ela viu algo deslizando rapidamente no chão. Sentando-se, seguiu a sombra até suas origens e deixou escapar um grito ao ver uma figura andrajosa vindo em sua direção. Levantou-se de um pulo da cadeira, tão rápido que a virou. Ao se virar para olhar o homem que entrara no quarto, ele disse com uma voz áspera:

– Cale a boca ou a abrirei do pescoço à vagina.

Ele segurava uma faca comprida e pontuda. Estava muito perto dela. Se quisesse, podia atingi-la com um só golpe.

Nenhum monstro imaginado pelo mundo infantil, nenhuma imagem de pesadelos podia se igualar à visão daquele homem terrivelmente corroído. Evie se moveu apenas um pouco na direção da banheira, tentando posicioná-la entre ela e o louco. Ele usava roupas que eram pouco mais que farrapos. Estava estranhamente inclinado para o lado esquerdo, como uma marionete desequilibrada. Em cada centímetro da pele exposta – mãos, pescoço, rosto – havia feridas purulentas, como se a carne estivesse se desprendendo dos ossos. Mas o mais horrível eram os restos do que um dia fora um nariz. Ele parecia uma quimera, um conjunto de carne, membros e traços desconjuntados.

Apesar da sujeira, das feridas e da chocante destruição do rosto dele, Evie o reconheceu. Teve de se esforçar muito para manter a calma enquanto o pânico se espalhava por todas as suas veias.

– Sr. Bullard – disse em voz baixa. – No hospital disseram que tinha morrido.

Bullard inclinou estranhamente a cabeça enquanto continuava a olhá-la.

– Saí daquele maldito inferno – grunhiu. – Quebrei uma janela e fugi à noite. Estava farto daqueles demônios tentando me despejar suas malditas poções garganta abaixo.

Ele se aproximou de Evie com passos instáveis. Evie contornou lentamente a banheira, seu coração batendo forte.

– Mas eu não ia ficar naquele maldito lugar sem antes mandá-la para o inferno.

– Por quê? – perguntou Evie suavemente, tentando não olhar para a porta, onde viu um movimento pelo canto do olho.

Devia ser Frannie, pensou, aflita. A forma indistinta desapareceu e Evie rezou para a criada ter corrido para buscar ajuda. Enquanto isso, seu único recurso era manter distância de Joss Bullard.

– Você tirou tudo de mim! – rosnou ele, curvando os ombros como um animal encurralado em uma gaiola. – O maldito canalha deu tudo a você, uma gaguinha feia, quando *eu* era filho dele. Ele me escondeu como se eu fosse um urinol sujo. – Ele contorceu o rosto. – Eu fazia tudo que ele pedia, teria matado para agradá-lo, mas isso nunca importou. Só queria *você*, maldita parasita!

– Lamento muito – disse Evie, e a sincera lástima em sua voz pareceu desorientá-lo momentaneamente.

Ele fez uma pausa e a observou, a cabeça inclinada.

– Sr. Bullard... Joss... Meu pai realmente se preocupava com você. Seu último pedido foi que o ajudássemos e cuidássemos de você.

– É tarde demais para isso! – Ele arfou e levou as duas mãos à cabeça, inclusive a que segurava a faca, como se sentisse uma dor insuportável. – Maldito! Que o diabo o carregue!

Vendo uma chance de fugir, Evie correu para a porta. Bullard a pegou imediatamente, atirando-a com força contra a parede. Quando sua cabeça bateu na superfície dura, seu cérebro pareceu explodir e sua visão se tornou um borrão. Ela pestanejou e gemeu, tentando focalizar os olhos. Sentiu uma pressão desagradável no peito e um aperto na garganta. Percebeu que Bullard pusera o braço ao redor de seu pescoço, com a lâmina da faca completando o círculo. O aço afiado a comprimia a cada respiração. Bullard respirava com dificuldade, exalando um ar pútrido. Ela sentiu os tremores dele e os esforços para contê-los.

– Vamos juntos ao encontro dele – disse ele ao pé do ouvido.

– De quem? – murmurou Evie, sua visão aos poucos clareando.

– Nosso pai. Nós o veremos no inferno. – Deu uma gargalhada. – Ele deve estar jogando cartas com o diabo. – Bullard pressionou a faca no pescoço dela, parecendo gostar de vê-la se encolher. – Vou matá-la e depois me matarei. Será que Jenner gostaria de nos ver indo de braços dados para o inferno?

Enquanto Evie tentava encontrar palavras que pudessem trazê-lo temporariamente de volta à razão, uma voz calma veio da porta.

– Bullard.

Era Sebastian, parecendo surpreendentemente frio e calmo. Embora o perigo não tivesse diminuído, Evie sentiu um grande alívio com a presença do marido. Ele entrou no quarto devagar.

– Parece que os registros do Tottenham deixam a desejar – comentou, seus olhos claros e hipnotizadores fixos no rosto de Bullard.

— Achei que tivesse lhe enfiado uma bala — disse Bullard rudemente.

Sebastian deu de ombros.

— Foi só um arranhão. Como conseguiu entrar no clube? Temos homens em todas as portas.

— Pelo depósito de carvão. Há uma passagem lá que leva a Rogue's Lane. Ninguém a conhece. Nem mesmo aquele cigano. Fique aí ou a matarei — disse ele quando o outro deu um passo para a frente.

Sebastian olhou para a faca, que agora Bullard segurava como se pretendesse cravá-la no peito de Evie.

— Está bem — disse Sebastian, recuando. — Calma. Eu farei o que pedir.

Sua voz era suave e amigável, sua expressão calma. Contudo, um suor brilhante começara a escorrer pelos lados do rosto.

— Joss, me ouça. Não tem nada a perder me deixando falar. Está entre amigos. Tudo que sua... sua irmã e eu queremos é atender ao pedido de seu pai e ajudá-lo. Diga-me o que quer. Posso lhe conseguir morfina para aliviar a dor. Pode ficar aqui o tempo que quiser, com uma cama limpa para dormir e pessoas para cuidarem de você. Pode ter o que quiser.

— Está mentindo — disse Bullard desconfiado.

— Não estou, eu juro. Eu lhe darei o que quiser. Mas não poderei fazer nada por você se ferir Evie. — Enquanto falava, Sebastian se moveu lentamente na direção da janela, forçando Bullard a se virar. — Solte-a e...

— Pare — disse Bullard, balançando a cabeça com impaciência. Um tremor o sacudiu e ele deu um grunhido animalesco. — Maldito barulho em meus ouvidos...

— Posso ajudá-lo — disse Sebastian pacientemente. — Você precisa de remédios e repouso. Abaixe o braço, Joss. Não há necessidade de machucar ninguém. Você está em casa. Abaixe o braço para que eu possa ajudá-lo.

Incredulamente, Evie sentiu Bullard relaxar o braço enquanto ouvia a voz tranquilizadora de Sebastian e se virava para ele.

Um barulho ensurdecedor rasgou o ar. Evie foi solta com uma força que a fez cambalear para trás. Sua mente atordoada só teve um segundo para registrar a visão de Cam à porta, baixando uma pistola fumegante. Sebastian tinha se movido deliberadamente no quarto para posicionar Bullard de modo que Cam pudesse lhe dar um tiro certeiro.

Antes de Evie poder olhar para o corpo caído no chão, foi virada e puxada para o peito de Sebastian. Toda a tensão que ele havia contido nos últimos minutos foi liberada em fortes tremores enquanto a abraçava. Sem fôlego para falar, Evie só pôde ficar nos braços do marido enquanto ele amaldiçoava e gemia junto aos seus cabelos.

Parecia que a pulsação de Evie nunca voltaria ao normal.

– Frannie o alertou?

Sebastian assentiu, deslizando dedos trêmulos para os cabelos de Evie.

– Sim, ela me disse que havia um homem em seu quarto. Não conseguiu reconhecê-lo.

Ele puxou a cabeça dela para trás e viu o pequeno corte que a faca produzira no pescoço. Empalideceu ao perceber quão perto da artéria principal Bullard chegara. Inclinou-se para beijar a fina marca e depois arrastou a boca freneticamente pelo rosto de Evie.

– Maldição – sussurrou. – Evie, Evie. Não aguento isso.

Ela se virou nos braços do marido a fim de olhar para Cam, que acabara de pôr seu casaco sobre a cabeça e os ombros de Bullard para escondê-los.

– Cam, você não tinha de atirar nele – disse com uma voz embargada. – Ele ia me soltar. Estava baixando o braço...

– Não dava para ter certeza – disse o rapaz em um tom monótono. – Quando vi aquilo, tive de atirar.

Ele estava com uma expressão vazia, mas seus olhos dourados brilhavam com lágrimas não derramadas. Evie percebeu que ele acabara de ser forçado a matar um homem que conhecia desde a infância.

– Cam – começou a dizer compassivamente, mas ele lhe fez um gesto para parar e balançou a cabeça.

– Foi melhor para ele – disse sem olhá-la. – Nenhuma criatura deveria ter de sofrer assim.

– Sim, mas você...

– Eu estou bem – disse Cam, enrijecendo o maxilar.

Mas ele não estava. Havia uma palidez em sua pele dourada e parecia tão abalado que Evie não conseguiu evitar a vontade de abraçá-lo, em um consolo maternal. Ele a deixou fazer isso, embora não retribuísse o abraço. Pouco a pouco, parou de tremer. Ela sentiu a leve pressão dos lábios de Cam em seus cabelos.

Ao que pareceu, isso era tudo que Sebastian estava disposto a permitir. Ele se aproximou, pegou Evie e ordenou bruscamente para Cam:

– Vá buscar o homem da funerária.

– Sim – disse o rapaz distraidamente. Ele hesitou. – Devem ter ouvido o barulho lá embaixo. Teremos que dar algum tipo de explicação.

– Diga que alguém estava limpando uma arma e ela disparou acidentalmente – sugeriu Sebastian. – Ninguém foi ferido. Quando o homem da funerária chegar, traga-o para cima e lhe pague por seu silêncio.

– Sim, milorde. E se algum policial fizer perguntas?

– Faça-o ir ao meu escritório. Eu lidarei com ele.

Cam assentiu com a cabeça e desapareceu. Sebastian puxou Evie para fora do quarto, trancou a porta, pôs a chave no bolso e a levou para outro quarto no corredor. Ela o acompanhou, atordoada, tentando entender o que acabara de acontecer. Sebastian estava calado, seu perfil pétreo enquanto tentava manter a calma. Com grande cuidado, a fez entrar no quarto.

– Fique aqui. Enviarei uma criada para atendê-la. E uma taça de conhaque. Quero que beba tudo.

Evie o olhou ansiosamente.

– Virá me ver depois?

Ele assentiu brevemente com a cabeça.

– Primeiro tenho de cuidar de algumas coisas.

Naquela noite, porém, Sebastian não voltou para o quarto. Evie o esperou em vão, finalmente indo para a cama sozinha. Acordou várias vezes e passou a mão pelo espaço vazio ao seu lado procurando inutilmente o corpo quente do marido. Quando a manhã chegou, Evie estava preocupada e exausta, e olhou inexpressivamente para a criada que fora acender a lareira.

– Viu St. Vincent esta manhã? – perguntou roucamente.

– Sim, milady. Sr. Rohan e ele ficaram acordados quase a noite toda conversando.

– Diga que quero vê-lo.

– Sim, milady.

A criada pôs um jarro de água quente no lavatório e saiu do quarto. Evie se levantou da cama e passou as mãos pelos cabelos rebeldes. Tinha deixado a escova, o pente e os grampos no outro quarto, onde...

Ela estremeceu de repulsa e pena ao se lembrar dos acontecimentos da noite anterior. Ficou feliz por seu pai não ter vivido para ver no que se transformara o pobre Joss Bullard. Perguntou-se quais eram os verdadeiros sentimentos de seu pai por ele e se realmente acreditava que fosse filho dele.

– Papai... – murmurou, vendo os próprios olhos azuis no espelho.

Os olhos de Ivo Jenner. Seu pai havia levado muitos segredos para o túmulo e deixado inúmeras coisas sem explicação. Sempre lamentaria não tê-lo conhecido melhor. Contudo, confortou-a pensar que ele teria ficado satisfeito em saber que o clube finalmente atingira o nível ao qual sempre aspirara... e sua própria filha desencadeara os acontecimentos que resultariam na salvação do estabelecimento.

Quando voltou a pensar em Sebastian, ele entrou no quarto, ainda usando as mesmas roupas da noite anterior. Estava com os cabelos cor de âmbar dourado desgrenhados, o rosto com olheiras. Parecia cansado mas decidido, com o ar de um homem que tomara decisões desagradáveis e estava determinado a cumpri-las.

Sebastian a examinou com o olhar.

– Como você está?

Evie teria corrido para ele, mas algo na expressão do marido a fez se conter. Ela ficou em pé ao lado do lavatório, olhando-o com curiosidade.

– Cansada, mas não tanto quanto você. A criada me disse que você ficou acordado quase a noite toda. Sobre o que você e Cam conversaram?

Sebastian passou a mão pela nuca.

– Ele está tendo um pouco de dificuldade em aceitar o que aconteceu na noite passada, mas ficará bem.

Evie ficou indecisa, perguntando-se por que Sebastian estava tentando tanto parecer distante. Contudo, quando ele olhou para seu corpo sob a camisola, não conseguiu esconder um brilho de desejo nos olhos. Isso a tranquilizou.

– Venha cá – disse Evie em uma voz baixa.

Mas ele foi até a janela, afastando-se dela. Olhou em silêncio para a rua movimentada, as carruagens e calçadas repletas de pedestres. Perplexa com aquele comportamento, Evie observou as costas esguias e os ombros firmes do marido.

Finalmente Sebastian se virou para ela, seu rosto cuidadosamente inexpressivo.

– Você não está segura aqui. Eu disse isso desde o início. E ficou provado mais de uma vez que tinha razão. Tomei uma decisão definitiva. Vou enviá-la para o campo para ficar na propriedade da família por um tempo. Meu pai quer conhecê-la. Ele será uma companhia bastante agradável e há algumas famílias locais que poderão lhe proporcionar um pouco de diversão...

– E você pretende ficar aqui? – perguntou Evie, franzindo a testa.

– Sim. Dirigirei o clube e a visitarei de vez em quando.

Sem poder acreditar que Sebastian estivesse propondo uma separação entre eles, Evie arregalou os olhos.

– Por quê? – perguntou fracamente.

Ele estava com uma expressão séria.

– Não posso mantê-la em um lugar como este, sempre me preocupando com o que poderia lhe acontecer.

– Acontecem coisas com pessoas no campo também.

– Não vou discutir com você – disse Sebastian rispidamente. – Irá para onde eu quiser e ponto final.

A antiga Evie teria se acovardado, ficado magoada e possivelmente obedecido sem mais discussões. Contudo, a nova Evie era muito mais forte, para não dizer desesperadamente apaixonada.

– Não acho que eu possa ficar longe de você – disse ela com franqueza. – Especialmente por não entender o motivo para isso.

Sebastian perdeu um pouco da compostura e um rubor subiu pelo seu pescoço. Ele passou as mãos pelos cabelos brilhantes, despenteando-os ainda mais.

– Nos últimos tempos tenho andado tão distraído que

não consigo tomar nenhuma decisão. Não consigo pensar com clareza. Sinto nós no estômago e dores constantes no peito sempre que a vejo falando com outro homem ou sorrindo para alguém. Fico louco de ciúme. Não posso viver assim. Eu... – Ele se interrompeu e a olhou incredulamente. – Maldição, Evie, por que está rindo?

– Por nada – respondeu ela, apressando-se a conter o súbito sorriso. – É só que... parece que você está tentando dizer que me ama.

Sebastian pareceu chocado.

– Não – disse veementemente, enrubescendo mais ainda. – Não é isso. Não é disso que estou falando. Só preciso encontrar um modo de... – Ele se interrompeu e inspirou profundamente quando ela se aproximou. – Evie, não. – Sentiu um arrepio quando ela ergueu as mãos para tocar seu rosto, acariciando-lhe a pele. – Não é o que você está pensando.

Evie sentiu o medo em sua voz. O medo que um garotinho devia ter sentido quando todas as mulheres que amava desapareceram de sua vida, levadas por uma febre impiedosa. Não sabendo como tranquilizá-lo ou consolá-lo por essa dor tão antiga, ficou na ponta dos pés e o beijou. Ele lhe segurou os cotovelos, como se para afastá-la, mas não pareceu conseguir fazer isso. Quando desviou o rosto, estava ofegante. Sem se dar por vencida, Evie lhe beijou a bochecha, o queixo e o pescoço. Ele praguejou baixinho.

– Maldita seja – disse desesperadamente. – Tenho de enviá-la para longe.

– Você não está tentando me proteger, mas se proteger. – Ela o estreitou nos braços. – Mas pode se forçar a assumir o risco de amar alguém, não é?

– Não – sussurrou ele.

– Sim, e deve. – Evie fechou os olhos e apertou seu rosto

junto ao dele. – Porque eu o amo, Sebastian... e preciso que meu amor seja correspondido. Sem me-meias medidas.

Ela o ouviu respirar por entre os dentes. Ele pôs as mãos nos ombros de Evie e depois as retirou.

– Você terá de me deixar estabelecer meus próprios limites ou...

Evie procurou a boca do marido e o beijou devagar, deliberadamente, até Sebastian sucumbir com um gemido, abraçando-a. Ele correspondeu apaixonadamente ao beijo até incendiar-lhe todas as partes do corpo. Depois afastou a boca, ofegando selvagemente.

– *Meias medidas*. Meu Deus! Eu a amo tanto que isso está me consumindo. Não posso evitar. Já não sei mais quem sou. Só sei que se eu me entregar totalmente a isso...
– Ele tentou controlar sua respiração. – Você significa muito para mim.

Evie circundou o peito firme do marido com a palma da mão, em um movimento tranquilizador. Entendia o desespero dele, as emoções fortes e desconhecidas que o dominavam. Isso a fez se lembrar de algo que Annabelle lhe confidenciara: que, no início do casamento deles, o Sr. Hunt havia ficado tão perturbado com a intensidade de seus sentimentos por ela que precisara de tempo para se adaptar.

– Sebastian, não será assim o tempo todo, sabe? Depois de algum tempo, será mais natural, mais confortável.

– Não, não será.

Sebastian parecia tão apaixonado e seguro que Evie teve de esconder o rosto no ombro dele para que não a visse sorrir.

– Eu o amo – repetiu e o sentiu tremer de desejo. – Po-
-pode me enviar para longe, mas não pode me impedir de voltar correndo para você. Quero passar todos os dias da minha vida com você. Quero vê-lo se barbear de manhã.

Quero be-beber champanhe e dançar com você. Quero remendar suas meias. Quero dividir uma cama com você todas as noites e ter filhos seus. – Ela fez uma pausa. – Acha que eu não tenho medo também? Talvez uma manhã você acorde e diga que está cansado de mim. Talvez tudo o que aceita tão bem agora se torne irritante para você: minha gagueira, minhas sardas...

– Não seja idiota – interrompeu-a Sebastian bruscamente. – Sua gagueira nunca me irritaria. E eu adoro suas sardas. *Adoro*... – Sua voz falhou e ele a apertou com força. – Inferno. Eu gostaria de ser outra pessoa.

– Por quê? – perguntou ela com uma voz abafada.

– *Por quê*? Porque meu passado é um lixo, Evie. Nunca poderei consertar as coisas que fiz. Cristo, como gostaria de poder recomeçar! Eu tentaria ser um homem melhor para você. Eu...

– Você não precisa ser nada além do que é. – Erguendo a cabeça, Evie o olhou em meio às lágrimas. – Não foi isso que me disse? Se pode me amar incondicionalmente, não posso amá-lo da mesma maneira? Sei quem você é. Conhecemos um ao outro melhor do que conhecemos nós mesmos. Não ouse me enviar para longe, seu co-covarde. Quem mais adoraria minhas sardas? Quem mais se im--importaria se meus pés estão frios? Quem mais me possuiria na sala de bilhar?

Pouco a pouco, a resistência de Sebastian foi diminuindo. Evie sentiu a mudança no corpo dele, o relaxamento, os ombros se curvando ao seu redor como se ele pudesse puxá-la para dentro de si mesmo. Murmurando o nome dela, Sebastian levou a mão de Evie ao rosto e beijou ardentemente a palma.

– Meu amor é seu – sussurrou, e então Evie soube que havia vencido.

Aquele homem imperfeito, extraordinário e apaixonado

era dela e lhe confiara totalmente seu coração. E ela jamais lhe trairia a confiança.

Com grande alívio e ternura, Evie se agarrou a ele enquanto uma lágrima deslizava pelo seu rosto. Sebastian a enxugou com os dedos, olhando para Evie. E o que ela viu nos olhos brilhantes dele lhe tirou o fôlego.

– Bem – disse Sebastian, trêmulo – Talvez você tenha razão sobre a sala de bilhar.

E Evie sorriu quando ele a ergueu nos braços e a carregou para a cama.

EPÍLOGO

Era quase o fim do inverno. Como o período de luto de Evie coincidira com o do parto de Annabelle, as duas passavam muito tempo juntas. Ambas estavam impedidas de comparecer a eventos sociais, como bailes ou grandes jantares, mas isso lhes convinha, porque vinha fazendo muito frio desde o Natal e a primavera parecia demorar a chegar. Em vez de passear pela cidade, elas ficavam encolhidas perto da grande lareira da luxuosa suíte do hotel dos Hunts ou se reuniam com Lillian e Daisy em uma das aconchegantes salas do Marsden Terrace, de Westcliff. Liam, conversavam e faziam trabalhos manuais enquanto tomavam chá.

Uma tarde, Lillian estava sentada a uma escrivaninha no canto, escrevendo uma carta para uma de suas cunhadas, enquanto Daisy, com seu corpo delgado envolto em uma manta de caxemira, lia um romance reclinada em um sofá. Annabelle ocupara uma cadeira perto da lareira e estava com uma das mãos sobre sua enorme barriga enquanto

Evie, em um banco na frente dela, lhe massageava os pés doloridos. Annabelle deu um suspiro e murmurou:

– Ah, como isso é bom. Ninguém me avisou que a gravidez deixava os pés tão doloridos. Embora eu devesse ter esperado por isso, com todo o peso extra que sou obrigada a carregar. Obrigada, Evie. Você é a melhor amiga do mundo.

Lillian disse sarcasticamente do canto:

– Ela me disse a mesma coisa na última vez em que lhe massageei os pés. Sua devoção só durará até a próxima massagem. Admita, Annabelle, que você é uma exploradora.

Annabelle sorriu.

– Espere só até *você* engravidar, querida. Vai implorar por massagens nos pés para quem estiver disposto a fazer.

Lillian abriu a boca para responder, mas pareceu pensar melhor e tomou um gole de vinho da taça na escrivaninha. Sem erguer os olhos de seu romance, Daisy disse:

– Ah, vá em frente e conte para elas.

Annabelle e Evie se viraram para olhar Lillian.

– Contar o quê? – perguntaram em uníssono.

Lillian respondeu com um rápido e constrangido dar de ombros e um tímido sorriso:

– Nos meados do próximo verão, Westcliff finalmente terá seu herdeiro.

– A menos que seja uma menina – acrescentou Daisy.

– Parabéns! – exclamou Evie, abandonando temporariamente Annabelle e indo dar um forte abraço em Lillian. – Essa é uma ótima notícia!

– Westcliff não cabe em si de tanta alegria, embora tente disfarçar isso – disse Lillian, retribuindo o abraço. – Estou certa de que neste momento está contando para St. Vincent e o Sr. Hunt. Ele parece acreditar que tudo é obra dele.

– Bem, a contribuição dele foi essencial, não foi? – salientou Annabelle, divertida.

– Sim – respondeu Lillian –, mas obviamente a maior parte do trabalho será minha.

Do outro lado da sala, Annabelle sorriu.

– Você o fará esplendidamente, querida. Perdoe-me por não saltitar pela sala, mas saiba que estou muito feliz. Espero que tenhamos filhos de sexos opostos, porque assim poderemos arranjar um casamento. – Seu tom se tornou lamurioso e adulador. – Evie, volte aqui. Você não pode me deixar com uma massagem em apenas um dos pés.

Balançando a cabeça e sorrindo, Evie voltou para o banco perto da lareira. Olhou de relance para Daisy, notando o olhar carinhoso e pensativo que dirigiu à irmã mais velha. Percebendo a tristeza da jovem, Evie comentou:

– No meio de toda essa conversa sobre maridos e bebês, não podemos nos esquecer de encontrar um marido para Daisy.

A jovem de cabelos escuros lhe deu um sorriso afetuoso.

– Você é um amor, Evie. E não me importo de ter de esperar a minha vez. Afinal de contas, *alguém* tem que ficar para titia, não é? Mas estou começando a me perguntar se algum dia encontrarei um homem adequado com quem me casar.

– É claro que encontrará – disse Annabelle sensatamente. – Não vejo nenhuma dificuldade nisso, Daisy. Todas nós aumentamos bastante nosso círculo de amizades e faremos o que for preciso para encontrar o marido perfeito para você.

– Só tenham em mente que não quero me casar com um homem como lorde Westcliff – disse Daisy. – Muito dominador. Ou lorde St. Vincent. Muito imprevisível.

– Que tal um como o Sr. Hunt? – perguntou Annabelle.

Daisy balançou firmemente a cabeça.

– Muito alto.

– Está se tornando um pouco exigente, não é? – disse Annabelle calmamente, seus olhos brilhando.

– Nem um pouco! Minhas expectativas são bastante razoáveis. Quero um homem bom, que goste de longas caminhadas e livros e seja adorado por cães, crianças...

– E todas as formas superiores de vida aquática e vegetal – disse Lillian secamente. – Diga-me, querida, onde encontraremos esse modelo de perfeição?

– Não nos bailes que frequentamos até agora – respondeu Daisy de cara fechada. – Não achava que isso fosse possível, mas a seleção deste ano está ainda pior do que a do ano passado. Estou começando a acreditar que será impossível encontrar um homem que valha a pena nesses eventos.

– Acho que você tem razão – disse Lillian. – Há muita concorrência nessa área e as melhores presas já foram encontradas. Hora de caçar em um novo território.

– O escritório do clube tem fichas de todos os clientes – disse Evie. – Cerca de 2.500 cavalheiros de posses. É claro que muitos já estão casados, mas tenho certeza de que eu poderia encontrar nomes de possíveis candidatos.

– Lorde St. Vincent permitirá nosso acesso a informações tão particulares? – perguntou Daisy ceticamente.

– E por acaso ele nega *alguma coisa* para ela? – disse Lillian em um tom zombeteiro.

Evie, que frequentemente era alvo das brincadeiras delas sobre a óbvia devoção de Sebastian, sorriu e olhou para a aliança que brilhava à luz do fogo.

– Raramente – admitiu.

Isso fez Lillian dar uma risada.

– Realmente alguém deveria dizer para St. Vincent que ele se transformou em um clichê ambulante. É a personificação de tudo o que dizem sobre libertinos regenerados.

Annabelle se recostou em sua cadeira e perguntou para Evie:

– Ele se regenerou, querida?

Pensando no marido sensual, terno e amoroso que a esperava no andar de baixo, Evie deu um grande sorriso.

– Apenas o suficiente – respondeu com suavidade, e não revelou mais nada.

LEIA UM TRECHO DO PRÓXIMO VOLUME DA SÉRIE

Escândalos na primavera

PRÓLOGO

— Tomei uma decisão sobre o futuro de Daisy – anunciou Thomas Bowman para a esposa e a filha. – Embora os Bowmans não gostem de admitir uma derrota, não podemos ignorar a realidade.

– Que realidade, pai? – perguntou Daisy.

– De que você não foi feita para a aristocracia britânica. Obtive baixa taxa de retorno sobre meu investimento em sua busca por um marido. Sabe o que isso significa, Daisy?

– Que sou um mau investimento? – Daisy tentou adivinhar.

Nesse momento, ninguém diria que Daisy era uma moça de 22 anos. Pequena, esguia e com cabelos escuros, ainda possuía a agilidade e a exuberância de uma criança, quando outras mulheres já tinham se tornado jovens e ajuizadas matronas. Sentada com os joelhos puxados para cima, ela parecia uma boneca de porcelana abandonada no canto do sofá. Irritava Bowman ver a filha segurando um livro no colo com um dedo marcando as páginas. Obviamente ela mal podia esperar que ele terminasse para poder retomar sua leitura.

– Largue isso – disse ele.

– Sim, pai.

Um tanto disfarçadamente, Daisy abriu o livro para ver o número da página e o pôs de lado. O pequeno gesto irritou Bowman. Livros... A mera visão de um livro passara a representar o vergonhoso fracasso da filha no mercado matrimonial.

Tragando um grande charuto, Bowman se sentou em uma cadeira estofada na sala da suíte do hotel que eles ocupavam havia mais de dois anos. Sua esposa, Mercedes, estava encarapitada em uma cadeira de vime com espaldar alto. Bowman era um homem corpulento, tão intimidador em suas dimensões físicas quanto em sua disposição. Embora fosse careca, tinha um denso bigode, como se toda a energia necessária para que lhe crescessem cabelos na cabeça tivesse sido canalizada para o lábio superior.

Mercedes havia começado o casamento como uma garota incomumente magra e se tornado ainda mais com o passar dos anos, como um sabão gasto aos poucos até se reduzir a uma fina fatia. Seus cabelos pretos e lisos estavam sempre presos, as mangas de seus vestidos bem ajustadas a punhos tão diminutos que Bowman podia tê-los partido como ramos de vidoeiro. Mesmo quando se sentava imóvel, ela transmitia uma energia nervosa.

Bowman nunca se arrependera de ter escolhido Mercedes como esposa. Sua ambição férrea correspondia perfeitamente à dele. Ela era uma mulher rígida e astuta sempre em busca de um lugar para os Bowmans na sociedade. Fora Mercedes quem insistira em levar as filhas para a Inglaterra, já que eles não seriam aceitos na nata da sociedade nova-iorquina.

– Devemos simplesmente passar por cima deles – dissera com determinação.

E, por Deus, tinham sido bem-sucedidos com Lillian, sua filha mais velha.

De algum modo, Lillian conquistara o maior prêmio de todos: lorde Westcliff, cuja linhagem era ouro puro. O conde fora uma ótima aquisição para a família. Mas agora Bowman estava impaciente por voltar para a América.

Se fosse para Daisy arranjar um marido com um título, a essa altura já o teria feito. Estava na hora de reduzir os prejuízos.

Refletindo sobre os cinco filhos, Bowman se perguntou como podiam ter puxado tão pouco a ele. Mercedes e ele eram determinados, mas três de seus filhos eram muito plácidos e aceitavam as coisas do jeito que eram. Achavam que tudo lhes cairia nas mãos, como frutas maduras de uma árvore. Lillian era a única que parecia ter herdado um pouco do espírito agressivo dos Bowmans, mas era mulher.

E havia Daisy. De todos os seus filhos, ela sempre tinha sido a que Thomas Bowman entendera menos. Mesmo na infância, Daisy nunca havia tirado as conclusões certas das histórias que ele lhe contava, fazendo apenas perguntas que nunca pareciam relevantes para o que estava tentando dizer. Quando ele lhe explicara por que os investidores em busca de baixo risco e retornos moderados deveriam aplicar seu capital em títulos de dívida pública, Daisy o interrompera perguntando: "Pai, não seria maravilhoso se os beija-flores se reunissem para tomar chá e fôssemos pequenos o suficiente para sermos convidados?"

Ao longo dos anos, os esforços de Bowman para mudar Daisy tinham encontrado uma valente resistência. A filha gostava de ser como era. Tentar mudá-la era como reunir um bando de borboletas. Simplesmente impossível.

Como Bowman andava meio louco com a natureza imprevisível da filha, não se admirava nem um pouco com a falta de homens dispostos a assumi-la por toda a vida. Que tipo de mãe ela seria, tagarelando sobre fadas descendo por arco-íris em vez de incutir regras sensatas nas cabeças dos filhos?

Mercedes entrou na conversa com uma voz consternada:
– Sr. Bowman, a temporada está longe de terminar. Sou

da opinião de que Daisy fez um excelente progresso até agora. Lorde Westcliff a apresentou a vários cavalheiros promissores e todos ficaram muito interessados na perspectiva de se tornarem cunhados do conde.

– É óbvio que o interesse desses "cavalheiros promissores" é se tornar cunhado de Westcliff, em vez de marido de Daisy – disse Bowman sombriamente. – Algum desses homens pretende pedi-la em casamento?

– Ela não tem como saber... – argumentou Mercedes.

– As mulheres sempre sabem dessas coisas. Responda, Daisy, há alguma possibilidade de você se casar com um desses cavalheiros?

A jovem hesitou, seus olhos escuros revelando preocupação.

– Não, pai – admitiu francamente.

– Como pensei.

Cruzando os dedos grossos sobre a barriga, Bowman olhou autoritariamente para as duas mulheres, que estavam caladas.

– Seu fracasso se tornou inconveniente, filha. Preocupa-me o gasto desnecessário com vestidos e bugigangas... O tédio de levá-la de um baile improdutivo a outro. Mais do que isso, preocupa-me essa aventura ter me mantido na Inglaterra quando sou necessário em Nova York. Por isso, decidi escolher um marido para você.

Daisy o encarou, confusa.

– Quem tem em mente, pai?

– Matthew Swift.

Ela o olhou como se ele tivesse enlouquecido. Mercedes tomou fôlego rapidamente.

– Isso não faz nenhum sentido, Sr. Bowman! Nenhum! Esse casamento não traria nenhuma vantagem para nós. O Sr. Swift não é um aristocrata e não possui uma riqueza significativa...

– Ele é um dos Swifts de Boston – contrapôs Bowman. – Dificilmente uma família pode torcer o nariz a isso. Tem um bom nome e uma boa linhagem. E o mais importante: Swift é dedicado a mim. É uma das pessoas com mais tino para negócios que eu já conheci. Quero-o como genro. Quero que herde minha empresa quando chegar a hora.

– Você tem três filhos legítimos que a herdarão – rebateu Mercedes, indignada.

– Nenhum deles dá a mínima para a empresa. Eles não se interessam por ela. – Pensando em Matthew Swift, que florescera sob sua tutela por quase dez anos, Bowman sentiu uma pontada de orgulho. O rapaz se parecia mais com ele do que seus próprios filhos. – Nenhum deles tem a ambição e frieza de Swift. Eu o tornarei o pai dos meus herdeiros.

– Ficou louco! – disse Mercedes, irritada.

Daisy falou em um tom calmo totalmente oposto ao do pai.

– Devo salientar que minha cooperação é necessária, especialmente agora que estamos falando em herdeiros. E eu garanto que nenhum poder na Terra me forçará a ter filhos de um homem de quem eu não goste.

– Pensei que você desejaria ser útil para alguém – rugiu Bowman. Sempre fora da natureza dele combater a rebeldia com uma força esmagadora. – Pensei que desejaria um marido e um lar em vez de continuar vivendo como uma parasita.

Daisy se encolheu como se ele a tivesse estapeado.

– Não sou uma parasita.

– Não? Então me explique como o mundo se beneficiou com sua presença. O que você já fez para alguém?

Diante da tarefa de justificar sua existência, Daisy o olhou friamente e permaneceu em silêncio.

— Esse é meu ultimato — disse Bowman. — Encontre um marido adequado até o fim de maio ou eu a casarei com Swift.

CAPÍTULO 1

— Eu não deveria contar isso — resmungou Daisy, andando de um lado para outro na sala Marsden mais tarde naquela noite. — Em seu estado você não deveria se preocupar. Mas vou explodir se guardar isso para mim mesma, o que provavelmente a preocuparia infinitamente mais.

Sua irmã mais velha ergueu a cabeça, que estava apoiada no ombro de lorde Westcliff.

— Conte-me — disse Lillian, tentando conter outra onda de náusea. — Só me preocupo quando as pessoas escondem coisas de mim.

Ela estava reclinada no longo sofá, enquanto Westcliff lhe dava uma colherada de sorvete de limão na boca. Ela fechou os olhos ao engolir, seus cílios escuros contrastando com as bochechas pálidas.

— Melhor? — perguntou Westcliff gentilmente, enxugando uma gota no canto dos lábios da esposa.

Lillian assentiu com a cabeça, seu rosto assustadoramente pálido.

— Sim, acho que isso está ajudando. Argh. É melhor rezar para ser um menino, Westcliff, porque esta é sua única chance de ter um herdeiro. Nunca mais vou passar por isso...

— Abra a boca — disse ele, e lhe deu mais sorvete.

Normalmente Daisy teria ficado comovida com o vislumbre da vida íntima dos Westcliffs. Era raro alguém ver Lillian tão vulnerável ou Marcus tão gentil e preocupado. Mas Daisy estava tão distraída com os próprios problemas que mal notou a interação deles enquanto falava impulsivamente:

– Papai me deu um ultimato. Esta noite ele...
– Espere – disse Westcliff em voz baixa, ajustando a posição da esposa.

Ao acomodá-la de lado, ela se apoiou mais pesadamente nele e pousou uma de suas mãos brancas esguias sobre a barriga. Ele murmurou algo indecifrável junto aos cabelos cor de ébano desgrenhados de Lillian e ela assentiu com a cabeça dando um suspiro.

Qualquer um que testemunhasse a ternura de Westcliff com sua jovem esposa não poderia deixar de notar as mudanças no conde, que sempre fora conhecido por ser um homem frio. Ele havia se tornado muito mais acessível, sorria mais, e seus padrões sobre comportamento correto tinham se tornado muito menos rígidos. O que era bom para um homem que tinha Lillian como esposa e Daisy como cunhada.

Westcliff franziu o cenho e se concentrou em Daisy. Embora o conde não dissesse nenhuma palavra, Daisy viu nos olhos dele o desejo de proteger Lillian de tudo o que pudesse lhe tirar a paz.

Subitamente Daisy sentiu vergonha de ter ido lá contar as injustiças cometidas por seu pai. Em vez de guardar seus problemas para si mesma, correra para a irmã mais velha como uma criança tagarela. Mas então os olhos castanhos de Lillian se abriram, afetuosos e sorridentes, e milhares de lembranças da infância pairaram no ar entre elas, como alegres vaga-lumes. A intimidade das irmãs era algo que nem o mais protetor dos maridos poderia evitar.

– Conte-me – disse Lillian, aconchegando-se ao ombro de Westcliff. – O que o ogro disse?

– Ele me casará se eu não encontrar um marido até o fim de maio. E adivinhe com quem?

– Não posso imaginar – respondeu Lillian. – Ele não aprova ninguém.

– Ah, sim, aprova! – retrucou Daisy. – Há *um* que ele aprova.

Até Westcliff estava começando a parecer interessado.

– É alguém que eu conheça?

– Logo conhecerá – respondeu Daisy. – Papai mandou chamá-lo. Ele chegará à propriedade de Hampshire na semana que vem para caçar cervos.

Westcliff tentou se lembrar dos nomes que Thomas Bowman lhe pedira para incluir na lista de convidados para a caçada da primavera.

– O americano? – perguntou. – Sr. Swift?

– *Sim*.

Confusa, Lillian olhou para a irmã. Então virou o rosto e sufocou um gritinho no ombro do marido. No início, Daisy temeu que ela estivesse chorando, mas logo ficou claro que estava rindo incontrolavelmente.

– Não, não é possível... Que absurdo! Você nunca poderia...

– Você não ia achar tão engraçado se estivesse no *meu* lugar – disse Daisy de cara feia.

Westcliff olhou de uma irmã para outra.

– O que o Sr. Swift tem de errado? Pelo que seu pai disse, parece um homem bastante respeitável.

– Ele tem tudo de errado – respondeu Lillian, dando uma última risada.

– Mas seu pai gosta dele – disse Westcliff.

– Ah! – zombou Lillian. – Sr. Swift adula meu pai tentando imitá-lo e fazendo tudo o que ele diz.

O conde refletiu sobre as palavras da esposa enquanto lhe levava mais sorvete de limão aos lábios. Ela gemeu de prazer ao sentir o líquido gelado descer por sua garganta.

– Seu pai está errado ao dizer que o Sr. Swift é inteligente? – perguntou Westcliff a Daisy.

– Ele é inteligente – admitiu Daisy –, mas é um sujeito complicado. O Sr. Swift faz milhares de perguntas e assimila o que é dito, mas não diz nada.

– Talvez seja tímido – observou Westcliff.

Daisy não pôde evitar rir.

– Eu garanto, milorde, que o Sr. Swift *não* é tímido. Ele é...

Ela parou, achando difícil pôr seus pensamentos em palavras.

A grande frieza de Matthew Swift era acompanhada de um insuportável ar de superioridade. Ninguém nunca podia lhe dizer nada, porque ele sabia tudo. Como Daisy havia crescido em uma família repleta de personalidades intransigentes, não tinha nenhum interesse em ter mais uma pessoa rígida em sua vida.

Em sua opinião, o fato de Swift combinar tanto com os Bowmans não o favorecia em nada.

Talvez Swift fosse mais tolerável se possuísse algum charme ou atrativo. Mas ele não fora abençoado com nenhuma graça. Nenhum senso de humor, nenhuma visível amabilidade. Era esquisito, alto, desproporcional e tão magro que os braços e as pernas pareciam ramos de videira. Daisy se lembrou de como o casaco dele dava a impressão de lhe pender dos ombros largos como se não houvesse nada dentro.

– Em vez de todas as coisas de que não gosto nele – disse Daisy –, é mais fácil dizer que não há nenhum motivo pelo qual eu *deveria* gostar.

– Ele nem mesmo é bonito – acrescentou Lillian. – É um saco de ossos.

Ela deu um tapinha no peito musculoso de Westcliff em um silencioso elogio ao físico do marido, que se divertiu com o gesto.

– O Sr. Swift possui *alguma* característica boa?

As duas irmãs pensaram na pergunta.

– Ele tem dentes bonitos – disse Daisy relutantemente.

– Como você sabe? – perguntou Lillian. – Ele nunca sorri!

– Sua avaliação dele é severa – observou Westcliff. – Mas o Sr. Swift pode ter mudado desde que o viu pela última vez.

– Não a ponto de algum dia eu concordar em me casar com ele.

– Você não terá de se casar com Swift se não quiser – disse Lillian veementemente, mexendo-se nos braços de seu marido. – Não estou certa, Westcliff?

– Sim, querida – murmurou ele, afastando-lhe os cabelos do rosto.

– E você não deixará papai afastar Daisy de mim – insistiu Lillian.

– É claro que não. Sempre se pode chegar a um acordo.

Lillian relaxou junto ao marido, tendo fé absoluta nas capacidades dele.

– Pronto – murmurou ela para Daisy. – Não precisa se preocupar. Westcliff tem tudo... – Ela parou para dar um grande bocejo. – ... sob controle...

Vendo a irmã baixar as pálpebras, Daisy sorriu solidariamente. Viu o olhar de Westcliff por sobre a cabeça de Lillian e lhe fez um sinal de que ia embora. Ele respondeu inclinando a cabeça com cortesia e voltou sua atenção compulsivamente para o rosto sonolento de Lillian. Daisy se perguntou se algum homem a olharia daquela maneira, como se segurasse um tesouro nos braços.

Estava certa de que Westcliff tentaria ajudá-la do modo que pudesse, nem que fosse apenas por Lillian. Mas sua fé na influência do conde não podia ser infinita, já que ela conhecia bem o jeito inflexível do próprio pai. Embora ela fosse desafiá-lo de todas as formas possíveis, tinha o mau pressentimento de que a sorte não estava a seu favor.

Ela parou na porta da sala e olhou com preocupação para o casal no sofá. Lillian havia dormido rápido, com a cabeça pousada pesadamente em Westcliff. Quando o conde viu o olhar infeliz de Daisy, ergueu uma das sobrancelhas em uma pergunta silenciosa.

– Meu pai... – começou Daisy, e então mordeu o lábio. Aquele homem era sócio de seu pai. Não devia aborrecê-lo com queixas. Mas a expressão paciente de Westcliff a encorajou a prosseguir. – Ele me chamou de parasita – disse em voz baixa para não perturbar Lillian.

– E qual foi sua resposta a esse comentário? – perguntou Westcliff.

– Eu não consegui pensar em nada para dizer.

Os olhos cor de café de Westcliff eram insondáveis. Ele lhe fez um gesto para se aproximar do sofá. Para a sua surpresa, ele segurou sua mão e a apertou de forma afetuosa. O normalmente circunspecto conde nunca fizera uma coisa dessas.

– Daisy – disse Westcliff amavelmente. – A maioria das pessoas não se distingue por grandes feitos, mas por um número infinito de pequenas coisas. Sempre que você faz algo de bom ou faz alguém sorrir, isso dá sentido à sua vida. Nunca duvide de seu valor, minha cara. O mundo seria um lugar triste sem Daisy Bowman.

~

Poucas pessoas negariam que Stony Cross Park era um dos lugares mais bonitos da Inglaterra. A propriedade em

Hampshire possuía uma infinidade de terras: de florestas quase impenetráveis a prados úmidos floridos, de pântanos à mansão de pedra cor de mel em uma colina com vista para o rio Itchen.

A vida florescia em toda parte. Brotos claros emergiam do tapete de folhas caídas aos pés de carvalhos sulcados e cedros, e campânulas se escondiam em uma parte mais escura da floresta.

Gafanhotos saltitavam por prados repletos de prímulas e cardaminas enquanto libélulas azuis pairavam sobre as intricadas pétalas brancas de meniantos. O ar, saturado do aroma de sebes e da relva verde macia, tinha o perfume da primavera.

Depois de doze horas infernais de carruagem, os Westcliffs, os Bowmans e outros convidados ficaram felizes em finalmente chegar a Stony Cross Park.

O céu tinha uma cor diferente em Hampshire – um azul mais suave – e o ar, uma bem-vinda quietude. Não havia sons de rodas e cascos em ruas pavimentadas, vendedores ou mendigos, apitos de fábricas ou a agitação constante que perturbava os ouvidos na cidade. Só havia os chilros de tordos nas sebes, o bater de pica-paus nas árvores e o ocasional mergulho no rio de martins-pescadores abrigados nos juncos.

Lillian, que já havia achado o campo mortalmente tedioso, ficou radiante por estar de volta. Ela florescia no clima de Stony Cross Park e, depois de sua primeira noite na mansão, se sentia muito melhor do que semanas antes. Agora que sua gravidez dificilmente era escondida por vestidos de cintura alta, passava por um período de confinamento, o que significava que não podia mais ser vista em público. Estando em sua propriedade, teria uma relativa liberdade, embora fosse restringir suas interações com os convidados a grupos pequenos.

Daisy, que fora instalada em seu quarto favorito na mansão, também estava feliz. O lindo e singular quarto pertencera à irmã de lorde Westcliff, lady Aline, que agora residia na América com seu marido e filho. A característica mais encantadora do cômodo era o pequeno gabinete contíguo que havia sido trazido da França e remontado. Pertencera originalmente a um castelo do século XVII e tinha uma *chaise-longue* perfeita para cochilar ou ler.

Encolhida com um de seus livros em um canto da *chaise-longue*, Daisy se sentia como se estivesse escondida do resto do mundo. Ah, se ao menos pudesse ficar ali em Stony Cross e morar com sua irmã para sempre! Mas ela sabia que nunca seria feliz assim. Queria ter a própria vida, o próprio marido, os próprios filhos.

Pela primeira vez desde que se lembrava, a mãe e ela tinham se tornado aliadas, unidas em seu desejo de evitar um casamento com o odioso Matthew Swift.

– Aquele desgraçado! – exclamara Mercedes. – Não tenho nenhuma dúvida de que enfiou essa maldita ideia na cabeça de seu pai! Sempre suspeitei de que ele...

– Suspeitou de quê? – perguntou Daisy, mas sua mãe só apertara os lábios até formarem uma linha áspera.

Depois de examinar a lista de convidados, Mercedes informara Daisy de que um grande número de cavalheiros adequados se hospedaria na mansão.

– Embora nem todos sejam herdeiros diretos de títulos, são de famílias nobres – dissera Mercedes. – E nunca se sabe... Desgraças acontecem: doenças fatais ou acidentes graves. Vários membros da família poderiam morrer ao mesmo tempo e então seu marido se tornaria um nobre!

Parecendo acalentar a esperança de que uma calamidade se abatesse sobre os futuros parentes de Daisy, Mercedes examinou mais atentamente a lista.

Daisy estava impaciente pela chegada de Evie e St. Vincent. Sentia muita falta de Evie, em especial porque Annabelle estava ocupada com seu bebê e Lillian se movia devagar demais para acompanhá-la nas caminhadas rápidas que apreciava.

No terceiro dia após sua chegada a Hampshire, Daisy foi passear sozinha à tarde. Tomou um caminho que trilhara em muitas visitas anteriores. Usava um vestido de musselina azul-claro com estampa floral, botas de caminhada resistentes e um chapéu de palha atado por fitas.

Andando a passos largos por uma estrada que passava por prados que brilhavam com celidônias amarelas e dróseras vermelhas, Daisy pensou em seu problema.

Por que era tão difícil para ela encontrar um marido?

Não era que não quisesse se apaixonar por alguém. Na verdade, essa ideia a agradava tanto que parecia terrivelmente injusto ainda não ter encontrado ninguém. Ela tinha tentado, mas sempre havia algo errado.

Se um cavalheiro tinha a idade certa, era passivo ou pomposo. Se era gentil e interessante, era velho o suficiente para ser seu avô ou tinha algum problema perturbador, como cheirar mal ou cuspir em seu rosto quando falava.

Daisy sabia que não era nenhuma beldade. Era muito baixa, frágil e, embora já tivesse sido elogiada por seus olhos escuros e cabelos castanhos quase pretos, que contrastavam com a pele clara, também ouvira muitas vezes se referirem a ela usando as palavras "miúda" e "travessa". As miúdas travessas não atraíam nem de longe tantos pretendentes quanto as mignons delicadas ou as beldades esculturais.

Também fora observado que Daisy passava tempo de mais com seus livros, o que provavelmente era verdade. Se lhe permitissem, passaria a maior parte do dia lendo e sonhando. Qualquer nobre sensato sem dúvida concluiria que ela não seria uma esposa útil em questões de administração doméstica, inclusive naqueles deveres que exigiam total atenção a detalhes. E estaria certo.

Daisy não podia se importar menos com o conteúdo da despensa ou quanto de sabão encomendar para a lavagem diária de roupas. Interessava-se muito mais por romances, poesia e história. Tudo isso a levava a longos voos da imaginação durante os quais ela olhava por uma janela sem ver nada, vivendo aventuras exóticas, viajando em tapetes mágicos, navegando por oceanos distantes e procurando tesouros em ilhas tropicais.

E havia cavalheiros excitantes nos sonhos de Daisy, inspirados por histórias de grande heroísmo e objetivos nobres. Esses homens imaginários eram tão mais interessantes que os comuns. Falavam palavras bonitas, eram ótimos em lutas de espada e duelos e faziam mulheres desmaiarem com seus beijos.

É claro que Daisy não era ingênua a ponto de pensar que homens assim existissem, mas tinha de admitir que, com todas essas imagens românticas na cabeça, os homens reais pareciam terrivelmente... *insípidos*.

Daisy ergueu o rosto para o sol fraco que se infiltrava pela copa das árvores e cantou uma música popular:

Que venha o rico ou o humilde,
O de esperteza ou ingenuidade.
Que venha qualquer homem
Para se casar por piedade!

Logo Daisy chegou ao seu destino: um poço que ela e as amigas já tinham visitado algumas vezes. Um poço dos desejos. Segundo a tradição local, ele era habitado por um espírito que satisfaria seu desejo se você lhe atirasse um alfinete. O único perigo era chegar perto demais, porque o espírito do poço poderia puxá-la para dentro para viver para sempre como sua consorte.

Em ocasiões anteriores Daisy fizera pedidos para suas amigas – e todos foram atendidos. Agora ela é quem precisava de um pouco de magia.

Pousou o chapéu no chão, aproximou-se do poço e olhou para a água lamacenta. Enfiou a mão no bolso de seu vestido de caminhada e pegou um papel com alfinetes espetados.

– Espírito do Poço – disse informalmente –, como tive tão pouca sorte em encontrar o tipo de marido que sempre pensei que queria, estou deixando isso a *seu* cargo. Sem exigências, sem condições. Meu desejo é... o homem certo para mim. Estou preparada para ser receptiva.

Ela tirou os alfinetes do papel e os atirou no poço. O metal brilhou no ar antes de atingir a água agitada e deslizar para baixo da superfície turva.

– Eu gostaria que todos esses alfinetes fossem para o mesmo desejo – explicou Daisy para o poço.

Ela ficou em pé por um longo momento com os olhos fechados, concentrando-se. Acima do som da água ouviu o zumbido de uma libélula.

Subitamente algo estalou atrás dela, como se um galho fino tivesse sido pisado.

Daisy se virou e viu a silhueta de um homem indo na sua direção. Ele estava a apenas alguns metros de distância. O choque de descobrir alguém tão perto fez seu coração bater em um ritmo desconfortável.

Ele era alto e musculoso, como o marido de sua amiga Annabelle, embora parecesse um pouco mais jovem, talvez com menos de 30 anos.

– Desculpe-me – disse o homem em uma voz baixa ao ver a expressão de Daisy. – Não queria assustá-la.

– Ah, não me assustou – mentiu Daisy alegremente, seu pulso ainda acelerado. – Só fiquei um pouco... surpresa.

Ele se aproximou devagar, com as mãos nos bolsos.

– Cheguei algumas horas atrás. Disseram-me que estava passeando por aqui.

Ele parecia um pouco familiar e a olhava como se esperasse que o reconhecesse. Daisy sentiu a aflição que sempre a acometia quando se esquecia de alguém que já conhecia.

– É um hóspede de lorde Westcliff?

Ele lhe lançou um olhar curioso e esboçou um sorriso.

– Sim, Srta. Bowman.

Ele sabia o nome dela. Daisy o olhou cada vez mais confusa. Não entendia como podia ter se esquecido de um homem tão atraente. Ele tinha feições fortes e marcantes, era másculo demais para ser definido como bonito e impressionante demais para ser considerado comum. E seus olhos tinham o tom de azul de manhãs gloriosas, ainda mais intenso em contraste com a pele bronzeada. Havia algo de extraordinário nele, uma espécie de força vital tão grande que quase a fez dar um passo para trás.

Quando ele inclinou a cabeça para olhá-la, um brilho cor de mogno deslizou sobre seus cabelos castanho-escuros com um corte mais rente à cabeça do que o preferido pelos europeus. Era um estilo americano. Na verdade, ele tinha um sotaque americano. E aquele cheiro de frescor e limpeza que ela detectou... Era o de um sabonete *Bowman's*?

Subitamente Daisy se deu conta de quem ele era e seus joelhos quase fraquejaram.

– O *senhor* – sussurrou, arregalando os olhos de assombro ao contemplar o rosto de Matthew Swift.

CONHEÇA OUTROS TÍTULOS DA COLEÇÃO POP CHIC

O príncipe dos canalhas
Loretta Chase

Sebastian Ballister é o grande e perigoso marquês de Dain, conhecido como lorde Belzebu: um homem com quem nenhuma dama respeitável deseja qualquer tipo de compromisso. Rejeitado pelo pai e humilhado pelos colegas de escola, ele nunca fez sucesso com as mulheres. E, a bem da verdade, está determinado a continuar desfrutando de sua vida depravada e pecadora, livre dos olhares traiçoeiros da conservadora sociedade parisiense. Até que um dia ele conhece Jessica Trent...

Acostumado à repulsa das pessoas, Dain fica confuso ao deparar com aquela mulher tão independente e segura de si. Recém-chegada a Paris, sua única intenção é resgatar o irmão Bertie da má influência do arrogante lorde Belzebu.

Liberal para sua época, Jessica não se deixa abater por escândalos e pelos tabus impostos pela sociedade – muito menos pela ameaça do diabo em pessoa. O que nenhum dos dois poderia imaginar é que esse encontro seria capaz de despertar em Dain sentimentos há muito esquecidos. Tampouco que a inteligência e a virilidade dele pudessem desviar Jessica de seu caminho.

Agora, com ambas as reputações na boca dos fofoqueiros e nas mãos dos apostadores, os dois começam um jogo de gato e rato recheado de intrigas, equívocos, armadilhas, paixões e desejos ardentes.

O melhor de mim
Nicholas Sparks

Na primavera de 1984, os estudantes Amanda Collier e Dawson Cole se apaixonaram perdidamente.

Criado em um ambiente violento e desestruturado, o solitário Dawson acreditava que seu sentimento por Amanda lhe daria a força necessária para fugir do destino sombrio que parecia traçado para ele.

De família tradicional, Amanda via no namorado um porto seguro para toda a sua paixão e seu espírito livre.

Infelizmente, quando o verão do último ano de escola chegou ao fim, a realidade os separou de maneira cruel e implacável.

Vinte e cinco anos depois, eles estão de volta à sua cidade natal para o velório de Tuck Hostetler, o homem que acobertou o namoro e se tornou o melhor amigo dos dois.

Seguindo as instruções de cartas deixadas por Tuck, Amanda e Dawson redescobrirão sentimentos sufocados há décadas. Eles vão perceber que não tiveram a vida que esperavam e que nunca conseguiram esquecer o primeiro amor. Um único fim de semana juntos e talvez seus destinos mudem para sempre.

CONHEÇA OS LIVROS DE LISA KLEYPAS

De repente uma noite de paixão
Mais uma vez, o amor
Onde nascem os sonhos
Um estranho nos meus braços

Os Hathaways

Desejo à meia-noite
Sedução ao amanhecer
Tentação ao pôr do sol
Manhã de núpcias
Paixão ao entardecer
Casamento Hathaway (e-book)

As Quatro Estações do Amor

Segredos de uma noite de verão
Era uma vez no outono
Pecados no inverno
Escândalos na primavera
Uma noite inesquecível

Os Ravenels

Um sedutor sem coração
Uma noiva para Winterborne
Um acordo pecaminoso
Um estranho irresistível
Uma herdeira apaixonada
Pelo amor de Cassandra
Uma tentação perigosa

Os Mistérios de Bow Street
Cortesã por uma noite
Amante por uma tarde
Prometida por um dia

Clube de apostas Craven's
Até que conheci você
Sonhando com você

Para saber mais sobre os títulos e autores da Editora Arqueiro,
visite o nosso site e siga as nossas redes sociais.
Além de informações sobre os próximos lançamentos,
você terá acesso a conteúdos exclusivos
e poderá participar de promoções e sorteios.

editoraarqueiro.com.br